BATMAN

O CAVALEIRO DE ARKHAM

O LANCE DO CHARADA

ALEX IRVINE

BATMAN

O CAVALEIRO DE ARKHAM
O LANCE DO CHARADA

Tradução
Miguel Damian Ribeiro Pessoa

1ª edição

GRYPHUS GEEK

Rio de Janeiro

Título original
Batman – Arkham Knight – The Riddler's Gambit

Design de capa
Julia Neiva e Alex Boulware

Foto de capa
Cortesia da Warner Bros.

Editoração Eletrônica
Flex Estúdio

Copydesk
Lara Alves de Souza

Revisão
Gilson B. Soares

Adequado ao novo acordo ortográfico da língua portuguesa

CIP-BRASIL. CATALOGAÇÃO NA PUBLICAÇÃO
SINDICATO NACIONAL DOS EDITORES DE LIVROS, RJ

I72b

Irvine, Alex
Batman : o cavaleiro de Arkam : o lance do charada / Alex Irvine ; tradução Miguel Damian Ribeiro Pessoa. - 1ª ed. - Rio de Janeiro : Gryphus, 2017.
272 p. : il. ; 23 cm.

Tradução de: Batman : Arkham knight : Riddler's gambit
ISBN: 9788583110927

1. Romance americano. I. Título.

17-40684

CDD: 813
CDU: 821.111(73)-3

GRYPHS EDITORA
Rua Major Rubens Vaz, 456
Rio de Janeiro, RJ – 22470-070
Tels: +55 (21) 2533-2508 / 2533-0952
www.gryphus.com.br – e-mail: gryphus@gryphus.com.br

Na mosca

de **Rafael del Toro**, GothamGazette.com

Nunca escondi nem um pouco o desdém que sinto pelo chamado Batman, e não vou começar a fazer isso agora.

Faz meses desde que o vimos pelas ruas de nossa bela cidade cantando os pneus do Batmóvel, ou nos arredores de Arkham City atacando agentes da TYGER encarregados de manter a ordem pública, ou fazendo qualquer uma das outras coisas que faz para lidar com a lei com as próprias mãos. Em outras palavras, faz meses desde que o Batman disse que nós — as pessoas de Gotham City — não somos nem bons nem inteligentes o bastante para tomarmos conta de nós mesmos.

Viva!

Tenhamos esperanças de que ele esteja tirando umas férias muito, muito longas. Talvez tenha decidido começar uma nova carreira assando donuts artesanais. O que quer que tenha acontecido com ele, podemos apenas ter esperanças de que todas as Batbugigangas estejam ficando cobertas de poeira no porão da mãe dele. Depois do que aconteceu em Arkham City, seria melhor que Gotham nunca mais visse nenhuma aberração fantasiada de novo — **nenhuma** aberração fantasiada.

Será que sou a única pessoa que percebeu que ele parece deixar tudo pior ao invés de melhor? Ele aparece com os seus Bat-equipamentos e a Bat-atitude e os vilões aparecem do nada para se testarem contra ele. Bem, em nome das pessoas de Gotham City, eu digo:

NÃO, OBRIGADO, BATMAN. NÓS ESTAMOS BEM.

Não precisamos que você dê mais um motivo aos lunáticos criminosos para melhorarem suas táticas. O Coringa já era, e toda aquela confusão com Hugo Strange também deu conta de mais uma boa parte da nossa festa de Halloween que durou um ano inteiro. **Bom**. Se existem mais psicopatas por aí, deixe que eles mantenham as fantasias no armário. Deixe-os fazerem alguma coisa normal.

Como roubar bancos.

A DP de Gotham City pode lidar com isso.

Tira umas férias, Batman. Tira umas bem longas. Deixe que Gotham veja como é a vida quando não temos alguém por aí se colocando como um alvo perfeito com asas de morcego. Já morreram pessoas o bastante em Arkham City.

Sabe, o Batman já sumiu faz alguns meses agora. Alguém mais percebeu como as coisas estão quietas?

É revigorante, não é?

Então, se você está lendo isso no seu iBat dentro da sua Batbanheira, ou sentado na sua Batcozinha devorando uma Bat-torrada, faça um favor a todos nós. Fique aí. Fique em casa. Deixe as pessoas normais resolverem isso. Você não está cansado de ser um vigilante?

Nós estamos cansados de sofrer os efeitos colaterais de guerras de vigilantes.

Sério. Fique em casa. Nós assumimos a situação daqui em diante. Estamos resolvidos?

Estamos ***Bat-resolvidos***?

Fico feliz de escutar isso.

1

O Charada esperou.

Ele observou.

Observou, gravou o que viu, e quando havia visto o bastante, começou a transformar as observações que fez em planos.

Como transformar uma piada em uma charada?

Procurou o lugar perfeito para começar a construir o que havia maquinado previamente, e o encontrou nas ruínas subterrâneas de Wonder City. Outrora o senhor e mestre da cidade, Ra's al Ghul não era mais um fator daquela equação, já que Ra's estava morto e o Poço de Lázaro destruído. Talia, a filha do demônio, havia desaparecido, e até o Coringa havia virado fumaça — parte dela havia se misturado ao permanente miasma de criminalidade que pairava sobre Gotham City mesmo quando o clima estava bom. O resto havia descido pelo ralo, misturando-se ao sistema de fornecimento d'água.

Assim, ele havia se tornado uma parte permanente da estrutura da vida — sem dúvida as partículas minúsculas dele que escaparam do crematório haviam se assentado sobre as ruas, os prédios, e até mesmo sobre os habitantes da metrópole. Sendo o mais honesto possível, não dava para imaginar Gotham City sem o Coringa.

Isso, na visão do Charada, era o problema.

Ele, Edward Nigma, seria a solução.

Havia um vácuo no ápice da hierarquia do crime em Gotham, e é bem sabido que a natureza abomina o vácuo. Da mesma forma, o Charada o abominava. Logo ele o preencheria.

Uma outra pessoa poderia sair em uma empreitada de assassinatos, ele meditou, *ou de ataques chamativos a marcos de Gotham*. Mas esse não era o estilo do Charada. Ao invés disso, olhou para a situação como um jogador de xadrez olhava para um tabuleiro. Havia três estágios no xadrez. *É engraçado, não é, como tantas coisas são concebidas como um acontecimento dividido em três partes*, pensou.

Talvez...

Mas não. *Devo começar pelo início.*

Os primeiros dez movimentos de um jogo de xadrez, quando feitos adequadamente, são mais ou menos pré-programados, porque todas as opções são muito bem conhecidas. Se o lado branco colocasse o peão na rei 4, o preto não ia responder avançando o peão da torre da rainha. Por quê? Porque esse é um jeito certo de se perder.

Não, qualquer jogador competente conhece as formas de se conduzir a parte inicial de um jogo por caminhos previsíveis, estabelecendo assim um campo de combate nivelado e uma probabilidade razoável de obter sucesso.

O mesmo princípio se aplica à parte final do jogo. Há caminhos definidos lá também. Um rei guiando um peão pelo tabuleiro contra o outro rei, ou uma torre cruzando o tabuleiro até o canto e derrotando o inimigo. Ou o sacrifício que quebra a linha de peões que protegem o rei e abre caminho para um ataque com um bispo na diagonal.

Era possível enxergar esses estratagemas se desenrolando com muitos movimentos de antecedência, e é por isso que tão poucos jogos *reais* terminavam com um xeque-mate. Um mestre no jogo, reconhecendo o inevitável, sempre se rendia.

Tanto no começo quanto no fim, um jogo de xadrez é... previsível. Mas e quanto ao que acontece entre esses dois momentos? O meio do jogo, onde as possibilidades se multiplicam com mais velocidade do que a mente humana pode acompanhar? É aí que as surpresas podem acontecer, e é onde os jogos são ganhos ou perdidos.

Então, primeiro o Charada estruturou o plano pensando nos seus movimentos iniciais. Eles envolveriam uma construção, o que levava tempo, mas isso não era um problema. Havia tempo. A cidade ainda estava abalada pela desintegração explosiva do Protocolo 10 e o regime de Hugo Strange.

As coisas estavam quietas. O Charada ficaria quieto também. Iria trabalhar nos bastidores, e não colocaria o plano em prática até estar preparado.

Seria necessário conseguir aliados, e haveria aqueles que se opusessem a ele. Fez listas de possíveis parceiros e prováveis rivais. Todo o rol do submundo de Gotham receberia papéis para representar como peças no tabuleiro do Charada. Começou a estruturar uma série de quebra-cabeças, cada um deles se articulando sobre a natureza de um aliado escolhido. Mas não poderia parar por aí — isso seria fácil demais! As complexidades teriam que ser enlouquecedoras a ponto de deixar as pessoas desorientadas! Então ele acrescentou uma nova camada às charadas, mesclando-as até...

Ah, isso, ele pensou. *Isso vai ser brilhante.*

Nigma finalizou a lista de possíveis aliados e começou a entrar em contato com eles, moldando cada comunicação de uma forma que certamente os deixaria intrigados. De Wonder City, o Charada enviou emissários e, tendo recebido respostas, montou sua rede de contatos. Recrutou pessoas em que sabia poder confiar — e que poderiam ser descartadas sem escrúpulos.

Já sabia como faria aquilo.

Trouxe alguns deles até Wonder City, e aquela visão os deixou maravilhados — ruas e prédios, muitos deles construídos no século XIX, decadentes e em ruínas —, localizados na semiescuridão da área subterrânea. Os resquícios de uma era derradeira, de uma visão singular, todos cercando as ruínas da Wonder Tower — outrora o trono do Demônio.

Poucos habitantes de Gotham sequer sabiam que ela existia.

Ele colocou o exército crescente para trabalhar, pagou-lhes bem, e esqueceu convenientemente de mencionar que receberiam um pequeno bônus mais à frente, quando o projeto estivesse a todo vapor. Quanto aos com que não havia entrado em contato, deveria lidar com eles de alguma forma. Seriam inseridos nos planos, apaziguados, ou simplesmente removidos — o que quer que fosse mais favorável ao plano.

Ra's al Ghul e o Coringa haviam projetado uma grande sombra, mas Nigma estava se preparando há anos para se colocar debaixo de holofotes criados por ele mesmo. O caminho estava livre — aquela era a sua chance.

Não deixaria que ela passasse em branco.

É claro, havia o Batman...

Com bastante frequência, havia cruzado espadas com o chamado Cavaleiro das Trevas, colocando seus quebra-cabeças contra a perspicácia do vigilante. Há pouco tempo, havia desafiado o Batman usando salas construídas especialmente para seus planos, cada uma delas projetada de acordo com um tema específico. O oponente havia superado os desafios com uma certa facilidade, como o Charada havia previsto que faria — mas o passado havia sido apenas um prelúdio. As observações que fez das táticas do Batman haviam levado a uma nova geração de armadilhas, mais elaboradas do que antes.

Essas não precisariam de uma presença humana para serem mortais. Haveria uma série delas, todas independentes, mas que contribuíssem como um elemento de um quebra-cabeças maior. Cada armadilha seria mais intricada que a última, desgastando o seu adversário, culminando em uma revelação que o destruiria — se não fisicamente, pelo menos com a noção completa do que ele havia perdido.

A armadilha final seria uma obra-prima.

Será que o Batman iria se render? Essa era a pergunta de verdade. Será que ele saberia que foi derrotado e tombaria o próprio rei? Ou lutaria até as últimas consequências, provando tanto o valor quanto a estupidez que tinha?

Nos dois casos, o resultado seria uma vitória muito, muito saborosa.

Após juntar seus recursos, tinha que encontrar um lugar para o seu enigma. Procurou tanto por Arkham City quanto por Wonder City, reunindo informações sobre o que restava de ambas, e encontrou um tesouro de materiais brutos prontos para serem pegos. Os lacaios da TYGER de Hugo Strange haviam deixado para trás uma imensa quantidade de equipamentos e materiais. As maravilhas robóticas de Ra's al Ghul, apelidados de guardiões mecânicos, ainda estavam em um estado de vigília silenciosa, esperando por alguém que lhes reimbuísse de um propósito. Nigma usaria todos eles. *Melhoraria* todos eles. Iria recriá-los e moldar o quebra-cabeças que terminaria com todos os quebra-cabeças... o que queria dizer o quebra-

-cabeças que terminaria com o Batman.

Precisaria de ajuda — não era tão egocêntrico a ponto de pensar que poderia fazer tudo sozinho. Se queria preencher o vácuo deixado pelo Coringa...

Não.

Por décadas a face do crime em Gotham havia sido insana, com um sorriso louco e cabelo verde. O Charada não tinha nenhum desejo de ocupar essa posição. Como estava fazendo com todos os recursos que estava juntando, também remoldaria o seu papel. A loucura iria embora, sendo substituída por algo um pouco mais... elegante. Da mesma forma como uma charada era mais elegante que uma piada. Piadas dependem de uma breve incongruência, uma colisão momentânea entre a expectativa e a realidade. Elas estimulam os comportamentos baixos da natureza humana — não é à toa que causam gargalhadas.

Uma boa charada exige intelecto e raciocínio.

O destino lhe havia entregue uma oportunidade perfeita. Mais do que nunca, tinha os recursos de que precisava para estabelecer a primazia do Charada dentre a hierarquia do crime de Gotham, de uma forma que seria incontestável. O caos que causaria faria as pessoas se esquecerem do Príncipe Palhaço do Crime de uma vez por todas.

Uma ilusão grandiloquente?

Que seja, pensou. Todos os pensamentos grandiloquentes eram ilusões... até alguém transformá-los em realidade.

O canto da siderúrgica estava aberto em meio a ruínas de pedra e metal, evidências da explosão que havia destruído parcialmente o edifício. Assim como os resquícios do prédio, o artefato blindado que haviam trazido de baixo estava chamuscado, mas enquanto a siderúrgica estava inoperável, o guardião mecânico parecia estar intacto.

Parecendo algo de um sonho *steampunk*, os homens tic-tac eram representantes perfeitos de uma tecnologia bem à frente de seu tempo. Haviam sido construídos ostensivamente para proteger os habitantes do domínio de Ra's al Ghul, quando na verdade representavam o controle despótico dele. Os olhos redondos estavam inexpressivos e mortos agora, mas logo voltariam a emanar um brilho verde com vida artificial.

Perfeitos, pensou Nigma. *Se uma quantidade suficiente deles tiver sobrevivido, eles vão ser perfeitos*. Imediatamente entrou em contato com as equipes que havia enviado para vasculhar as ruas abandonadas, instruindo-os a encontrar o resto dos guardiões.

Força bruta combinada à elegância de uma artimanha — essa era a marca de um verdadeiro gênio. Qualquer um podia conseguir poder com uma pistola ou uma faca. A charada perfeita obrigava o jogador a seguir em uma direção, e em apenas uma direção. Essa era a melhor forma de se dominar alguém — e era isso que o Charada queria conquistar sobre o Batman — o domínio absoluto.

Aqui, nas ruínas esplendorosas de Arkham City.

2

Bruce Wayne desconfiava da calmaria.

Gotham City havia estado quieta nos meses que se passaram desde a morte do Coringa. Não era da natureza da cidade ficar calma. Sempre havia algo sendo preparado. Todos, desde bandidos de rua comuns até as famílias do crime organizado, pareciam estar menos ativos que o normal. Era quase como se a cidade estivesse lamentando a morte do louco, honrando seu legado perverso abstendo-se da violência e do caos por um tempo.

Parecia estranho contemplar aquilo, dado o terror que o Coringa havia infligido em Gotham durante as últimas décadas, mas estava acontecendo. Contra fatos, dizia o ditado, não há argumentos — e o fato era que o Batman não havia visto nenhum dos oponentes fantasiados da galeria de párias desde a cremação. Ainda estava para saber se estavam se lamentando ou esperando para ver como seria preenchido o vácuo de poder.

Em um nível mais pessoal, porém tão perturbadoramente irracional quanto os aparentes lamentos da cidade, Bruce estava lutando contra os efeitos psicológicos causados pela morte do Coringa. Haviam sido inimigos mortais por tanto tempo que não conseguia se impedir de sentir uma espécie de perda, por mais estranho que parecesse.

Também estava lidando com os efeitos físicos das batalhas em Wonder City e em suas redondezas. Por mais que tivesse uma ótima condição física, até Bruce Wayne estava ficando um pouco velho. Não se recuperava mais tão rapidamente quanto antes.

A bem-vinda calmaria na atividade criminosa estava lhe dando tempo para que recuperasse o corpo agredido e lidasse com a manutenção essencial de seus equipamentos singulares. Estava passando muito tempo na Batcaverna, acompanhado por Robin e Alfred. Reabasteceram os suprimentos, consertaram os componentes danificados e substituíram os que não podiam ser consertados. Pedidos normais de peças e ferramentas eram dirigidos a Lucius Fox, presidente da Wayne Enterprises e por si só um gênio da engenharia.

Quando a calmaria passasse — e ele tinha certeza de que passaria —, o Batman estaria pronto.

— Com a permissão da palavra, o senhor não está como sempre, senhor Bruce — disse Alfred.

— E como eu estou, Alfred?

— Bem, senhor. O senhor nunca foi um homem loquaz, mas nos últimos dias tem estado verdadeiramente taciturno. A sua mente está voltada para si mesma, é o que parece. Devo perguntar: está tudo bem?

— Tão bem quanto se pode estar — Bruce respondeu. — Eu não confio nessa calmaria.

— Eu também não — Robin acrescentou de baixo do Batmóvel —, mas não precisamos confiar nela pra tirar vantagem dessa situação.

— É verdade, senhor Tim. É bem verdade — Alfred concordou. Esperou um momento e então, quando o silêncio se tornou constrangedor, subiu a escada e deixou a Batcaverna.

— Ele está certo, você sabe — Tim Drake disse.

— Normalmente ele está — Bruce respondeu.

— Você não está como sempre.

— E como é que eu poderia estar, Robin? — Bruce disse, tentando parecer petulante. — Não aconteceu nada com que você deva se preocupar.

Mas Robin e Alfred estavam certos — ele havia mudado de verdade. Outras pessoas poderiam não perceber, mas os dois o conheciam bem demais. Ele tinha que admitir que aquilo estava acontecendo. A morte do Coringa o estava afetando de uma forma inesperada.

Ele estaria se lamentando? Será que era isso?

Parecia ridículo, mas quando se perde uma pessoa que fazia parte da vida — mesmo que essa pessoa tenha passado décadas tentando matá-lo —, talvez fosse natural sentir essa perda.

Talvez o problema dele fosse físico. Estava se sentindo forte, estava se sentindo rápido, mas também estava se sentindo... mal, de uma forma nebulosa e inidentificável. Estava afastando esse sentimento atribuindo-o a efeitos prolongados das toxinas do Coringa, e isso ainda parecia ser a causa mais provável.

Independentemente de qual fosse a origem daquilo, quatro meses depois do colapso do Protocolo 10, algo estava errado. Cedo ou tarde deixaria aquilo de lado. Não ficava confortável com um problema que não podia resolver, não gostava de um inimigo que não podia enfrentar — que não podia nem mesmo identificar.

— Eu estou bem — Bruce disse. — E mesmo se não estivesse, Gotham não se importa com o bem-estar do Batman. — Esperou que aquilo terminasse a conversa, e conquistou o que desejava quando a linha particular do comissário Gordon tocou.

— Comissário — atendeu, ativando o sistema de voz.

— *Batman, que bom que consegui falar com você* — Gordon disse. — *Eu preciso que você venha aqui. Nós estamos com uma... situação, e gostaríamos de usar o seu conhecimento.*

— Estou indo — ele respondeu, depois desligou o telefone.

Em minutos estava vestido, e alguns momentos depois estava no Batmóvel. Em pouco tempo o veículo estava rugindo pelas ruas de Gotham — passando pelo Theater Row, por Chinatown, pelo Amusement Mile e pelo cassino. As pessoas se viravam para olhar. Algumas comemoravam. Outras xingavam e faziam gestos obscenos.

Em outras palavras, tudo estava normal.

Onze minutos depois de deixar a Batcaverna, chegou ao quartel-general do Departamento de Polícia de Gotham City e deixou o Batmóvel estacionado na rua. Foi uma decisão consciente da parte dele. Depois de a conspiração da TYGER de Hugo Strange ser exposta, quatro meses antes, havia decidido se fazer mais visível. As pessoas precisavam saber que alguém estava olhando por elas — e não só olhando, mas entrando em ação.

Ainda havia muitas pessoas que consideravam o Batman um vigilante perigoso, porém mais ainda o viam como um guerreiro do lado da lei e da ordem. Às vezes, essa maioria parecia bem pequena, mas havia levado anos para conquistá-la. Não iria se deixar perdê-la agora.

Parecia estar valendo a pena, já que a atividade criminosa estava apresentando os menores índices em anos. Mas a cidade continuava tensa. Não estava passando a sensação de ser um lugar onde as pessoas cuidavam de seus assuntos livremente e sem medo. Estava passando a sensação de que algo mais estava para acontecer.

Há muito tempo, Batman havia aprendido a confiar nos próprios instintos, mas também tinha que admitir que era ansioso. Será que estava atacando sombras?

Alguma coisa estava errada.

O que quer que fosse, porém, tinha que tirar aquilo da cabeça. Fez questão de entrar pela porta da frente do quartel-general de DPGC. As pessoas veriam aquilo e o reconheceriam como um aliado da polícia, alguém que respondia ao chamado do comissário Gordon.

O Protocolo 10 havia abalado a ordem pública — na verdade, quase a havia destruído. Centenas de prisioneiros de Arkham City haviam morrido, muitos deles inocentes que haviam entrado em conflito com o plano lunático de Hugo Strange. Em meio à violência e o caos, uma certa quantidade de criminosos realmente perigosos havia escapado. Batman estava cercando-os o mais rápido que podia, mas isso estava se mostrando difícil. Os adversários estavam se mantendo quietos. Quietos demais.

Gordon estava no saguão. O comissário estava parecendo velho e enrugado, como sempre. As preocupações do cargo haviam acelerado o envelhecimento dele. Assim como os anos lutando contra interesses poderosos que queriam que a polícia se transformasse em peões — capangas pessoais, ao invés de representantes de uma lei que se aplicasse a todos igualmente.

Tinham as suas diferenças, Batman e Gordon, mesmo assim ele sabia que o comissário era uma das poucas pessoas de Gotham que sempre fazia o que considerava certo, sem se importar com custos políticos, sem se importar com as notícias ridículas que teria de suportar da imprensa... sem se importar com nada. Nesse sentido, Batman e Gordon eram iguais, e era isso que os unia na batalha contra a corrupção e a imoralidade impregnadas em Gotham. Cada um deles podia contar com o outro como um aliado, e Gordon estava disposto a aceitar as consequências dessa aliança.

O comissário estendeu a mão para apertar a de Batman.

— Fico feliz que tenha vindo — ele disse.

— Você sabe que pode contar comigo, comissário — Batman respondeu. O aperto de Gordon era firme, e ele parecia um pouco menos acabado do que estava poucos meses atrás. Talvez as coisas realmente *estivessem* mudando.

Quincy Sharp era o prefeito, e isso não era necessariamente uma boa notícia para Gordon. Mas com o fim da TYGER, o DPGC não estava mais preso aos bastidores. Quando estava sob a influência de Hugo Strange, Sharp havia substituído a polícia pela TYGER, tirando todo o poder de Gordon. Para o comissário, ter mantido o emprego foi uma homenagem ao seu caráter, mesmo quando as chances contra ele estavam bem grandes.

Ainda mais notável, na cabeça de Batman, era o fato de o comissário ter continuado a se associar a vigilantes conhecidos. Havia um certo tipo de representantes da lei que não podia usar distintivos. Gordon reconhecia isso, mesmo não apoiando abertamente as táticas do Batman. Admitir que o mundo nem sempre opera de acordo com a própria ética é a marca de um homem bom e forte.

— O que é que você precisa que eu veja? — Batman perguntou.

Gordon deixou o saguão, gesticulando para que ele o seguisse. Caminhou até os fundos do prédio e subiu por uma escada de incêndio.

— Nós temos uma sala de conferências particular aqui atrás — disse por cima do ombro. — Pareceu ser um bom lugar pra... bem, vou só mostrar pra você.

No terceiro andar, no fim de um corredor mal iluminado, Gordon destrancou uma porta e deu um passo ao lado para que o Batman entrasse. A sala era um retângulo simples, de talvez três metros e meio por seis, com paredes vazias e sem janelas. Uma mesa e cadeiras ocupavam o centro do lugar. A mesa estava vazia, exceto por um único envelope.

— Isso estava dentro de um pacote sem identificação. Quando eu o peguei, não abri — Gordon disse. — Assim que vi a quem era destinado, trouxe ele pra cá pessoalmente e entrei em contato com você.

O Batman se aproximou da mesa e examinou o envelope à distância de um braço. Em letras de forma, estava escrito simplesmente:

CORINGA
A/C COMISSÁRIO JAMES GORDON
DEPARTAMENTO DE POLÍCIA DE GOTHAM CITY

Quando viu isso teve que esconder um arrepio que lhe percorreu o corpo, e levou um momento para tomar foco. Não havia endereço para retorno, nem carimbo postal. Alguém havia colocado aquele envelope no sistema de entregas do departamento sem usar o correio — um fato que por si só já era perturbador.

Batman guardou aquele fato para si.

— Você usou luvas? — perguntou.

— Não tinha por que — Gordon respondeu. — Na hora que eu peguei o envelope e olhei o que estava escrito... — A voz dele desapareceu aos poucos, e ele encolheu os ombros. — Depois de colocar ele aqui, chamei a equipe de descontaminação. Eles me encharcaram e agora estão no meu escritório, fazendo testes de toxinas. Depois vão vasculhar a sala de entregas. Coloquei a minha gerente de expedições pra interrogar todo mundo que trabalha lá, pra ver o que eles podem saber. Ela é uma boa pessoa. Coloquei outro pra checar as gravações das câmeras de segurança também.

— Provavelmente é uma boa ideia — Batman disse, embora não tenha mencionado que provavelmente seria tarde demais. Se havia alguma toxina no envelope, não tinham como saber quantas pessoas já o haviam manuseado desde que havia entrado no edifício. Abordagens sutis não eram exatamente do estilo do Coringa, mas ele não se impediria de empregá-las.

Se é que, pensou Batman, *o Coringa tem alguma coisa a ver com isso.*

Ele estava morto há quatro meses — Gordon havia supervisionado a cremação pessoalmente. Esse envelope não havia ficado parado na sala de entregas do DPGC durante todo aquele tempo. Então ou algum dos muitos capangas dele o havia entregue... ou era uma mensagem de outro dos vilões de Gotham.

— Meu primeiro palpite seria que um dos capangas do Coringa mandou isso — Batman disse. — Não seria estranho da parte dele preparar algo a ser feito caso ele morresse. Especialmente levando em conta as circunstâncias da morte dele. Ele sabia que não ia sobreviver, não sem o antídoto.

— Estava pensando algo na mesma linha — Gordon concordou, olhando para o envelope. — Então, o que fazemos?

— Quando o Coringa está envolvido, devemos tomar cuidado com o que fazemos. — Batman tirou um pequeno dispositivo do Cinto de Utilidades e o ligou. Era uma máquina de raios X portátil e personalizada para detectar a presença de explosivos e toxinas mais comuns, até mesmo radioatividade. Segurou-a sobre o envelope e uma imagem apareceu na tela.

— É um *pen drive* — disse. — Parece que não tem mais nada aqui dentro além disso. — Checou o leitor de novo. — Você pode cancelar o protocolo de descontaminação.

— Você tem certeza? — Gordon perguntou. — Eu sou responsável pela vida das pessoas aqui.

— Eu também sou — Batman acrescentou. — Não estou vendo nada além de um envelope. Mas vou ter que abrir pra ter certeza. — Levou o braço em direção ao envelope.

Instintivamente, Gordon deu um passo para trás.

O envelope tinha uma aba. Batman a puxou e a parte de baixo do envelope se abriu sem provocar nenhum incidente. Sacudiu-o e o *pen drive* caiu sobre a mesa. Era preto, sem nenhuma inscrição, e tinha uma capa de plástico translúcida sobre a ponta com a conexão para o computador. As lojas de Gotham vendiam milhares daqueles.

— Será que alguém poderia ter mandado isso, sem saber que o Coringa morreu? — Gordon sugeriu. — Isso não faz sentido.

Batman concordou com a cabeça.

— Também acho. É mais provável que, antes de morrer, ele tenha feito preparativos pra que isso fosse entregue — acrescentou. — Mas quem quer que tenha mandado isso, queria que nós víssemos o que está no *pen drive*. A melhor forma de garantir que isso chegaria a nós era colocar como se fosse daquele louco.

— Então é um jogo... estão brincando com a gente. — Gordon olhou para o *pen drive*. — Vou chamar algumas pessoas do departamento de informática, se você acha que isso é seguro. Deixar eles darem uma olhada.

— Eu mesmo vou levar — disse Batman. — Se tiver alguma falha de segurança, vou passar por ela, e se tiver algum tipo de vírus nesse *pen drive*, vou assumir o risco. — Pegou o objeto minúsculo. — Sempre há a possibilidade de que o *pen drive* só possa ser lido uma vez. Se for o caso, o meu sistema vai capturar o que está aqui antes de desaparecer.

Ele viu que Gordon estava hesitante — enquanto comissário de polícia, estava acostumado a tomar a responsabilidade. Mas sabia que essa era a melhor forma de proceder — os equipamentos de Batman eram de ponta, comparados aos sistemas da polícia, que foram inovadores em algum momento do século passado.

— Ok — disse depois de uma pausa —, mas você vai compartilhar tudo comigo. O trato tem que ser esse.

— Entendido — respondeu Batman. Colocou o *pen drive* em um bolso do Cinto de Utilidades. — Vou entrar em contato assim que souber de alguma coisa.

— Você sabe onde fica a saída — Gordon disse.

— Eu sei onde fica um monte de saídas, pra dizer a verdade — respondeu ironicamente. — Mas não, não precisa me acompanhar. Tenho certeza que tem coisas melhores pra fazer. — Com isso, virou-se para ir embora.

— E quando não tenho? — Gordon concordou, suspirando. — Mas não me deixe esperando, Batman. Eu vi o Coringa sendo queimado, vi com meus próprios olhos quando limparam o que sobrou. Mas isso... me deixou nervoso. Fale comigo o que descobrir.

— Você vai ser o primeiro a saber — Batman disse da porta da sala. Então desapareceu.

Era hora de entrar em contato com a Oráculo.

RyderReportReport.com
Postado por JKB
Quarta-feira, 9:46 a.m.

Notícia quente. O Batmóvel foi visto no quartel-general do DPGC. O próprio Batman entrou. Não falou com ninguém ao entrar, e pareceu também não falar com ninguém ao sair.

Mas o ***Ryder Report*** tem as suas fontes, amigos, ah, sim, nós temos, e nem todas elas estão correndo atrás de notícias para o programa de TV do Jack. Escutamos de dentro do quartel-general da polícia que o próprio comissário Gordon chamou o Batman. Encontraram-se por mais de vinte minutos em algum lugar do edifício. Ninguém mais estava presente.

Quando o Batman saiu de lá e foi embora no Batmóvel, não estava levando nada que nossas fontes pudessem ver. Aparentemente, o comissário Gordon também não disse nada ao departamento sobre a discussão que tiveram.

Qual foi o assunto? Ninguém parece saber, mas existem boatos sobre algo estranho nas entregas de correio do DPGC. Isso não foi confirmado, e por tudo que sabemos o comissário estava apenas sentindo falta de ter o Batman por perto. Talvez tenha chamado ele para comer um brioche e tomar um café.

Mas, que nada. Os leitores do Ryder sabem que alguma coisa está acontecendo, e é melhor acreditar que o ***Ryder Report*** também sabe. Nós vamos seguir na cola dessa história. O Batman voltou para onde quer que ele fique, mas não vai demorar até que saibamos de mais detalhes sobre o que está acontecendo.

Fique ligado.

Pressione o botão de atualizar.

Mantenha essa aba aberta.

O Jack vai dar sequência à reportagem no programa dele na tarde de hoje. Até lá, há boas chances de que haja muito mais assuntos para se discutir.

3

No caminho de volta para a Batcaverna, Batman entrou em contato com a Oráculo e contou o que aconteceu no quartel-general do DPGC. Robin e Alfred estavam esperando quando ele chegou, mas Batman não disse uma palavra enquanto seguia diretamente para o computador. Sem nem mesmo se sentar, conectou-se à Oráculo.

Batman não disse para Gordon que iria utilizar recursos de fora. Um motivo era que Gordon não precisava saber de tudo sobre como Batman operava. Outro era que o comissário não sabia que a Oráculo era a filha dele. Era uma situação estranha, mas Barbara havia deixado claro que queria que fosse assim, e Batman foi forçado a honrar o pedido dela.

Se a vida que haviam escolhido tinha lhe ensinado alguma coisa, era que era melhor manter as barreiras entre as identidades públicas e privadas impermeáveis. Com mais frequência do que o contrário, embargos seletos de informações eram a chave de relacionamentos que funcionavam bem.

Só esperava que esse não acabasse atingindo-o pelas costas.

— *Eu estou batendo na sua porta* — disse a Oráculo. — *Você vai me deixar entrar?*

Batman digitou uma longa série alfanumérica que gerava permissões para que a Oráculo acessasse remotamente um dos servidores da Batcaverna. Esse servidor ficava isolado de todos os outros equipamentos da rede, e era reservado para trabalhos com arquivos digitais que provavelmente estivessem infectados com vírus ou outros contaminantes de computador que pudessem ser perigosos para arquivos e sistemas de controle da caverna.

— Agradeço por bater — Batman disse. — É legal que você seja educada demais pra simplesmente entrar de vez.

— *Pra você* — ela respondeu. — *Agora vamos ver o que é isso que estamos olhando.*

Batman inseriu o *pen drive* no terminal e observou enquanto um diretório abria. A pasta do *firmware* do *pen drive* se chamava HAHAHA. A seguinte era DELETADO. A terceira e última pasta se chamava TICTAC.

— *Deixa eu dar uma olhada antes de outra pessoa abrir essas pastas* — disse a Oráculo. Na caverna, eles esperaram. Ela não precisou de muito tempo. — *O firmware está normal, só cláusulas padronizadas. Qualquer garoto de faculdade poderia escrever isso. DELETADO tem oito arquivos, sem extensões. Eu não vou saber o que são até que você abra eles. Você quer fazer isso, ou prefere que eu dê uma olhada?*

— Vai lá — respondeu Batman.

Ela foi, arrumando as janelas em duas fileiras na tela do terminal principal de computadores da Batcaverna.

— *Estão todos corrompidos* — ela informou. — *Nenhum tipo de arquivo conhecido, nenhuma pista nos nomes dos arquivos. O TICTAC é um aplicativo.*

Batman os examinou pessoalmente, e num primeiro olhar não viu nada. Clicando em HAHAHA, não conseguiu nada — a pasta nem sequer abria.

— Vamos dar uma olhada no TICTAC, então — disse.

A Oráculo fez alguma coisa remotamente sem abrir a pasta.

— *Ele é completamente autônomo* — ela acrescentou. — *Você pode abrir ele se quiser. Até onde posso ver, não pode afetar nada. Mas não tem como ter certeza.*

Ele clicou no aplicativo e um leitor com uma contagem regressiva apareceu no canto da direita em cima da tela. Mostrava 00:02:00, depois 00:01:59.

— É uma contagem regressiva — disse Robin. — Mas pra quê?

— *Batman, talvez seja melhor você sair daí* — a Oráculo sugeriu —, *pelo menos até o fim da contagem regressiva.*

— Acho que não — ele respondeu. — Se tivesse ameaça direta, alguma das varreduras teria detectado alguma coisa, mas nenhuma delas mostrou qualquer resultado. Não, levando em conta o esforço que colocaram nisso, quem quer que o tenha mandado quer que a gente veja o que está no *pen drive*. E se estivesse roubando dados, a gente ia saber disso antes de completar os dois minutos.

— Um minuto e trinta segundos — Alfred o corrigiu. — Senhor.

— Isso é uma contagem regressiva pra alguma coisa — Batman continuou. — Na pior das hipóteses, o *pen drive* pode estar apagando o próprio conteúdo.

— *Não estou vendo nenhum código que possa fazer isso* — disse a Oráculo. — *Eu ainda acho que você devia ser cuidadoso.*

— Robin, Alfred, vão, se vocês acharem melhor. — Batman olhou para os dois. Nenhum deles se mexeu. — Não se arrisquem só porque são leais demais.

— Eu não acho que exista algo como lealdade "demais" — Alfred contestou.

Robin observou a contagem regressiva.

— Eu acho que você está certo, Batman. — Tim tomou cuidado para não dizer "Bruce", e o sistema alterava as vozes deles o bastante para que impedisse que fossem reconhecidos por alguém. Batman achava que talvez Barbara já soubesse a verdadeira identidade dele, mas caso ela não houvesse se dado conta ainda, não havia motivos para entregá-la.

— *É o seu funeral* — disse a Oráculo.

00:00:59

Batman colocou de novo os arquivos deletados à frente da pilha de janelas.

— Oráculo — ele começou —, se temos menos de um minuto, vamos fazê-lo valer a pena. Tem arquivos sobre Wonder City aqui. Tem alguma outra coisa que você consiga juntar com isso? Alguma coisa sobre a TYGER... o Protocolo 10... talvez com Hugo Strange, ou o próprio Coringa?

— *Os arquivos estão bem embaralhados* — a Oráculo respondeu. — *Mas tem um padrão que fica se repetindo. Olha o que acontece se eu juntar tudo.*

Na tela, uma nova janela se abriu, mostrando um bloco sólido de besteiras escritas. Grifadas por todo o bloco havia oito ocorrências separadas de uma série de oito letras maiúsculas, uma para cada documento.

IAMLARVAL.

— *I am* larval? Eu sou larval? — Robin leu. — Quem é larval?

— *Não tem mais nenhuma letra maiúscula* — disse a Oráculo. — *Rápido. Nos quinze segundos de vida que você ainda tem, o que você acha que isso pode significar?*

— Eu acho que significa que a gente tem mais de quinze segundos de vida — respondeu Batman. — Senão não faz sentido dar um quebra-cabeças pra gente começar.

00:00:09

— Bem, acho que estamos prestes a descobrir — acrescentou Robin, com uma tensão evidente na voz. — Oráculo, você devia saber...

— *Silêncio* — ela disse.

A contagem chegou a zero.

Nada aconteceu. Então...

00:59:00

Que merda é essa?

— Bem — disse Batman —, o que quer que a contagem representasse, pelo menos sabemos de uma coisa que *não* significava.

Os dedos dele voaram por cima do teclado enquanto ele e a Oráculo realizavam diagnósticos simultâneos no sistema fechado que havia usado para acessar as informações no *pen drive*. Tudo lá ainda estava intacto. O computador não registrou nenhuma operação além da que ele havia realizado, o que significava que nenhum código escondido no *pen drive* havia se autoexecutado... a não ser que quem quer que houvesse escrito aquele código fosse um hacker *mais* habilidoso que qualquer pessoa que Batman já houvesse encontrado.

— Isso foi uma piada? — Robin perguntou. — Ou simplesmente alguma coisa deu errado? Por que só recomeçou, se nada aconteceu da primeira vez?

— Talvez a contagem regressiva tenha sido uma mensagem de uma espécie diferente — Alfred sugeriu. — Talvez ainda tenhamos que reunir todas as informações de que precisamos para entendê-la. Perdoe a interferência.

— É isso que eu estou pensando, Alfred — disse Batman. — Mas com certeza estamos sem algum tipo de informação crítica. Sem o contexto adequado, isso é só um cronômetro enfeitado. — Vasculhou as notícias para ver se alguma coisa grande havia acontecido quando a contagem chegou a zero.

Nada.

Nada em Gotham, nem em lugar nenhum, a propósito. Então voltou ao documento de Wonder City.

— Oráculo, e se isso não for um documento de texto corrompido? Poderia ser uma transcrição binária corrompida de um arquivo de imagem.

— *É engraçado que você tenha mencionado isso* — ela disse. — *Estava conduzindo quatro programas diferentes de decodificação e recuperação feitos pra reconstruir arquivos de imagem, e olha o que encontrei.* — Na tela, a janela repleta de símbolos de texto sem sentido desapareceu e foi substituída por uma imagem. Era um diagrama.

— Isso é a siderúrgica — Robin disse.

— Mais precisamente, são os dutos de resfriamento — acrescentou Batman. — Mas eles não estão exatamente como eram quando eu estava caçando o Coringa através deles.

— *Mas a siderúrgica tem décadas, isso parece novo. Não é um desenho técnico?* — perguntou Oráculo. — *Eu não tenho nenhum registro de autorizações pra obras sendo expedidas em Wonder City, Arkham City, nem na siderúrgica.*

— Qualquer um que fosse construir alguma coisa assim não iria recorrer às vias comuns pra obter autorizações. — Batman olhou de novo para a série que havia se repetido no texto corrompido.

IAMLARVAL.

— O que é que oito repetições disso poderia significar? — Robin se perguntou em voz alta.

— *Alguém queria passar alguma informação adiante, isso é certo* — observou Oráculo.

— Tem mais além disso. Essas séries foram inseridas intencionalmente no arquivo corrompido. — Batman levou as opções que tinham em consideração. — Robin, vai pras ruas. Dá uma olhada em Arkham City e veja o que consegue encontrar. Isso é um convite, e não podemos nos dar ao luxo de ignorar ele.

Robin começou a se vestir.

— O que devo procurar? — perguntou.

— Comece pela siderúrgica. Observe e me informe de qualquer atividade incomum. Lá é pra estar deserto, e não é pra ter absolutamente nenhuma presença da TYGER. Oráculo?

— *A área inteira está abandonada* — confirmou —, *pelo menos oficialmente. Mas aqui é Gotham. É fácil imaginar que uma parte das instalações antigas de Hugo Strange esteja sendo usada, se você entende o que eu quero dizer.* — Nunca levava muito tempo para criminosos se deslocarem para regiões abandonadas. Isso era verdade em qualquer lugar, mas parecia acontecer mais rápido em Gotham.

— É verdade — Batman concordou. — Robin, mantenha contato o tempo todo. Eu não gosto de me separar assim, mas precisamos lidar com isso, e rápido. Assim que acharmos que sabemos o que esse "eu sou larval" significa, vamos botar você a par.

— Certo — Robin disse. Girou o bastão de bo e foi embora pela saída da Batcaverna que levava a uma estação de manutenção do metrô abandonada junto ao rio.

— *Vou ver o que consigo descobrir sobre os capangas do Coringa que restaram* — disse Oráculo. — *Fizemos o melhor que podíamos pra ficar de olho neles, mas eles escapam pelas brechas com muita facilidade. Pode ser que tenham sido absorvidos por outro grupo criminoso.*

— Boa ideia — concordou Batman. Oráculo cortou a ligação, e ele ficou parado olhando para a tela. As repetições de IAMLARVAL se destacavam em meio às besteiras que as cercavam. Havia algum significado adicional ali...

— Se puder oferecer uma sugestão... — Alfred disse depois de um minuto.

— É claro.

— Isso tem todas as características de um quebra-cabeças — Alfred continuou. — Atrevo-me a dizer... uma charada?

Batman fez que sim com a cabeça.

— É isso que eu estou pensando também. Temos três partes separadas até agora. A imagem da siderúrgica, o contador e IAMLARVAL.

— Pode ser que tenhamos quatro, senhor Bruce — disse Alfred. Ele se inclinou sobre o teclado e abriu uma janela de texto. Com um dedo, digitou

IAMLARVAL

Embaixo disso, digitou

MARAVILLA

— Um anagrama, senhor.

— Você está certo. Eu tinha pensado nisso, mas estava pensando em inglês.

— Aprendi um pouco de espanhol nas viagens da minha juventude — Alfred completou. — Um momento de perspicácia.

— Um muito bem-vindo — disse Batman. — *Maravilla*. Maravilha. Oito vezes.

— A Oitava Maravilha do Mundo — Alfred riu. — Nunca pensei que fosse escutar alguém se referindo assim à siderúrgica de Arkham City.

— Eu não acho que estejam fazendo isso, Alfred — Batman respondeu. — Mas acho que você está certo quando diz que tem mais peças nesse quebra-cabeças... e acho que você está certo quanto a quem enviou isso. — Até então, o material no *pen drive* dava todas as pistas de ser um trabalho de Edward Nigma.

O Charada.

Nigma havia deixado a sua marca por toda a Arkham City e em partes de Gotham durante a época em que a TYGER assumiu o controle e nos estágios finais do Protocolo 10. Batman se lembrou das armadilhas do Charada; "salas da morte", ele as havia chamado. Era um incômodo, mas não chegava a ser uma ameaça de primeira.

A linha de pensamento dele foi interrompida por uma ligação do comissário Gordon. Batman atendeu.

— Comissário.

— *Batman* — Gordon respondeu. — *Duas coisas. Primeiro, estou ligando pra ver o que você descobriu. Essa espera está me deixando maluco. Você conseguiu alguma coisa com aquele pen drive? O que é que ele tem a ver com aquele maníaco, o Coringa?*

— No momento, suspeito que não tenha nada a ver com o Coringa — Bruce disse. — Essa é a boa notícia. Ele está morto, e podemos deixar ele continuar morto. — *Aceite o seu próprio conselho*, disse para si mesmo em silêncio enquanto continuava. — É de alguma outra pessoa, endereçada desse jeito pra ganhar a sua atenção e pra fazer com que você me envolvesse. — Mudou de assunto. — Qual é a outra coisa? Você disse que tinha duas.

— Há cerca de cinco minutos, um homem chamado Lucas Angelo foi morto em plena luz do dia. Levou uma flechada disparada do topo de um prédio. Foi um assassinato.

— Não quero soar insensível — Bruce disse —, mas você não me liga pra falar de todos os assassinatos que acontecem em Gotham. Aconteceu alguma...?

— *Isso foi um assassinato* — Gordon disse. — *E o motivo pelo qual liguei pra você é que a palavra "tic-tac" estava gravada no cabo da flecha. Deve ser algum tipo de mensagem.*

Tic-tac. Merda, é isso.

Batman tirou às pressas as janelas do canto da tela, deixando à mostra a janela com o aplicativo de contagem. Estava regredindo de novo.

00:54:47

A janela com o contador se expandiu e uma linha de texto apareceu abaixo do contador.

COFRE À FRENTE. NÃO FIQUE ENCAIXOTADO. VOCÊ PODE APOSTAR QUE VAI ENCONTRAR ALGO PARA CRAVAR SEUS DENTES!

— Comissário — Batman disse —, vou ter que ligar pra você depois.

4

E *agora*, pensou o Charada, *as coisas vão começar a ficar sérias.*

Tantos planos interligados, cada um deles programado para ser ativado bem no momento exato. Tantas partes móveis, cada uma delas com uma função própria e todas dependendo de tantas outras. Ele nunca havia tentado algo parecido com isso.

Pensar nisso o deixava animado.

Nunca ninguém havia feito *nada* como aquilo. Havia quebra-cabeças dentro de charadas dentro de adivinhas dentro de enigmas, uma obra-prima digna de relojoeiro que dependia de um uso perfeito do tempo — e, é claro, da vontade indômita de Batman e Robin. Era a marca de um gênio transformar a virtude característica do inimigo em sua própria desgraça. Isso o Charada planejava fazer, e com a espécie de ostentação que faria Gotham City ficar de pé e prestar atenção.

Não era fácil se destacar em meio à multidão de misantropia e violência de sua cidade em particular... mas havia encontrado uma forma de conseguir fazer isso.

Ah, havia mesmo encontrado.

O contador estava marcando o tempo, e ele sabia *exatamente* o que estava acontecendo. Gordon havia ligado para Batman e Robin. Sempre os chamava quando se encontrava no escuro. Eles sabiam, agora, da seriedade da situação. Agiriam rapidamente e seguiriam até o banco.

Até o cofre, e ao que ele continha.

Perfeito. Partes do quebra-cabeça magnífico estavam sendo colocadas no lugar, enquanto outras estavam começando a se desfazer. Cedo ou tarde, Batman entenderia isso e, quando acontecesse, a segunda fase do plano se ativaria sozinha.

O Charada observou e resistiu à vontade súbita de esfregar as mãos uma na outra com uma alegria de histórias em quadrinhos. Era a primeira isca, e eles a haviam mordido — em pouco tempo o anzol estaria cravado com firmeza. Pontos de interrogação e anzóis, a semelhança era misteriosa, pensou, e então guardou a ideia para depois. Havia alguma charada nisso, exigindo ser encontrada. Era uma pena que não houvesse pensado naquilo antes dessa empreitada.

Outra hora, meditou. *É bom pensar no futuro, mas não permita que a nossa atenção se disperse justo no momento em que ela é necessária.* Os aparelhos de comunicação dele estavam no lugar, assim como uma série de desafios calibrados magnificamente. Os peões dele estavam onde deviam estar, o primeiro movimento estava completo, e agora tinha apenas que esperar que Batman o alcançasse, fazendo as únicas jogadas que podia fazer.

A jogada estava a caminho.

Mal podia esperar.

Paciência, disse para si mesmo. Será que Batman interpretaria os sinais corretamente e responderia à jogada da forma que o Charada havia previsto? *Eu conheço você, Batman*, ele pensou, *muito melhor do que você me conhece, e esse desequilíbrio vai ser a diferença que vai causar a sua ruína. É a décima jogada que força o xeque-mate na quadragésima.*

O jogo de verdade estava prestes a começar.

***

Pouco tempo depois, um lacaio entrou no santuário do Charada. Ele informou sobre o progresso que haviam feito na tarefa de localizar os guardiões mecânicos.

— A gente achou cinco deles até agora — o bandido disse. Era corpulento e parecia não ter se barbeado recentemente.

— Excelente — respondeu o Charada, sorrindo com um contentamento evidente. Qual é o estado deles?

— Todos eles parecem estar praticamente intactos, mas não vamos saber com certeza até podermos ligar eles. — Sorriu. — Sorte sua que você encontrou eles só agora — acrescentou. — Se o Coringa tivesse tomado o controle sobre eles, não daria nem pra dizer quanto estrago ele causaria. Se ele estivesse dando as ordens, seria o fim da história.

O sorriso desapareceu do rosto do Charada.

— Isso é tudo — ele disse, e o homem pareceu espantado. Virou-se para ir embora, aproximando-se da porta.

Nigma atirou nele pelas costas. Ele desabou sem emitir nenhum som.

Dois outros ninguéns entraram na sala correndo, pegando as armas. Por um momento pareceram atordoados, depois se abaixaram e pegaram o cadáver pelos braços. Arrastaram-no para fora da sala sem pronunciar nenhuma palavra.

5

Robin estava correndo por um túnel há muito tempo abandonado, que antes era usado como uma via de retorno para os trens do metrô de Gotham, antes de as linhas serem alteradas e novas instalações serem construídas do outro lado da cidade. As lâmpadas de halogênio acima dele projetavam sombras fortes. No teto, a tinta estava descascando e pedaços de argamassa estavam dependurados, e o gotejar de um córrego subterrâneo corria por um canal artificial posicionado entre os trilhos.

Chegou a uma porta de aço, fechada com trancas pesadas e protegida por um alarme que soaria caso mexessem na porta pelo outro lado. Robin se inclinou na direção dela para que o *scanner* de retinas no painel do alarme pudesse identificá-lo. Depois colocou o polegar direito e então o anelar esquerdo sobre um dispositivo feito para lê-los. Estes três traços de identificação, quando apresentados na ordem correta, desarmariam o alarme — e isso por apenas quinze segundos.

As trancas se soltaram e Robin abriu a porta, fechando-a com calma por trás de si. Esperou e escutou as trancas se fecharem novamente com um forte estampido.

Desse lado, a porta parecia tão antiga quanto tudo o que a cercava. A única luz do lugar era emitida por lâmpadas incandescentes antigas, deixadas ali por uma equipe de manutenção, e as sombras ficavam borradas na semiescuridão. Pichações eram visíveis na parede abaixo de cada lâmpada, cada uma delas representando alguém que havia marcado o seu território pessoal.

Robin estava em um túnel de manutenção paralelo à linha de metrô que seguia pela margem do rio, ainda ativa. Escutou cuidadosamente, pois ali talvez se deparasse com funcionários realizando melhorias nos túneis ou nos sistemas de sinalização. Tudo o que escutou foi o rumor cada vez mais longínquo de um trem que havia acabado de passar por ali, em direção ao centro da cidade. Mesmo assim, manteve o bastão de bo preparado.

Foi rapidamente em direção a outra junção de túneis, onde a passagem principal se encontrava com um atalho que levava para baixo da barreira que separava Arkham City do resto de Gotham. Quando Hugo Strange supervisionou a construção das paredes no entorno do complexo, havia selado as entradas de metrô, mas não os túneis. Isso facilitou a chegada de Robin à estação próxima à Instalação de Controle de Inundações. De lá poderia subir até a superfície e chegar à siderúrgica sem ser visto. Apesar do caos violento que havia tomado a região, Arkham City não estaria abandonada — não completamente.

Nada em Gotham ficava abandonado por muito tempo.

Pulando a catraca, subiu a escada, chegou à superfície e descobriu que as portas da estação de metrô ainda estavam fechadas por fora com correntes. Todas as janelas da estação também estavam fechadas, mas com tábuas. Isso lhe dava duas opções. Um punhado de gel explosivo arrombaria as portas, mas não queria fazer tanto barulho. Poderia quebrar uma janela sem muito esforço, mas depois precisaria arrancar as tábuas de compensado que cobriam a moldura da janela. Isso também provocaria mais barulho do que podia causar.

Examinando o lugar, olhou para cima.

A estação tinha claraboias, e elas não estavam tapadas.

Guardando o bastão, sacou uma pistola especial e atirou um gancho com uma corda em direção às vigas que sustentavam o telhado. Rebobinou a corda e foi puxado suavemente até o teto, enrolando as pernas em volta de uma das vigas. Segurando-se com firmeza, puxou a alça para abrir a claraboia, fazendo uma careta enquanto o mecanismo antigo rangia alto.

Quando abriu o bastante para que pudesse passar, parou para escutar. Ninguém parecia ter notado a presença dele, então foi para o teto da estação.

Abaixo dele estendiam-se as ruínas de Arkham City. A destruição que não havia sido causada pelos próprios prisioneiros durante o tempo de reclusão fora provocada pelas forças da TYGER e o Protocolo 10 durante o último confronto, que havia culminado na morte do Coringa. Partes da siderúrgica haviam desabado, assim como havia acontecido ao palácio de justiça e à torre do antigo hospital.

Carros queimados e barricadas haviam tomado as ruas, aqui e ali havia colunas de fumaça indicando incêndios ainda latentes, e todas as janelas estavam ou quebradas ou com buracos de bala. Levaria anos para que a área pudesse ser reconstruída, se alguém se importasse em fazer isso. Uma cortina de fumaça pairava sobre a paisagem, tornando impossível saber em que hora do dia estavam.

Às vezes parece que tem sempre *uma névoa pairando sobre Gotham*, Robin pensou, desolado. *Aposto que dá pra ver o sol em Metrópolis.* Manteve-se no mesmo lugar até ter certeza de que não havia nenhum movimento nas ruas. Se alguém havia permanecido ali, não estava disposto a se aventurar do lado de fora.

E quem é que pode culpá-lo?

A casa de bombas junto à Instalação de Controle de Inundações era utilizada tanto para Arkham City quanto para Wonder City, escondida por baixo da primeira. Os túneis dela se ligavam ao sistema de resfriamento que se retorcia e fazia a curva por trás da siderúrgica.

Robin avaliou aquela abordagem. Examinou o estacionamento em frente à casa de bombas, vazia exceto por algumas carcaças carbonizadas. Havia muitas janelas escuras escancaradas no próprio edifício — posições que podiam esconder observadores... ou atiradores. Arkham City devia estar vazia, mas não era como se o DPGC estivesse implementando um toque de recolher.

Nunca tem um policial por perto quando se precisa dele.

O envelope, os arquivos de computador, os desenhos técnicos, todos eles podiam ter sido plantados para deixar Batman e ele a céu aberto. Um terreno vasto e varrido pelo vento como aquele que tinha que atravessar seria um lugar perfeito para matá-lo.

Teria que ser rápido.

Dando três passos correndo para tomar impulso, lançou-se de cima do teto da estação e pegou nas pontas da capa, estendendo-a e deslizando pelo ar numa descida suave até a rua. Se alguém estivesse observando-o, não estava dando nenhum sinal disso. Por todas as evidências de seus sentidos, ele era a única pessoa em Arkham City.

A sua intuição, porém, dizia-lhe o contrário.

Alguém estava ali. Talvez alguns dos sem-teto de Gotham houvessem se abrigado lá, na esperança de desaparecerem. Talvez as gangues de rua houvessem decidido tirar vantagem da ausência total de policiamento. Muitos chefes criminosos haviam montado suas bases ali durante a loucura. Talvez os capangas deles houvessem decidido permanecer ali, agora que a atenção de Gotham City havia se voltado para outra região após a morte do Coringa.

Havia muitos talvez.

Pousou junto à entrada da frente e preparou o bastão, enquanto se aproximava. Ambas as portas de vidro estavam quebradas, e aquilo não havia acontecido recentemente. Robin atravessou a moldura vazia da porta da direita e entrou no pequeno saguão. Cruzando o espaço sombrio, passou por uma porta próxima à janela de serviço e encontrou o salão que levava de volta até a casa de bombas. A maquinaria de lá estava em silêncio. A autoridade encarregada da distribuição de água em Gotham estava construindo uma nova estação de tratamento e controle de inundações, em um bairro mais seguro.

Descendo até o piso principal da sala de bombas, Robin localizou os dutos de escoamento que canalizavam o excesso de água durante tempestades, tirando-as da direção do esgoto de Gotham e as enviando ao rio. Abriu uma escotilha e desceu pelo duto mais próximo. Havia uma corrente de água empurrando os seus pés, e ele seguiu contra ela até chegar a um duto interligado que costumava levar embora a água dos túneis de resfriamento da siderúrgica. A única água que passava por esses túneis agora era de vazamentos. Pisou sobre poças estagnadas e escutou o barulho de ratos deslizando pela escuridão. Com frequência, parava para se certificar de que não estava escutando animais maiores, particularmente da perigosa espécie de duas pernas.

Nada ainda... mesmo assim sentia que estava sendo observado.

O duto de descarte da siderúrgica levava a um tanque de armazenamento vazio. Quando as instalações estavam funcionando, a água quente das operações era resfriada até poder ser lançada no rio sem matar todos os peixes de lá. As saídas dos dutos de escoamento ficavam mais adiante no rio, ou pelo menos algumas delas ficavam. Outras águas residuais provavelmente eram bombeadas na direção da Instalação de Controle de Inundações para serem filtradas e descartadas.

Uma escada havia sido construída dentro do tanque para inspeções e manutenção. Levava até uma escotilha que podia ser aberta por dentro. Às vezes, protocolos de segurança vinham a calhar, Robin pensou. Nenhum inspetor iria querer ficar preso ali quando o tanque começasse a encher de água fervendo. A propósito, ele também não queria.

Subiu a escada. As barras dela, assim como as paredes do tanque, estavam encardidas devido às impurezas acumuladas ao longo de décadas de funcionamento da siderúrgica. Quando chegou ao topo da escada, girou a manivela para abrir a tampa da escotilha.

A manivela girou, mas a escotilha não abriu. Robin empurrou com toda a força que tinha, que não era muita devido à posição estranha em que estava. Mas ela não se moveu. Nem mesmo rangeu. Iluminou as bordas da escotilha e viu marcas de soldagem.

Ah, pensou. *Então é agora que as coisas vão começar a ficar interessantes.*

Pendurado com uma das mãos e segurando a lanterna com a outra, virou-se para olhar para o tanque.

Tinha seis metros de profundidade, com um fundo arredondado. Três aberturas no alto de uma das paredes provavelmente levavam em direção às áreas de fundição e da fornalha, onde a água seria necessária para o resfriamento. No outro lado, na parte de baixo da parede, onde o fundo do tanque se recurvava até quase ficar na horizontal, ficava o duto de escoamento pelo qual Robin havia entrado. Não havia outros caminhos nem para entrar, nem para sair.

Olhando de novo para as três aberturas dos canos de resfriamento, Robin viu algo que não havia notado num primeiro olhar. Embaixo de cada um deles, desenhado na sujeira da mesma forma como uma criança deixaria uma mensagem no vidro de trás sujo de um carro, havia um símbolo solitário — um ponto de interrogação.

O Charada.

Fazia muito sentido. Essa espécie de quebra-cabeças de gato e rato era exatamente do estilo dele.

Robin deu outra olhada no teto. Se a única saída do tanque era por um dos túneis de resfriamento, não poderia alcançá-los do chão. O teto era construído com folhas de metal e sustentado por vigas. Do topo da escada podia alcançar por pouco a viga mais próxima. Segurando a lanterna com os dentes, agarrou o suporte de metal e, balançando, se projetou para o próximo, como se estivesse em um parquinho infantil, até ficar dependurado sobre o centro do tanque.

Pegando a lanterna com a mão de novo, usou-a para olhar dentro dos três túneis. Os três pontos de interrogação pareciam idênticos. Não havia nada que indicasse qual túnel deveria escolher.

Passou pela mente de Robin sair e entrar em contato com a Batcaverna, mas não gostou daquela ideia. Parecia cauteloso demais, e ele não queria que pensassem que não podia tomar conta de si mesmo. Batman estava sempre guiando-o, e naquele momento Robin tinha a liberdade de confrontar aquele problema da forma que achava melhor. Ele estava tentando provar alguma coisa? Claro. Não tinha motivos para negar isso. Mas também era capaz. Havia treinado bastante e não estava com medo do Charada.

Podia lidar com aquilo sozinho.

Espreitou de novo cada um dos túneis. Eram cilíndricos, com cerca de um metro e oitenta de diâmetro e saídas niveladas a mais ou menos um metro e oitenta de distância uma da outra. Não havia nenhuma sinalização — nada que indicasse onde desembocavam do outro lado. Iluminou o interior deles, mas a parte de cima dos túneis também não lhe ajudava em nada.

Isso não combinava com o estilo do Charada — ele nunca preparava uma charada que não tivesse resposta. Aquilo seria deixar ao encargo da sorte, algo que ele nunca faria. Depender da sorte era admitir que não tinha controle sobre a situação. Logo, se não havia motivo para distinguir entre os três túneis, qualquer um deles serviria.

Com as mãos, Robin se suspendeu por uma das vigas até estar alguns metros dentro do túnel do meio. O interior dele estava imundo, coberto de resíduos, mas fora isso sem nada que chamasse a atenção. *Confie em você mesmo*, pensou. Com um chute, impeliu-se para cima, depois se empurrou para adiante, soltando a viga e aterrissando logo na entrada da boca do túnel. Deslizou um pouco, depois parou, congelado.

Nenhuma bomba explodiu, nenhum choque elétrico o atordoou, nenhum gás venenoso foi expelido na direção dele.

Até agora, tudo bem. Sentindo-se mais ousado, Robin ativou o aparelho de comunicação e ligou para Batman... mas não tinha sinal. *Ok, então*, pensou. *Você queria que eu entrasse em contato. Eu tentei. Seguindo adiante.* Apontando a lanterna à frente, caminhou pelo túnel com a parte de cima do capuz roçando no teto. Cada passo dele ecoava em volume baixo. Depois de cerca de trinta metros, encontrou uma escotilha no teto. Essa abriu sem problemas, revelando um eixo vertical com uma escada como a do tanque de armazenamento. Guardando a lanterna, pegou na primeira barra e subiu.

A escotilha dava em uma sala de máquinas que devia ficar localizada próxima às fornalhas. Assim que passou pela escotilha, ela se fechou com força. Uma série de estalidos ecoava pela câmara, e raios de luz vinham por todos os ângulos, quase o cegando após a escuridão dos túneis.

Girou no mesmo lugar, com o bastão preparado, prevendo um ataque. Nada aconteceu, mas o Charada havia estado ali. Pendurado sobre um painel de controles e mostradores, havia um papel com algo escrito.

BEM-VINDO!

Todas as luzes do painel começaram a piscar. Robin as observou, notando um padrão. Depois de um tempo percebeu que era código Morse. As luzes piscando paravam, depois se repetiam. *A... V...*

Aves ou Mammalia

Essas eram classes do reino animal. "Pássaros ou mamíferos". *Robin ou morcego*. Aproximou-se do painel e viu que o teclado havia sido modificado. Todas as teclas haviam sido removidas, exceto pelo A e o M.

Interessante, pensou. *Dois planos diferentes: um pra mim e um pro*

Batman. Algumas das teclas removidas estavam alinhadas sobre o teclado, formando uma observação de aviso.

SINCERO

Ok, Robin pensou. *Vou ser sincero.*

Pressionou A.

O padrão das luzes piscando mudou imediatamente.

Encantador, agora você pode ir embora.

Todas as luzes da sala se apagaram, exceto por uma única lâmpada no canto oposto. Robin foi naquela direção e encontrou um alçapão com um painel com botões montado em um poste ao lado dele. O leitor do painel estava lançando um brilho verde e mostrava quatro asteriscos.

Um código de quatro dígitos. Dez mil possibilidades.

Usou a lanterna para iluminar a sala ao redor, procurando qualquer pista de qual poderia ser o código. Olhou as bordas do painel — era impressionante quantas pessoas escreviam senhas e códigos de acesso e as colavam junto aos lugares onde deveriam ser utilizados. Depois expandiu a busca. Voltou ao teclado para ver se as teclas numéricas haviam sido alteradas de algum jeito. Não havia mais nenhuma tecla, e os sensores expostos estavam intactos.

Então onde é que estava a pista?

Tinha que estar ali, em algum lugar.

Por mais orgulhoso e teimoso que fosse, Robin não era estúpido. Fazia parte de uma equipe, e fez a ligação.

Dessa vez Batman atendeu.

REPORTAGEM ESPECIAL

DE OLHO NAS NOTÍCIAS DE GOTHAM

Reportagem de **Vicki Vale**

"Um assassinato foi reportado no centro de Gotham, perto do encontro entre o West Waterfront Boulevard e o túnel sul. A polícia não está liberando o nome da vítima, mas fontes confirmam que era um homem adulto e que foi morto com uma flechada.

Vou repetir, houve um assassinato em plena luz do dia no centro de Gotham, e a vítima parece ter sido atingida por uma flecha.

Estamos na cena do crime, e como vocês podem ver, a polícia não está deixando ninguém se aproximar do corpo. Houve algumas especulações de que o Batman estaria presente na cena do crime, já que é sabido que ele e o comissário Gordon se encontraram hoje pela manhã. Mas até agora não vimos o vigilante, nem o Robin. Não há nada indicando que eles estejam envolvidos com a investigação.

Fitas de isolamento foram utilizadas para cercar toda a área, e se olharem para o lugar que estou apontando, ali ao norte? É possível ver oficiais e detetives do DPGC sobre o terraço do antigo edifício Kaplan Granary. Estamos assumindo que o assassino atirou de lá, mas, como já dissemos, o comissário Gordon está mantendo a boca bem fechada durante esse estágio inicial das investigações.

O terraço fica a quase trezentos metros de distância de onde ainda está o corpo, ali na calçada logo ao norte da Chancey e Amidon. Não sou nenhuma especialista em arco e flecha, mas essa parece ser uma distância bem longa para se atirar uma flecha com precisão. Será que isso significa que alguns dos criminosos mascarados de Gotham voltaram à ativa? Será que isso tem alguma coisa a ver com a visita do Batman ao quartel-general da polícia de Gotham na manhã de hoje?

Até agora, tudo o que temos são especulações, mas claramente esse não é um crime de rua comum. Quando tivermos mais informações — inclusive o nome da vítima e uma declaração inicial dos investigadores do homicídio —, *De olho em Gotham* vai lhes informar imediatamente.

Aqui é Vicki Vale, transmitindo ao vivo do centro de Gotham".

6

O Gotham Merchant's Bank estava vazio, como estava há meses desde quando foi bastante danificado por um explosivo que o Coringa havia colocado no cofre subterrâneo.

O banco ainda realizava suas operações em várias outras filiais e ainda era controlado por Roman Sionis, uma figura do crime organizado também conhecida — pelo menos por Batman — como Máscara Negra. O paradeiro atual de Sionis era desconhecido. Havia sido encarcerado em Arkham City depois de se atracar com Robin, mas Batman suspeitava que houvesse escapado durante o caos provocado pelo término violento do Protocolo 10.

Ele também suspeitava que a mensagem críptica que havia surgido embaixo do contador o estivesse conduzindo até o cofre. Na verdade, estava certo disso. O Charada havia iniciado a sua jogada invocando o nome do Coringa, e agora estava dando-lhe continuidade atraindo-os para o local de uma das batalhas finais entre o morcego e o palhaço. Era impossível escapar da lógica daquilo. Quanto ao resto da charada...

"*... algo para cravar seus dentes!*"

Sem dúvida, a solução dela se apresentaria quando entrasse no cofre.

Batman se aproximou por cima, lançando uma corda sobre a praça Jezebel. Balançou-se do museu até o mostrador do relógio do banco e escalou a fachada do edifício até o terraço. A saída de emergência com portas de aço estava aberta, a escadaria do outro lado dela estava cheia de lixo e destroços que haviam sido soprados para lá durante o inverno. Desceu cinco lances até o térreo, empurrando a porta da escadaria com suavidade e examinando o saguão principal.

Estava deserto, e parecia ter estado assim por um bom tempo. Tudo estava um caos — tudo o que não havia sido pregado no lugar fora roubado ou destruído por saqueadores. A porta da frente havia sido fechada com tábuas e cadeados. O cofre ficava um andar abaixo, acessível através de outra escada localizada no meio da sala.

Vozes vinham do andar subterrâneo. Ele fechou a porta devagar, atravessou o saguão e continuou descendo. Duas, três, quatro vozes diversas — sons de um grupo, que provavelmente estava pilhando o cofre.

A entrada do porão estava aberta, levando a uma área de recepção que estava acabada de uma maneira semelhante. Do outro lado da sala, Batman viu que a porta de aço maciço também estava aberta. Dentro do cofre, viu dois homens, armados com rifles e vestindo algo próximo a uniformes militares. Vilões amavam vestir seus capangas para que parecessem soldados. Por baixo dos adornos, porém, eram todos apenas bandidos e vagabundos.

Atravessou a sala sorrateiramente e se agachou junto à mesa da recepção, mantendo toda a atenção sobre o cofre. A porta de entrada comprometia a visão dele. Conseguia ver três homens agora, mas havia escutado pelo menos três vozes diferentes. Também viu que o lado oposto do cofre ainda estava em ruínas devido à explosão. Em um lugar que antes era bloqueado, havia agora uma abertura grosseira em meio aos escombros, como se alguém houvesse aberto um túnel dentro do porão.

Para todos os efeitos, o alcance da parte subterrânea de Gotham era infinito — túneis de metrô, câmaras subterrâneas e fundações de edifícios que não existiam mais e sobre as quais novos prédios haviam sido construídos. Esgotos, canais de vapor e até mesmo tubos pneumáticos antiquados proviam quilômetros de caminhos não monitorados. Mil pessoas poderiam se mudar lá para baixo sem nunca serem encontradas... embora alguns dos residentes conhecidos do submundo tornassem essa ideia pouco saborosa.

Solomon Grundy, entre outros, não sofria com intrusos. Graças ao Pinguim, o morto-vivo havia desenvolvido um paladar pela carne humana.

Mesmo assim, os espaços subterrâneos eram frequentemente utilizados por criminosos. Ficar fora da vista do público valia o risco para eles. Por que o Charada estava correndo aquele risco era algo que Batman pretendia descobrir... agora.

Mantendo três dos capangas armados no campo de visão, deu um passo para o lado de trás da mesa da recepção e lançou três Batarangues em uma sucessão rápida, mirando um em cada um deles. O primeiro e o terceiro acertaram no alvo. Um dos bandidos caiu sem produzir nenhum som quando o Batarangue o acertou na base do crânio, enquanto o outro gritava e cambaleava devido ao impacto na omoplata.

O segundo projétil passou raspando no rosto do alvo e atingiu fragmentos dos destroços de concreto no fundo do cofre.

Enquanto os Batarangues ainda estavam no ar, Batman avançou na direção do cofre. Mirou no bandido cambaleante, nocauteando-o com um único soco. Isso deixou as costas dele vulneráveis por um instante ao que não havia sido atingido, mas era um risco aceitável. Quando se está lutando contra múltiplos oponentes, era melhor acabar com um do que atingir dois sem abater nenhum deles.

A prioridade era sempre igualar as chances.

A capa se abriu por trás dele, disfarçando o contorno do seu corpo e fazendo com que fosse mais difícil para os bandidos mirarem nele. Uma rajada de tiros atravessou o tecido, as balas passaram entre o braço esquerdo e as costelas do Batman. Ele girou e a capa atingiu o oponente com um estalo, tirando a arma da mão do segundo bandido.

Ao girar, viu também que não estava enfrentando quatro homens. Estava enfrentando seis. No canto próximo à parede de cofres individuais, um trio de atiradores levantou as armas.

Merda, ele pensou. "*Não fique preso!*"

O aparelho de comunicação na máscara apitou, mas Batman o ignorou. Antes que os bandidos conseguissem meter uma bala nele, jogou uma bomba de fumaça, lançou a capa para a direita e se esquivou para a esquerda. A rajada tripla de tiros retalhou a ponta da capa — e também retalhou o atirador que Batman havia errado com o Batarangue. Sentiu uma pontada de culpa, mas não havia nada que pudesse ter feito. Pessoas daquele meio assumiam o risco de danos colaterais.

A fumaça subiu em um turbilhão, obscurecendo o campo de visão dos três atiradores restantes que, do canto, continuavam a atirar com selvageria. Sabendo que tiroteios fora de controle tendiam a ir para cima e não para baixo, Batman se agachou e atacou em meio à nuvem de fumaça. Bateu na parte de baixo de um deles e escutou o estalo de um osso se partindo na perna do homem. Antes de o alvo sequer começar a gritar, Batman já estava girando para afundar o cotovelo direito no torso do capanga à esquerda, fazendo-o dobrar-se. Continuando a girar, pegou o revestimento do cano da arma do último oponente, arrancou-a das mãos dele e afundou o cano da arma na cabeça do bandido.

Quinze segundos. Três pessoas inconscientes, uma morta, uma vomitando no chão e outra caída com uma perna quebrada. Uma névoa pairava no ar, causada tanto pelo tiroteio quanto pela bomba de fumaça. Perto do buraco na parede que havia desabado, uma corrente de ar estava levando a fumaça embora. Percebeu aquilo — significava que o túnel definitivamente se ligava ao complexo maior de passagens abaixo de Gotham.

Além dos túneis artificiais, havia um sistema de cavernas naturais que nunca havia sido totalmente mapeado, e que no fim se ligava à Batcaverna. Ele havia selado a entrada da caverna que dava nela, usando o máximo de suas habilidades, mas poderia haver quilômetros de outras passagens e câmaras usadas por qualquer um que por acaso as descobrisse.

Enquanto a fumaça se dissipava, o bandido com a perna quebrada continuava a gritar. Batman deu três passos largos para alcançá-lo e lhe deu um soco firme no queixo.

A gritaria parou.

Então examinou a sala. As paredes, feitas de concreto reforçado por precauções de segurança, estavam relativamente intactas, exceto pela área imediata onde havia ocorrido a explosão. Uma parede estava vazia, outra continha a porta e os mecanismos de tranca e a terceira estava repleta de cofres individuais alinhados. Era ali que estava o bandido, de quatro, ainda abalado pelo soco que havia recebido no estômago.

Batman se agachou ao lado dele.

— Quem foi que mandou vocês pra cá?

— A gente estava só cobrindo o lugar — o bandido gemeu. — De guarda. Ninguém disse que você ia estar aqui.

— De guarda a mando de quem?

— Não me faça falar com você — o homem implorou. — Você *sabe* o que vão fazer se acharem que eu entreguei eles.

— Tudo o que você tem que dizer é sim ou não. O Charada?

O bandido fez que não com a cabeça.

— Não. Não foi ele. Eu nunca conheci ele.

Batman se inclinou bem perto dele, apesar do cheiro de vômito.

— Você sabe que eu não mato pessoas, mas não vejo problemas em usar um pouco de... persuasão. — Parou e esperou que o bandido entendesse aquilo. — Me diz de novo. O Charada mandou vocês aqui?

— Não! — o homem bradou, e fez uma careta de dor. — Eu disse pra você, eu nunca conheci ele!

Ele estava falando a verdade. Havia uma certa espécie de desespero visível em bandidos de rua de baixa categoria que sabiam que haviam ido longe demais. Podiam mentir para a polícia, mas morriam de medo do Batman. Era exatamente o que ele queria.

— Então quem foi?

— Eu não sei — o homem respondeu. — Um cara, a gente se encontrou uma vez e ele passou instruções pra gente. A gente está fazendo o que ele disse pra gente fazer. Não era pra você estar aqui, como eu disse.

— É porque eu apareço quando você não espera — Batman disse, depois deu um golpe forte o bastante para fazer o bandido dormir por um tempo.

Pressionando os controles na luva, checou o aparelho de comunicações. Estava esperando uma notificação da Oráculo em breve. Ela havia combinado de lhe dizer quando o contador do *pen drive* chegasse a zero de novo. Mas ainda estava cedo demais — ainda não havia se passado uma hora. Estava perto, mas ainda faltava um pouco. A ligação que havia recebido durante a luta não podia ser dela.

Olhando para o sequenciador criptográfico que conectava todos os dispositivos de comunicação à frequência particular dele, Batman viu que a ligação havia sido de Robin. *Isso é bom*. Uma ligação significava que Robin estava mantendo contato. Múltiplas ligações indicariam alguma urgência.

Então voltou a atenção para o cofre. O Charada queria que ele visse alguma coisa ali. Porém, os bandidos não faziam parte da jogada — estavam conversando abertamente quando ele chegou. Se a intenção fosse armar uma emboscada, haviam feito um trabalho comicamente terrível. Aquilo não se encaixava. Até então, Nigma parecia estar sendo bem mais cuidadoso com o que planejava.

Não, o esquadrão de capangas estava ali por outro motivo. Talvez devessem tomar conta de alguma coisa, como pareciam pensar, mas Batman tinha a impressão de que haviam sido deixados ali como peões para serem sacrificados, ou para garantir que ele permanecesse ali por tempo suficiente para dar uma boa olhada no lugar. Talvez estivesse com suspeitas demais, mas não havia algo como suspeitar demais. Não quando o Charada estava colocando em prática seus estratagemas mortais.

Um destes estratagemas foi isolar-se de capangas como aqueles. Devia ter usado um intermediário para contratá-los e distribuí-los. Descobrir quem era esse intermediário seria uma tarefa para a Oráculo. Batman a colocaria no rastro dele quando voltasse à Batcaverna.

Como se estivesse esperando a deixa, Oráculo lhe enviou uma mensagem de texto.

O contador chegou a zero. Está reiniciando. Agora está mostrando cinquenta e nove minutos e cinquenta e oito... cinquenta e sete... você entendeu.

Batman pressionou o controle para impedir que a mensagem fosse repetida. Se o Charada quisesse que ele simplesmente entrasse no túnel, não teria colocado atiradores no caminho. Isso estava claro. Então o túnel tinha uma importância secundária, se chegasse a isso. Alguma coisa no cofre era a próxima pista. Não estava nas paredes vazias, e não havia nada fora do comum na porta aberta.

Assim, restavam os cofres individuais. Virou-se para a parede de novo e viu algo que não estava evidente de imediato. As caixas estavam todas no lugar, exceto por uma, como se o cofre nunca houvesse sido saqueado. Levando em conta o estado do resto do banco, entretanto, isso não se encaixava. E os bandidos estavam fazendo *alguma coisa* para causar todo aquele barulho.

"*Não fique preso*".

Bom conselho, Batman pensou. Não podia cometer o erro de assumir que sabia o que uma charada significava. Tinha que seguir seu caminho um elemento por vez, passo a passo.

O comunicador apitou. Robin estava lhe ligando de novo. Dessa vez, Batman atendeu, pressionando o controle na luva.

— *Até que enfim* — Robin disse. — *Espero não ter apressado você.*

— Tem alguma coisa que você quer reportar, ou estamos só tagarelando?

— *Bem, eu atravessei os túneis subterrâneos até chegar à casa de bombas no rio, na Instalação de Controle de Inundações. Então eu ia descer pelos dutos de escoamento e sair dentro da siderúrgica, pra que quem quer que ainda estivesse em Arkham City não entrasse no meu caminho. Mas chuta o que eu encontrei?*

— Eu não vou chutar.

— *Lembra das salas de desafio do Charada?*

— Hã-hã, elas são bem memoráveis.

— *Bem, eu encontrei mais uma. Estou nela.*

Batman franziu o rosto. Mesmo assim, Robin não estava soando alarmado.

— Por que é que você não está *fora* dela? — perguntou rispidamente. Havia ficado incomodado por ter enviado Tim em uma situação desconhecida como essa, mas o tempo estava contra eles da forma mais literal de todas. Cada hora que se passasse, outra vítima pagaria com a vida.

— *É por isso que estou ligando pra você* — Robin respondeu. — *Tem uma porta aqui que só abre com um código. Tem quatro dígitos. Eu posso ficar aqui e tentar todas as dez mil combinações possíveis, mas...*

Esse era um quebra-cabeças bem mundano para a média do Charada, Batman pensou. Como o anagrama de MARAVILLA. Tinha que haver mais alguma coisa ali. Enquanto levava isso em consideração, examinou a parede com os cofres individuais. Todos eles estavam na ordem numérica certa — 4777, 4778...

Ah, pensou.

— É isso.

Os sons que havia pensado serem dos atiradores saqueando o cofre eram na verdade o contrário. Eles estavam colocando os cofres individuais *de volta* no lugar, deixando apenas um único faltando para chamar a atenção dele. E aquele espaço vazio conteria uma caixa com um número de quatro dígitos. Qualquer coisa naquele espaço, nas palavras do Charada, não ficaria presa, pois a caixa que lhe pertencia não estava ali.

— *O que foi que você disse?* — Robin perguntou.

— Não quis dizer nada — Batman respondeu —, mas acho que posso ter uma resposta pra você. Espera um pouco, deixa eu confirmar.

— *Vou esperar* — Robin disse. — *Sem pressa.*

Batman foi até o centro da sala para que pudesse olhar bem para o cofre vazio. Um objeto triangular solitário repousava lá dentro. Batman se aproximou, atento à possibilidade de uma armadilha. As paredes internas da caixa estavam vazias e não pareciam ter sido alteradas. Deu outro passo adiante e viu que o objeto dentro da caixa era um dente, ou algo entalhado que parecia um.

É claro.

"*Algo para cravar seus dentes*".

Olhando mais de perto, Batman examinou o dente sem tocar nele, e inspecionou a prateleira ao redor para ver se conseguia discernir qualquer espécie de mecanismo que pudesse ser ativado caso o tocasse. Não havia nada. Iluminou com a lanterna para ter certeza. Nenhum fio, nada brilhava sob a luz.

— *Quando eu disse "sem pressa", estava brincando* — Robin disse pelo aparelho de comunicação. — *Aqui está ficando assustador.*

Batman olhou para a caixa à esquerda do espaço vazio — 8121. À direita estava a 8123. Fazia sentido perfeitamente, na lógica do Charada. A solução de um quebra-cabeças também levava ao início do seguinte. Ainda devia ser uma armadilha, mas ainda estavam bem no começo dos planos do Charada. O *modus operandi* normal dele era criar confusões menores que cresciam até chegar a uma grande revelação.

— Tente 8122 — ele disse. — Mas só por segurança, saia da reta da porta enquanto digitar.

— *O painel é no outro lado da sala* — Robin informou. — *E o Charada está só se mostrando nesse ponto. Ele quer mostrar alguma coisa pra gente.*

— Certo — Batman respondeu. — Mas, mesmo assim, toma cuidado. Vai lá. Vê o que acontece.

Houve uma pausa.

— *É isso* — Robin disse. — *A porta abriu.*

— O que você está vendo do outro lado?

— *Nada ainda. Deixa eu ir lá e ver.*

— Certo. Mantenha contato.

— *Eu vou manter.* — Robin desligou e Batman deu uma última olhada no cofre para garantir que não havia deixado de notar nada. Quando ficou satisfeito, voltou a atenção para o dente.

Era grande, mais ou menos longo que nem a mão dele, pontiagudo e ligeiramente encurvado. As raízes dele estavam intactas e ainda havia uma pequena quantidade de tecido preso a ele. Pela aparência que tinha, o dente havia sido arrancado recentemente de algum animal que em algum momento o havia usado para comer.

Uma pista, então. Um dente de animal, colocado em um lugar específico. Não conseguiriam resolver aquela parte da charada, porém, sem saber a que animal pertencia.

Batman pegou o dente e o ergueu na palma da mão.

Ouviu um estalo vindo do espaço vazio que antes continha a caixa 8122, e um chiado lento. O fundo da caixa se levantou levemente, e então escutou outro estalo.

Uma placa de pressão.

Batman estava a três passos longos da porta do cofre. Havia dado dois deles quando a bomba escondida na parede de cofres individuais explodiu.

Perdeu um pouco de tempo, mas não muito.

Quando recuperou os sentidos, estava enrolado no chão contra a base da escada de pedras, chamuscada e soltando fumaça. Os estilhaços das caixas de metal haviam destruído parte da capa e cortado a roupa e a pele dele em vários lugares. As chamas rugindo dentro do cofre estavam sugando o ar para baixo da escada. Já haviam se espalhado para a área de recepção. Os ouvidos de Batman estavam zumbindo, e o impacto da onda provocada pela explosão havia feito com que sentisse algo nos pulmões que não conseguia expelir de verdade tossindo.

O Charada está adaptando o estilo dele, meditou. *Talvez seja hora de usar a roupa blindada.*

O interior do cofre parecia o interior de uma fornalha alta. O fogo estava ardendo tão intensamente que projetava chamas porta afora — e para cima, como se a explosão houvesse derrubado a parede exterior e exposto o cofre a céu aberto. Era impossível que qualquer um dos capangas do Charada houvesse sobrevivido.

Um barulho de farfalhar vindo do teto sobre a mesa de recepção fez com que ele voltasse a se mexer. Subiu a escada, mancando devido a uma dor aguda no calcanhar direito. Fora isso, parecia intacto, em sua maioria, mas quando alcançou o piso principal notou que o nariz estava sangrando.

O saguão estava repleto de fumaça, impedindo que enxergasse. Tirou um respirador do cinto e o prendeu sobre a boca, respirando fundo o ar filtrado. Sem confiar na integridade estrutural do chão tão próximo à explosão, foi até a escadaria e subiu o mais rápido que pôde até o terraço do banco.

Quando chegou ao terraço de novo, viu quantos danos o prédio havia sofrido. A explosão fizera parte da parede externa do banco desabar no lado oposto à escadaria que dava acesso ao terraço, levando adiante o trabalho que o Coringa havia começado meses antes. Chamas estavam se espalhando pelos destroços e lambendo as laterais do edifício.

O banco era velho, com uma certa quantidade de detalhes de madeira, e repleto de móveis antigos. Queimaria até não restar nada, e o fogo poderia facilmente pular para prédios vizinhos. Batman ligou para o número de emergência de Gotham e reportou o incêndio. Depois atravessou o terraço até o mostrador do relógio e voltou de tirolesa até a praça Jezebel, onde havia parado inicialmente para observar a situação.

Parou por tempo suficiente para procurar sobreviventes. Até mesmo os atiradores do Charada não mereciam morrer daquele jeito.

A distância, escutou sirenes e viu luzes na rodovia. Aquele incêndio seria relatado por múltiplas fontes. Como se fosse para pontuar aquele pensamento, outra parte da parede desabou, e Batman recuou da nova explosão de calor que surgiu com isso.

Estranho, pensou. *É a segunda vez que me levam até o Gotham Merchant's Bank, e é a segunda vez que alguém tenta explodir ele.* O Charada normalmente não tinha interesse em copiar outros vilões, e no passado se irritava com a simples insinuação de que fosse um Coringa piorado. Será que aquilo era só uma coincidência?

Possivelmente. O mais provável era que o Charada houvesse limpado a própria bagunça e eliminado as chances de que algum de seus capangas cedessem informações úteis. Frio, mas efetivo.

Esse nível de brutalidade é novo.

Quando ficou claro que não ganharia nada permanecendo ali, Batman começou a se mexer de novo. O Batmóvel estava a vários quarteirões de distância — longe o bastante para evitar que alertasse alguém no banco da sua chegada. Enquanto se recostava no assento do motorista, ativou o aparelho de comunicação para informar ao DPGC sobre os corpos no cofre.

Depois parou para levar em consideração sua próxima ação.

Tradicionalmente, a melhor forma de se derrotar o Charada era descobrir que espécie de jogo ele estava jogando, e então subverter as regras. Batman ainda não sabia quais eram as regras, mas o tempo agora era aliado do seu inimigo. Quanto mais agia de acordo com as manipulações do Charada, mais confiante o homem se tornava. Batman ficava irritado de ser puxado por uma coleira, mas tinha que aceitar aquilo por enquanto.

O aparelho de comunicação apitou de novo. Dessa vez era o comissário Gordon. Batman pressionou o controle.

— Deixa eu adivinhar — ele disse. — Teve outro assassinato.

Levando-os ao Trask

Duane Trask, Gotham Globe Radio

"Parece que o longo pesadelo de paz e silêncio de Gotham talvez tenha finalmente terminado. Meu companheiro observador de todas as coisas ao estilo de Gotham, Rafael del Toro, está mais uma vez clamando ao Batman que pendure as orelhas pontudas e nos deixe em paz.

Eu discordo.

O Batman tem os problemas dele — e nós os listamos aqui bem detalhadamente em outros momentos —, mas no geral ele é bom pra essa cidade. Precisamos de alguém como ele pra... bem, ia dizer 'pra nos manter honestos', mas, apesar de tudo, isso é Gotham. Acho que nem o próprio papa, patrulhando as ruas no Papamóvel, conseguiria fazer isso.

Aparentemente, o último surto de violência aleatória na nossa bela cidade é um atirador vagando pelas ruas. Há cerca de uma hora, ele — ou ela — clamou a sua primeira vítima.

E, há cerca de um minuto, mais uma.

Talvez eu esteja sendo apressado, por assim dizer, em ligar esses assassinatos, mas não pode ser só uma coincidência que tenhamos dois assassinatos com exatamente uma hora de diferença... pode?

Não em Gotham, aqui não. Alguma coisa está acontecendo. Tenho certeza de que a polícia está fazendo o melhor que pode para descobrir o que é e quem é o responsável, mas, enquanto isso, gente, fiquem em casa se não tiverem que ir a nenhum lugar. Estou falando sério. Tratem isso como se fosse um furacão. Fiquem longe das janelas, abaixem as cortinas... nós somos o povo de Gotham, e criminosos lunáticos proliferam aqui que nem mosquitos em um pântano. Levem isso a sério.

Por favor.

Agora, quem pode ser, e de que ele está atrás? Vocês notaram, como eu mencionei, que as coisas têm estado bem quietas por aqui nos últimos tempos. Um ataque da máfia de vez em quando, a brutalidade de sempre e o caos da espécie humana, mas nada muito fora do comum. Principalmente quando se leva em conta como ficaram fora do comum quando Hugo Strange e o grupo de valentões dele — pra, hã, cunhar uma expressão — estavam tomando conta de Arkham City alguns meses atrás. O planinho 'Protocolo 10' deles foi um acontecimento clássico de Gotham. Ambições grandiosas casadas a uma grande contagem de corpos e destruição amplamente disseminada. O Batman estava lá pra impedir que as coisas ficassem piores do que já estavam, e por isso nós da Globe Radio o saudamos.

Você o saúda? Você acha que o Batman é bom pra essa cidade? Ou você pensa, como Rafael del Toro parece pensar, que Gotham ficaria melhor sem a ajuda dele?

Estamos com as linhas abertas.

Queremos escutar o que vocês pensam. E sério, gente, se virem qualquer coisa que lembre atiradores, chamem a polícia imediatamente.

O Avery está no carro. O que você acha, Avery?"

"Duane, obrigado por aceitar a minha ligação. Eu estava passando pela ponte em direção ao centro da cidade e vi um incêndio enorme em Arkham City. Como se alguma coisa tivesse acabado de explodir lá..."

7

O alçapão abriu automaticamente, revelando uma passagem vertical. Uma flecha apareceu, piscando e apontando para baixo — como se houvesse alguma dúvida de para onde Robin deveria ir em seguida.

O Charada adorava essa atmosfera, isso era certo.

O túnel estava decorado com pontos de interrogação do começo ao fim, chegando a um corredor de manutenção que se estendia até onde Robin conseguia enxergar. Em toda a extensão do túnel, com uma certa distância uma da outra, havia lâmpadas em forma de interrogação.

Sério? Veio à mente de Robin que em algum lugar de Gotham havia um pequeno manufatureiro de lâmpadas que havia recebido um grande pedido especial recentemente. Perguntou-se se isso era algo do tipo que a Oráculo poderia rastrear... embora fosse igualmente provável que o Charada tivesse a própria oficina em algum lugar e supervisionasse pessoalmente a produção. Se houvesse usado alguém de fora, um joão-ninguém que fizesse lâmpadas, o pobre coitado provavelmente estaria no fundo do rio.

Seguiu cautelosamente pelo corredor, com o olho aberto para armadilhas. Cada ranhura no piso de concreto, cada junção na parede, até mesmo os próprios pontos de interrogação poderiam explodir, deixar vazar gás venenoso ou lançar um choque elétrico letal. Mas nada aconteceu, e quanto mais tempo se passava sem nada acontecer, mais Robin ficava tenso pela ansiedade. A ausência de ameaças reais estava começando a deixá-lo assustado — era duro para os nervos.

Imaginou se aquilo não seria parte do plano, sufocá-lo com ameaças constantes para que em algum momento não sentisse mais a possibilidade de perigo — e seria então que a armadilha iria surgir.

Robin estava quase desejando que ela surgisse, mas isso não aconteceu. No fim do corredor, havia uma grande sala quadrangular. Ao contrário do resto do prédio, estava intocada e parecia ter sido construída recentemente. O piso era dividido como se fosse uma grade, com fileiras de quadrados de cerca de noventa centímetros de largura se entrecruzando. Contou os quadrados: oito por oito.

Como em um tabuleiro de xadrez.

Olhando para as junções, Robin viu aço. Então examinou o que havia ao redor. Havia sete portas nas paredes da sala, cada uma com um grande ponto de interrogação pintado com tinta verde-claro, e uma porta aberta. Todas as portas estavam numeradas, exceto pela última. Era uma das poucas coisas que Robin havia visto recentemente que não contava com um ponto de interrogação verde.

Parados na sala principal, havia três homens fantasiados. Um tinha uma cabeça de cavalo, outro um chapéu alto e pontudo e o terceiro um capacete com ameias. Peças de xadrez: cavalo, bispo, torre. Todos eles estavam usando macacões verdes e brilhantes com uma letra e um número. No cavalo, lia-se C4, no bispo, B3, e na torre, T2. Robin se perguntou onde estavam os peões, ou mesmo o rei e a rainha.

Qual era o quebra-cabeça?

Deu um único passo para dentro da sala principal. Os capangas fantasiados não se mexeram para atacá-lo. Na verdade, não mexeram nem um fio de cabelo.

De repente, o ponto de interrogação sobre a porta número um começou a piscar furiosamente. Aquele era o primeiro objetivo, e imaginou que teria que chegar lá usando alguma espécie de jogada de xadrez. Mas se ele começasse o jogo, o cavalo, o bispo e a torre se moveriam quando fizesse isso? Será que iriam retaliar?

Que peça ele mesmo deveria ser?

Essa pergunta desvendou o mistério para ele. Havia uma técnica clássica de se ensinar xadrez — envolvia montar desafios. Eram dados ao estudante uma posição e um objetivo: xeque-mate em três movimentos, ou forçar um empate. Aqui, o objetivo era claro: chegar à porta número um.

Os próprios capangas eram pistas. C4, T2, B3. Aquelas eram as suas opções. Robin poderia mover o cavalo quatro vezes, a torre duas e o bispo três.

Olhando para a porta número um, viu que o quadrado na frente dela era preto. O quadrado em que ele estava era branco. Isso eliminava o bispo, já que bispos só podem se mover em diagonais, na mesma cor. T2 não era possível porque os capangas do Charada estavam bloqueando as duas fileiras entre ele e o seu objetivo, o que significava que precisaria de três movimentos com a torre para passar por eles, mover-se para o lado e então se aproximar da primeira porta.

Logo, restava o cavalo — C4. Robin planejou o que faria. O primeiro movimento com o cavalo o levaria duas casas para a frente e uma para a direita. O próximo, mais duas para a frente e outra para a direita. Então...

— Cavalo — disse, e fez a primeira jogada.

Os capangas do Charada ficaram onde estavam. Ele estava parado bem em frente ao que estava vestindo o macacão com T2. Robin se moveu de novo, passando de raspão no T2, que não reagiu. C4 e B3 também ficaram onde estavam. Devido às máscaras, Robin não sabia dizer nem se eles o estavam vendo.

A terceira jogada, duas casas para cima e de novo uma para a direita, colocou-o uma casa além e duas à direita do quadrado-alvo em frente à porta número um. Olhou por cima do ombro. Os capangas não haviam sequer se virado para olhar para ele. Qualquer que fosse o confronto que o Charada havia planejado, não iria acontecer naquela sala.

Pelo menos não naquele momento.

Antes de ir adiante, ligou para Batman. Quando a conexão foi estabelecida, escutou o barulho do motor do Batmóvel.

— Cuidado com isso de falar no telefone enquanto dirige — disse, mas a piada foi desperdiçada.

— *Qual é a sua situação?*

— Estou numa sala feita pra parecer um tabuleiro de xadrez — Robin respondeu. — Tem sete portas, numeradas de um a sete, e tem três dos capangas do Charada parados sobre o tabuleiro vestidos de cavalo, bispo e torre.

— *Eles não estão fazendo nada?*

— É um quebra-cabeça. Já descobri o que é. Do jeito que eles estão posicionados, a única forma de chegar até a primeira porta sem um deles me bloquear é fazendo movimentos de cavalo. Eu fiz isso e agora estou na frente da porta. — Olhou para a porta número um, avaliando se havia algo sobre ela que deveria mencionar. — Estou achando que em algum momento vou ter que passar por todas as sete.

— *Ou então você vai ser forçado a escolher uma delas. Lembre-se daquela charada antiga.*

— Aquela sobre a porta pro paraíso e a porta pro inferno? Ok — Robin respondeu. Batman havia feito um estudo sobre charadas, e Robin as havia aprendido enquanto isso.

— *Fique com isso em mente* — Batman insistiu. — *Eu também recebi instruções. Encontrei um dente no cofre do banco. Ou o Charada ou algum empregado dele deixou isso lá.*

— Que tipo de dente?

— *É isso que vou descobrir. Não é humano, isso é certo. O próximo passo vem dessa resposta, e o tempo está passando. Teve outro assassinato, e o contador foi reiniciado.*

— Merda. Tem alguma ligação entre as vítimas?

— *O Gordon está investigando. Uma era Lucas Angelo, programador de softwares, e a outra era Brian Isaacson, que construiu a fábrica da Ace Chemical.* — Robin escutou Batman reduzir a marcha do Batmóvel e o chiado dos pneus enquanto passavam por cima do abrigo de aço da barreira no portão para veículos da caverna. — *É hora de voltar ao trabalho* — Batman continuou. — *Eu vou descobrir de onde veio esse dente, e quanto a você, ande o mais rápido que puder. Não se arrisque.*

— Eu já fiz isso. Já andei.

— *Você entendeu o que eu quis dizer.*

Sem desligar a conexão do aparelho, Robin examinou a barreira à sua frente. Não tinha nada que chamasse a atenção — era uma porta de aço padrão, da espécie que se usa em fábricas e em escadas por todo o país, ou que é encontrada perto de deques de carregamento de galpões. A maçaneta era de aço inoxidável, e parecia nova. Robin tirou uma das luvas e empurrou com o dedo o cilindro da fechadura. Ela não se moveu. Maçanetas antigas sempre se moviam, pelo menos um pouco.

Olhou mais de perto. A borda do buraco da fechadura ainda estava afiada. Nenhuma chave havia girado naquela fechadura. Conclusão: essa porta era nova e havia sido colocada ali quando o quarto fora criado. Corolário: o que quer que houvesse por trás dela, também havia sido construído por Nigma.

Era hora de colocar as notícias em dia com Batman. Até agora, os melhores resultados haviam vindo do trabalho em paralelo.

— O Charada já teve dezenas de oportunidades de me matar — disse. — Os capangas dele podiam ter pulado em mim no caminho até aqui, ou as três peças de xadrez dele podiam ter me atacado no momento em que atravessei a porta dessa sala. Mas eles nem se mexeram; ainda não se mexeram. É um pouco assustador, na verdade. Então deve existir um plano, como num jogo de xadrez normal — continuou. — Essa é a jogada de abertura, certo? Ele não iria se prestar a tanto trabalho se tudo que quisesse fosse me matar.

— *Você está pensando como uma pessoa racional* — Batman contestou. — *O Charada opera com princípios diferentes. Ele não é um completo lunático que nem o Coringa ou Zsasz, mas também não é a pessoa mais equilibrada contra a qual já lutamos, e ele parece estar mais violento do que nunca. Pior, ele está controlando o jogo, e isso nos coloca em desvantagem.*

Isso era verdade, Robin refletiu, mas o Charada não era completamente fora de controle. Era meticuloso, e tudo o que realizava tendia a fazer perfeito sentido, de uma forma deturpada.

— Eu ainda acho que estou certo — Robin insistiu. — Você não acha?

— *Não necessariamente, mas espero que você esteja certo porque já está aí dentro. Explore e acabe com isso. No momento em que você se deparar com alguma coisa com a qual não consiga lidar, me mande a sua localização.* — Batman parou, depois acrescentou. — *Por enquanto, vamos trabalhar paralelamente, e nos manter assim por quanto tempo conseguirmos.*

Lá estava o barulho familiar enquanto o motor do Batmóvel era desligado e a escotilha se abria, depois se fechava de novo com um estampido sólido. Pensou ter ouvido a voz de Alfred no fundo.

— Acho que manter a gente separado faz parte dos planos do Charada também — Robin disse, colocando a luva de novo. Muito satisfeito por não haver uma armadilha, estendeu a mão na direção da maçaneta. Ela girou com suavidade, mas ele não abriu a porta ainda. Parou para ver se escutava algum estalo fraco ou outros sons que pudessem sinalizar a presença de alguma surpresa desagradável.

— *Concordo* — Batman respondeu —, *e também não gosto disso. Ele está com a iniciativa e nós estamos reagindo. Precisamos reverter isso assim que for possível. O Charada acaba superando ele mesmo no final, mas temos que ser cuidadosos pra não ficarmos descuidados antes que isso aconteça.*

— Você me conhece, Batman. Eu sou muito cuidadoso.

Com isso, Robin desligou o aparelho de comunicação.

Respirou fundo e abriu a porta número um.

Levando-os ao Trask

Duane Trask, Gotham Globe Radio

"Joey, dos arredores do centro da cidade, você está no ar".

"*É, hã, obrigado por atender a minha ligação. Escuta, acabei de ouvir que o Batman está lá em Arkham City, no antigo banco. Sabe aquele que tem o relógio? É, ele estava lá. Eu não sei o que ele estava fazendo, mas...*"

"Você o viu lá?"

"*Não, não, eu não vi ele. Uma pessoa me disse que eles...*"

"Quem? Quem disse pra você?"

"*Bem, na verdade não posso dizer. Alguém que não devia realmente estar onde estava, fazendo o que estava fazendo, dá pra me entender?*"

"Talvez. Eu acho. Não muito. Você está dizendo que o seu amigo é um dos habitantes ilegais de Arkham City? Ou que é só um cara que estava fazendo algo ilegal?"

"*Não, nada disso, não. Só, você sabe, que ele não devia estar lá, é só isso*".

"Joey, estou começando a achar que você não está me contando essa história toda".

"*Eu não posso contar, cara, você tem que entender. Olha, você quer escutar o que eu sei sobre o Batman ou não?*"

"Claro. Me conte sobre o Batman".

"*Ele estava em Arkham City, sabe, e subiu no terraço do banco. Aí, pouco tempo depois, ele saiu pela porta da frente. Ele estava conversando com alguém. Quer saber o que ele disse?*"

"Sou todo ouvidos, Joey. Me conta o que ele falou."

"*Ele disse: 'Deixa eu adivinhar. Teve outro assassinato'*".

"Joey, você pode repetir isso?"

"*Deixa eu adivinhar. Teve outro assassinato*".

"Vou repetir o que você me disse, só pra ter certeza que entendi direito. O Batman estava vagando pelo velho Gotham Merchant's Bank, conversando com alguém. Com quem ele estava conversando?"

"*Com ninguém. Era como se ele tivesse um walkie-talkie ou alguma coisa do tipo na fantasia. Fones de ouvido. Você sabe*".

"Ok. Ele saiu do Gotham Merchant's Bank, falando com alguém com fones de ouvido ou um *walkie-talkie*. E ele disse... repete mais uma vez pra mim, Joey".

"*Ele disse: 'Deixa eu adivinhar. Teve outro assassinato'*".

"'Deixa eu adivinhar. Teve outro assassinato'. Joey, você pode esperar só um momento? Vou pedir pro meu produtor pegar os seus dados pra que a gente possa conversar fora do ar".

"*Não, cara, eu disse o que tinha pra dizer*".

"Só um segundo, Joey. Nós queríamos confirmar... Joey? Joey? Bem. Ele foi embora, companheiros. Se isso for verdade — gente, se o que acabamos de escutar for verdade, então o que está acontecendo hoje de manhã em Gotham é ainda mais estranho do que poderíamos esperar. Até agora, sabemos que um homem foi assassinado no centro da cidade, com uma flecha que aparentemente foi atirada de quase trezentos metros de distância.

Relatos dizem que o Batman se encontrou com o comissário Gordon hoje de manhã, e depois foi pra Arkham City. É aqui que as coisas ficam complicadas porque não podemos verificar essa informação, mas se você estava escutando agora há pouco, ouviu que Joey, dos arredores do centro da cidade, disse que o Batman estava dentro do velho Gotham Merchant's Bank, e que quando saiu estava falando com alguém — quem, nós não sabemos — e estavam conversando sobre outro assassinato.

Não sobre um assassinato. Sobre *outro* assassinato, como se estivesse relacionado ao da flechada no centro da cidade. Então o Batman sabe de alguma coisa que nós não sabemos, gente. Ele sabe que tem uma ligação entre esses assassinatos, e a pessoa com quem ele estava conversando também sabe disso.

Você quer saber quem eu acho que era essa pessoa? Comissário... James... Gordon.

Voltamos daqui a pouco".

8

Bem típico do cabeça-dura do Robin — preparar-apontar-fogo. Batman esperava que aquilo não os tivesse colocado em problemas e que Robin houvesse lido o desafio de xadrez corretamente. Eles não saberiam até que Tim voltasse à sala central e pensasse em sua próxima jogada.

Isso o deixava preocupado, da forma como sempre ficava quando Robin aproveitava a primeira linha de ação e pulava de cabeça. Pior ainda, se o Charada *houvesse* esperado por Robin, também contaria com a abordagem agressiva dele. Era mais do que provável que ele houvesse incluído aquela ansiedade em seus planos.

De qualquer jeito, não havia nada a fazer quanto àquilo agora. *Merda*. Tirando o dente do compartimento em que o havia guardado no Cinto de Utilidades, aproximou-se de Alfred, que o cumprimentou com uma expressão preocupada.

— Se o senhor não se importa que eu diga, senhor Bruce, o senhor parece um pouco murcho e enegrecido. — Examinou os danos que o Batman apresentava. — Confio que tudo esteja correndo de acordo com os planos?

— Depende de quem são os planos em que você está pensando, Alfred — Batman respondeu. Tirou a máscara e voltou a ser Bruce. — Alguém deixou um comitê de boas-vindas pra mim no cofre do banco. Definitivamente parece se tratar do Charada, e ele estava fazendo o Robin dançar conforme a música dele também. Ele está mantendo nós dois ocupados, deixando-o livre pra cometer qualquer crime que tenha em mente.

— E qual poderia ser esse crime, senhor?

— É isso que estou esperando descobrir — Bruce disse. Levantou o dente. — Essa é a nossa última pista, nada além disso. — Foi até uma mesa de laboratório que deixava guardada para análises químicas e colocou o dente sobre ela. Não fazia muitos estudos daquele tipo, mas mantinha as instalações necessárias para conduzir praticamente todos os caminhos concebíveis de investigação. Nesse caso, entretanto, talvez houvesse uma forma mais fácil de proceder.

A forma mais direta de identificar o dente seria colocá-lo no aparelho de mapeamento tridimensional, tirar uma boa imagem dele e usar essa imagem para procurar em uma base de dados de dentes de todas as espécies de animais conhecidas. O aparelho levou segundos para captar uma boa imagem, e depois Bruce se conectou à base de dados do programa de biologia da Gotham University. Ela, por sua vez, estava ligada a todas as bases de dados educacionais de larga escala, da Universidade de Ohio a Oxford. Acessou uma consulta de correspondência e esperou enquanto o programa comparava o dente aos milhares de tipos diferentes de dentes que eram encontrados pelo reino animal.

— Se me der a liberdade de dizer, senhor — Alfred comentou. — Isso é um prólogo incomum para o Charada, não é? Parece que temos três caminhos diferentes para ir atrás dele.

— Isso temos, Alfred — Bruce respondeu. — O truque é descobrir como eles estão relacionados, e aí descobrir onde foi que ele cometeu um erro.

— Se é que ele cometeu um erro, senhor Bruce — Alfred retrucou. — E se ele não houver cometido?

— Ele sempre comete um cedo ou tarde, Alfred. Se não fosse assim, ele seria perfeito e eu já estaria morto há muito tempo.

De repente, o computador apitou.

SEM RESULTADO

— Isso está ficando cada vez mais curioso — Alfred disse.

Bruce expandiu a busca para incluir características semelhantes. O dente sobre o qual estava trabalhando tinha cerca de quinze centímetros de comprimento e quatro centímetros de largura na base, levemente encurvado, com raízes quádruplas profundas e uma pequena laceração no lado convexo da curva. Parecia poder ter vindo de qualquer espécie de animal predador grande, mas não havia muitos animais com dentes de quinze centímetros.

A nova busca apresentou mais de mil resultados. Aparentemente, aquele dente tinha certas características que existiam em praticamente todos os predadores grandes da Terra.

— Deve ser um mutante de algum tipo — Bruce disse. — Criado a partir de espécies conhecidas, mas diferente o bastante pra se esquivar de identificações. — Olhou de novo para a raiz e viu que havia bastante tecido para que conseguissem recuperar uma quantidade útil de DNA.

Trabalhando juntos, ele e Alfred rasparam a amostra de tecido da raiz, picotaram-na com uma pasta fina e misturaram a pasta com uma cola média de eletroforese. Esse processo separou o material orgânico a partir do tamanho de suas moléculas, isolando o DNA. Quando conseguiu uma amostra viável, Bruce inseriu uma sequência curta no terminal do computador.

Depois ligou o sequenciador de DNA na sua estação de pesquisas biológicas. O aparelho era baseado em modelos comerciais de SMRT que liam pares da base de DNA em tempo real, rastreando frequências de luz que emitiam quando eram expostos a nucleotídeos marcados com tintas fluorescentes. Inseriu a amostra no sequenciador e iniciou o processo. O sequenciador zumbiu e estalou. Levaria vários minutos para isolar pares suficientes para que pudessem conseguir uma identificação confiável da espécie de que se tratava.

— Onde está o senhor Tim agora? — Alfred perguntou.

— Ele está explorando Arkham City — Bruce disse. — O Charada tem estado ocupado debaixo da siderúrgica, e Robin está dando uma olhada por lá. — Omitiu a probabilidade de armadilhas.

— Acredito que ele vá manter bastante contato — Alfred acrescentou. — Só posso imaginar que artimanhas o Charada deve ter planejado.

— Você conhece o Robin — Bruce disse. — Está sempre tentando se provar. Disse pra ele manter contato, mas aposto que vou ter que tomar a iniciativa.

— Como sempre, sim, senhor — Alfred concordou.

Outro apito e o sequenciador de DNA completou o primeiro estágio de análise. Uma longa cadeia de pares da base foi surgindo na tela do terminal. O que apareceu na tela foi mais surpreendente que a explosão no banco.

ESPÉCIE: HUMANO

— Com certeza é um erro, não? — Alfred se perguntou.

Bruce não respondeu, mas achava que não. Assim que viu aquelas palavras, teve a sensação de que sabia o que viria em seguida.

Baseado na confirmação do sequenciador, conectou o dispositivo às bases de dados de DNA usadas para rastrear indivíduos — particularmente aqueles que haviam cometido crimes dos maiores em algum lugar do mundo. Aqui também as conexões eram impressionantes, cobrindo do Departamento de Segurança Nacional à Interpol.

Não levou muito tempo para que uma nova janela aparecesse na tela.

IDENTIDADE CONFIRMADA: WAYLON JONES

O Crocodilo. Não havia como duvidar.

Batman repetiu a pesquisa para ter certeza. Devido ao acesso que tinha aos registros do Departamento de Polícia de Gotham City, tinha registros extensos do DNA de Jones, que remetiam há muito tempo, desde o primeiro embate do Crocodilo com a lei e a primeira visita dele à Penitenciária Blackgate. O *software* do banco de dados recuperou e apresentou fotos antigas do arquivo policial que demonstravam a transformação gradual de Jones de um humano brutal com uma deformação na pele até o monstro mutante que havia se tornado.

Registros penitenciários e arquivos policiais apareceram por trás das imagens, contando a história de violência de uma década. Havia começado com ataques, cresceram para assassinatos, e então chegaram a um novo patamar com registros de canibalismo. O paradeiro atual era dado como desconhecido, mas Batman sabia de alguns lugares em que poderia procurar. Logo, logo, pensou, deveria começar a procurar neles.

Essa informação levantou mais questionamentos que respostas. Como o

Crocodilo estava envolvido com o Charada? Ele era um maníaco homicida, pura e simplesmente, que vivia apenas pelo caos. Não era nem perto da espécie de associação que o Charada iria querer envolver em seus planos se tivesse que depender de uma execução coreografada.

Uma questão ainda maior era a que Alfred foi o primeiro a articular.

— Quem na Terra seria capaz de arrancar um dos dentes do Crocodilo?

A resposta era simples.

— Ninguém, Alfred, não se o Crocodilo tivesse a possibilidade de impedir isso. — Era possível que alguém houvesse dopado o Crocodilo, mas isso era muito mais fácil de dizer do que de fazer, e causaria danos colaterais sérios.

A mente dele ficou a mil. Por que se prestar a tanto trabalho? E por que envolver um elemento tão volátil quanto Jones? Que papel ele poderia representar que outro meta-humano — um mais confiável — não pudesse? Não parecia existir nenhuma resposta óbvia, e esse senso de frustração foi crescendo. Teria que tirar informações diretamente da boca do Crocodilo, por assim dizer.

Isso significava que deveria encontrar um monstro que tinha como hábito se esconder no subterrâneo selvagem abaixo das ruas de Gotham. *Mais uma vez, para a brecha*. E o Crocodilo não seria a única ameaça lá embaixo — também havia Solomon Grundy. Porém, o subsolo de Gotham era vasto, e mesmo que Bruce soubesse alguns dos esconderijos preferidos do Crocodilo, não podia simplesmente esperar fazer uma visita rápida a um túnel do metrô ou a um cano do esgoto — especialmente se o Crocodilo não quisesse ser encontrado.

Ironicamente, a melhor chance dele era com o Charada.

Ele providenciaria uma resposta, ou pelo menos uma pista. Ele havia deixado que Batman soubesse quem seria o alvo dele. Agora, Bruce tinha que descobrir qual das pistas deixadas pelo Charada o levaria na direção certa.

Será que algum dos assassinatos era uma pista?

Bruce olhou rapidamente para o aplicativo do contador. 00:22:31.

As vítimas haviam sido um programador de *softwares* e um empreiteiro que havia construído a fábrica da Ace Chemical, posteriormente adaptada pelo Coringa, que a havia transformado em um de seus esconderijos preferidos. O Crocodilo não era muito de usar o computador, por assim dizer, e a Ace Chemical não era um lugar ao qual costumasse ir — *especialmente* quando o Príncipe Palhaço ainda estava vivo. Não, os métodos preferidos dele se limitavam a pura brutalidade física.

Pelo outro lado, a ausência do Coringa havia produzido ondas de choque por todo o submundo de Gotham. Por anos, haviam operado tendo o Coringa como o arquiteto principal de seus planos, e poderiam muito bem estar seguindo adiante como se o Coringa ainda estivesse vivo e no controle. Não era fácil se livrar de anos de status quo. De um jeito estranho, a morte do Coringa provavelmente havia afetado Gotham mais profundamente do que qualquer outra morte poderia afetar.

Nada disso, entretanto, deixava-o mais próximo de descobrir onde o Crocodilo poderia estar. Talvez uma nova perspectiva...

— Qual é o seu palpite, Alfred? — ele perguntou. — Será que o Crocodilo está se escondendo na fábrica da Ace Chemical?

— Eu acredito que não — Alfred respondeu. — O que ele faria lá?

— Nada que faça sentido — respondeu, satisfeito com a confirmação. — Acima de tudo, Edward Nigma sempre se importa com fazer sentido. Então, onde?

— Atrevo-me a dizer: o senhor Tim talvez possa nos dar alguma luz?

Bruce fez que sim com a cabeça e ligou para Robin, mas não obteve resposta. Com o rosto bem franzido, esperou que Tim não estivesse respondendo por vontade de se manter independente — que Tim estivesse certo, e o Charada não estivesse preparado para matá-lo e acabar com aquilo de uma vez.

Começou a tirar a roupa retalhada e chamuscada que estava usando.

— Vou mudar de roupa, depois vou descobrir.

REPORTAGEM ESPECIAL

DE OLHO NAS NOTÍCIAS DE GOTHAM

Reportagem de **Vicki Vale**

"Estamos começando a saber mais sobre as identidades dos dois homens assassinados hoje de manhã — com exatamente uma hora de diferença — nas ruas de Gotham.

Um deles, Lucas Angelo, era um programador de *softwares* sem nenhum registro policial nem associação criminosa conhecidos. Foi assassinado por uma flecha atirada do topo de um edifício próximo. A polícia de Gotham está com essa flecha e nesse momento ela está sendo analisada no laboratório forense. Eles não emitiram nenhuma declaração, mas relatos não confirmados sugerem que uma espécie de mensagem estava escrita no cabo da flecha. Uma testemunha da cena disse que a palavra era 'Tic-Tac'. Como se fosse um relógio, indicando a passagem do tempo.

Normalmente, não contaríamos com apenas uma fonte tratando-se de uma informação como essa, mas o assassinato seguinte — de Brian Isaacson, um empreiteiro que havia arquitetado restaurações extensivas na fábrica da Ace Chemical — ocorreu exatamente uma hora depois. Tic, tac.

Foi relatado que Isaacson foi alvejado por um tiro de rifle. A origem do tiro e a posição do assassino ainda não foram determinadas. A polícia está vasculhando terraços e coberturas de edifícios abandonados da região, e acredita estar fechando o cerco sobre possíveis localizações escolhidas pelo atirador.

Ainda não se sabe até agora se a mesma pessoa é a responsável pelos dois assassinatos. Também não se sabe se eles têm alguma relação com a visita do Batman ao quartel-general da polícia de Gotham, hoje pela manhã.

Ouvimos relatos de que o Batman estava no prédio do Gotham

Merchant's Bank — não no novo, próximo ao centro da cidade, mas no velho marco de Arkham City. Ele foi parcialmente destruído pelo Coringa durante as rebeliões que levaram à queda de Hugo Strange, e se o Batman realmente tiver estado lá, podemos nos perguntar se isso significa que alguma atividade criminosa organizada esteja ocorrendo. Desde a visita do Batman, houve relatos de um incêndio nível quatro, que recebeu respostas de quatro juntas motorizadas e duas de escadarias. Vamos continuar em cima dessa história, assim como de novos desenlaces do caso do atirador.

Desde que o Coringa morreu, passamos por meses calmos em Gotham, mas parece que talvez as coisas estejam esquentando de novo. Da esquina entre a Broadway e a Hamm Alley, aqui é Vicki Vale, *De olho em Gotham*".

9

Do outro lado da porta número um, uma escadaria levava para baixo, onde havia uma sala de ligação com dois corredores dispostos em ângulos retos. Da forma como Robin havia compreendido a planta da siderúrgica, um deles atravessaria toda a extensão do prédio, e o outro passaria pelo canto mais próximo da fornalha, possivelmente levando a outra parte de Arkham City.

Ou, ele pensou, *a Wonder City*. A velha cidade arruinada ficava embaixo de grande parte de Arkham City, e parecia ser um lugar natural para que o Charada conduzisse seus esquemas.

Ele escolheu o corredor da esquerda, que corria na perpendicular ao longo eixo da siderúrgica.

Pontos de interrogação iluminavam o caminho dele enquanto prosseguia até o fim da passagem. Estimou que havia andado por volta de noventa metros, notavelmente para baixo. Estava provavelmente doze ou quinze metros abaixo do nível do solo àquela altura, e em algum lugar a oeste-noroeste da siderúrgica. Se continuasse seguindo por aquela direção, chegaria ou à estação e terminal de metrô Bowery, ou à infraestrutura de esgotos abaixo dela. Era algo para se ter em mente enquanto tentava antecipar o que o Charada tinha reservado para ele.

O corredor terminava em uma passarela sobre uma cisterna gigante, iluminada por algumas lâmpadas simples. Os bocais pareciam velhos, mas as lâmpadas eram novas.

Havia dezenas daquelas em Gotham, feitas originalmente para levar água potável e depois reaproveitadas para escoar a sobrecarga de água durante tempestades. Eram cilindros enormes com maquinarias de bombeamento construídas nas paredes, próximas ao fundo. A passarela passava por toda a circunferência da cisterna, a cerca de dois metros e meio abaixo do teto. Não viu outra porta senão a que havia usado para entrar ali.

Quando Robin parou na passarela para examinar tudo aquilo, a porta fechou com tudo por trás dele. Não se incomodou de checar se conseguiria abri-la. O que quer que fosse que o Charada havia preparado para ele, havia começado. Olhar para trás seria apenas perder tempo.

Por baixo da passarela, túneis afluentes rodeavam a parede da cisterna. Ele contou seis delas, e um monitor apagado havia sido colocado sobre cada uma das seis. Enquanto a própria cisterna era de pedras velhas, cobertas de manchas e lodo, os monitores eram absolutamente novos. No fundo da cisterna, por volta de nove metros abaixo da passarela, havia um ralo rodeado de tijolos. Ao vê-lo, o primeiro alerta ressoou na cabeça de Robin. Normalmente, eles eram mantidos fechados para segurar a água. Esse estava aberto.

Escutou um rugido, e água começou a jorrar pelos dutos afluentes. O fluxo estava caindo em um arco ao entrar na cisterna, formando um pequeno redemoinho sobre o ralo. Um momento depois, um segundo cano começou a lançar água. Depois os quatro seguintes, em intervalos regulares, até a cisterna começar a encher mais rapidamente do que a abertura do ralo conseguia evacuar a água. O pequeno redemoinho se transformou em um turbilhão, ribombando no espaço fechado enquanto o nível d'água subia na direção da passarela.

Isso não é bom.

Robin olhou para cima. O teto era de aço e concreto, com algumas luminárias vazias e um ponto de interrogação solitário pendurado em um cabo curto. Não havia saída de emergência. Não havia nenhum duto de ventilação largo o bastante para que coubesse.

Resumindo, não havia saída.

Num passo rápido, Robin deu a volta por toda a passarela para se certificar de que não havia perdido nenhum detalhe. Durante o caminho, ficou batendo forte com o bastão nas paredes, escutando por cima do rugido da água em busca de alguma alteração na forma como o som ressoava. Não era impossível que houvesse alguma saída escondida... mas acabou que não existia nenhuma. Robin deu a volta completa na passarela, voltando para a porta por onde havia entrado, e dessa vez ele tentou abri-la. Não devia imaginar que o Charada não fosse capaz de apelar para o óbvio.

A maçaneta não girou.

Ele havia estado certo. Não havia saída.

Não, corrigiu-se. *Sempre tem uma saída nos desafios do Charada.* Ainda tinha certeza de sua análise — a morte dele só viria mais tarde. Aquele lunático não teria preparado tudo até aquele ponto só para fazê-lo entrar em uma sala e se afogar. Ele *amava* o drama, e acreditava muito em criar um estado de tensão pouco a pouco.

Então o problema não era com a sala, era com Robin. Ele estava deixando passar a chave para entender o quebra-cabeça... mas não tinha nenhuma informação. O Charada não havia deixado nenhuma pista.

De novo, corrigiu-se. O Charada *sempre* deixava uma pista. Do contrário não seria uma charada. E, por definição, charadas podiam ser resolvidas. Charadas *ótimas* tinham soluções que pareciam óbvias depois de resolvidas. O truque era enxergá-las — mas enxergar o quê?

A água. Sem a água, não havia ameaça alguma. Se não havia forma de ir para cima, nem de passar pela porta, então a solução tinha que estar no redemoinho. Ainda estava mantendo o mesmo formato enquanto a água subia e o barulho crescia no volume cada vez menor de ar.

Tinha que ser isso.

Ao cronometrar a descarga de cada duto em um certo padrão, o Charada havia criado um redemoinho. *Detecte o que foi intencional*, Batman sempre dizia. *Aprenda a distinguir isso do aleatório.* E aqui, a parte intencional estava no turbilhão.

O nível da água estava a cerca de um metro e oitenta de onde ele estava. Se ainda estivesse sobre a passarela quando a água a alcançasse, a força do redemoinho o levaria, transformando cada corrimão e poste em uma arma letal. Não sobreviveria a isso. Só restava uma opção, e apenas uma: sair pelo ralo. E isso significava que deveria pular no coração da besta.

A água estava rugindo e subindo.

A passarela começou a tremer. Se caísse, pedaços dela ficariam girando incontroladamente, matando-o na água. Tinha que estar fora da câmara antes de isso acontecer.

Eu fiz muitas loucuras na minha vida, Robin pensou, *mas talvez essa seja a maior de todas*. Não fazia sentido tentar pegar o respirador — ele seria apenas levado pela força da água.

Robin pulou.

Enquanto ainda estava no ar, os monitores se acenderam sobre cada um dos dutos. Conseguiu ver dois deles antes de atingir a superfície da água.

PASSO ADIANTE

Então Robin atingiu a superfície da água e instantaneamente estava dando cambalhotas no vórtice da correnteza. Estava fria que nem gelo, tão fria que o coração dele saltou no momento em que entrou em contato com ela. Não conseguiria lutar contra a correnteza, mas tinha que saber quais eram aquelas palavras. Para o Charada, as pistas eram *tudo*. Se não conseguisse lê-las, com certeza morreria.

O redemoinho o estava arrastando na direção do afunilamento no centro, e Robin tentou acertar a posição do corpo para que conseguisse olhar por cima da superfície só mais uma vez antes de entrar pelo ralo. A capa o estava chicoteando em meio à torrente, quase se enrolando em volta da cabeça dele em um momento, mas assim que alcançou a parede do turbilhão detectou uma correnteza para cima e se forçou a ir na direção dela. A cabeça emergiu pela superfície brevemente. Ele estava girando com velocidade agora, tão rápido que não conseguiu definir a ordem em que as palavras estavam enquanto as registrava na própria mente.

ATRÁS PASSO ADIANTE PASSOS UM DOIS PASSO ATRÁS ADIANTE DOIS UM PASSOS PASSO ATRÁS ADIANTE PASSO DOIS ATRÁS PASSOS UM.

Então o redemoinho se fechou em volta dele, que ficou girando com os pés na direção do ralo. A pressão fez os ouvidos estalarem e escutou um grunhido na própria cabeça enquanto as cavidades auriculares eram espremidas. Segurou o fôlego e tentou manter as pernas retas e os braços cruzados sobre o peito.

Estava se sentindo como se encaixotado dentro de uma pedra de gelo. A vontade de respirar estava quase irresistível, mas Robin se segurou enquanto batia duas vezes na parede numa sucessão rápida. Na segunda vez, sentiu alguma coisa cortar a parte de trás da perna.

Arrrr!, pensou, mas manteve a boca bem fechada.

Um momento depois estava em queda livre, e antes de poder reagir aterrissou em uma piscina profunda. A água havia chegado à câmara seguinte, mas o ralo dessa era muito menor. Sem o redemoinho, estava sendo puxado bem menos — não devia ter sido construída para suportar todos os seis dutos afluentes de vez.

A câmara estava completamente escura.

Robin nadou até a superfície e se afastou da torrente que estava caindo da câmara de cima. Encontrou uma parede no escuro e se agarrou em alguma coisa que lhe permitia segurar-se com firmeza, mantendo-se acima do nível da água do jeito que conseguia, tentando recuperar o fôlego. Os dedos das mãos e dos pés já estavam ficando dormentes. Em breve a hipotermia o atacaria, e antes disso acontecer, seu cérebro ficaria confuso. A charada verdadeira ali não era como nadar — era como se manter aquecido por tempo o bastante até conseguir entender o que havia visto lá em cima.

As palavras haviam aparecido tão rapidamente que ele não conseguia dizer nem se alguma delas havia aparecido duas vezes. Não, não podiam ter aparecido duas vezes. Havia seis túneis e Robin sabia que havia visto seis palavras.

As palavras se encaixaram.

Um passo adiante, dois passos atrás.

O nível da água continuava a subir. Não tinha nenhum jeito de ver se havia alguma saída. Então, gradualmente, o barulho da água começou a mudar...

Era isso. Tinha dado um passo adiante quando pulou da passarela. O único jeito de sair era dando dois passos para trás.

Alguma coisa o atingiu na perna e ele percebeu que devia ser uma parte da passarela. Nadou até o outro lado da câmara, escutando os sons abafados de outros destroços batendo nas paredes do cano de escoamento enquanto desciam. Levantando os braços, Robin descobriu que conseguia encostar no teto. Em breve aquela câmara ficaria cheia.

Quando isso acontecesse, a água não conseguiria mais cair de lá de cima — começaria a recuar. Então seria a hora de dar dois passos atrás... se conseguisse segurar o fôlego por tempo suficiente e não desmaiar devido ao frio. Tentou pegar o respirador agora, mas descobriu que ele havia sido levado pela correnteza.

Merda.

Começou a respirar rapidamente, tentando colocar o máximo possível de oxigênio no sangue antes de a água alcançar o teto. Enquanto fazia isso, foi fazendo o que podia para seguir pela borda da câmara até conseguir sentir o fluxo do duto de escoamento sem ser arrastado de um lado para o outro.

O topo do capuz encostou no teto. Robin continuou respirando. O barulho da água ficou mais forte no espaço confinado. Chegou à sua boca, e ele virou a cabeça para continuar respirando. Cada inspiração contava.

Chegou ao nariz dele.

Encheu os pulmões pela última vez e afundou enquanto os últimos poucos centímetros de ar eram forçados para fora da câmara. Ficou desorientado com o abafamento súbito do barulho e a escuridão completa. Robin tateou pela parede, procurando pelo duto de escoamento. Não podia se dar ao luxo de passar por ele. Foi dando tapinhas na parede enquanto prosseguia, e quando escutou um eco esticou os pés para ver se havia chegado. Lá estava a boca do duto de escoamento.

Girou e se puxou para dentro do duto, depois se impeliu com um chute, puxando-se com as mãos quando os dedos encontravam pequenas cavidades ou ranhuras no interior do cano. Havia descido tão rápido pelo cano que não fazia ideia de quão longo o duto era. Paradoxalmente, estava confiando no ódio do Charada à sorte para salvá-lo. Ele não criaria uma armadilha que não apresentasse escapatória. Guardaria isso para o grande final, quando pessoas estivessem assistindo.

Deus, espero que esse seja o caso, pensou fervorosamente. Parecia fé excessiva para se colocar em um maníaco homicida. Naquele momento, entretanto, fé era tudo o que tinha. Fé em sua habilidade de prender o fôlego, fé que o túnel não estivesse bloqueado por partes da passarela, fé que a cisterna não estivesse cheia até o teto...

Fé no Charada. Ele precisava do Charada, e enquanto o frio começava a confundir sua mente pareceu a Robin que Batman também precisava do Coringa.

Então saiu do duto de escoamento e viu-se em águas abertas. Agora que a cisterna estava quase cheia, o redemoinho havia diminuído. Empurrou-se para cima, com os pulmões ardendo e o coração martelando contra o esterno. Olhando para cima, viu os pontos oscilantes das luzes espalhadas pelo teto da cisterna. Não conseguia sentir as pernas, mas continuou mandando-as que se mexessem.

Quando a cabeça de Robin emergiu da superfície, a princípio ele não percebeu, de tão perdido que estava na própria mente. Mas registrou a mudança no som, e expirou com um grunhido que ecoou pelos centímetros de ar que restavam na câmara. Estava tão exausto que o peso da capa quase o arrastou para o fundo de novo, mas ele se lançou na direção da parede e bateu a mão contra uma estrutura da passarela que havia sobrevivido ao redemoinho.

Por quanto tempo havia ficado na água? Três minutos? Quatro? Não lhe restavam muitas forças. Onde estava a porta? Segurou na estrutura e olhou ao redor, tentando se orientar.

Sob a luz fraca, Robin conseguiu ver que a água havia diminuído um pouco, deixando expostos os resquícios arruinados da passarela e a porta pela qual havia entrado. Saiu da água e seguiu caminho pela parede até chegar à porta. O frio imediato havia passado, mas o corpo dele ainda estava dormente. Esticando-se do pedaço quebrado da passarela mais próximo à porta, conseguiu por pouco alcançar o trinco.

Não girava... mas quando tentou girá-lo, escutou um estampido mecânico em algum lugar próximo. Um momento depois, água começou a cair na cisterna pelo teto.

Na água, um dos sinais do Charada começou a brilhar de novo, piscando rapidamente.

DOIS... DOIS... DOIS... DOIS...

Então ainda havia um segundo passo, mas não sabia qual poderia ser. E a mente dele estava tão confusa, aquilo era tudo em que conseguia pensar. Não havia outra saída, e se a cisterna enchesse até o topo...

— Eu já dei um passo atrás, seu desgraçado — disse em voz alta, tentando falar para desanuviar a cabeça. — Não posso dar outro sem passar por essa porta.

DOIS... DOIS... DOIS... DOIS...

O que poderia ser?, Robin se perguntou. Mas e se aquilo não se referisse ao segundo passo? E se ele estivesse tentando fazer com que Robin...

Que isso tudo vá pro inferno, decidiu. *Mesmo que não seja isso que ele queira dizer, vou pagar pra ver.*

Batman respondeu imediatamente.

— *Robin. O dente veio do Crocodilo.*

— Crocodilo? — Robin respondeu. O choque daquilo fez com que colocasse a cabeça no lugar. — Alguém arrancou um dente do Crocodilo? Impossível. Você teria que matar ele primeiro.

— *Essa também foi a minha primeira reação, mas fatos são fatos. O dente é do Crocodilo. Ele está envolvido no plano do Charada de alguma forma. Como você está?*

Robin olhou ao seu redor na cisterna, subitamente consciente do que poderia estar espreitando-o entre aquelas águas escuras.

— Estou preso numa sala em algum lugar perto da siderúrgica Sionis. Ela está enchendo de água. Esse é o plano do Charada pra mim. — Atualizou Batman rapidamente. — Um passo adiante, dois passos atrás. Divertido, não é? Além disso, o dois continuou piscando. Tenho quase certeza de que isso significa que vai ser necessário nós dois pra resolver esse quebra-cabeça. Por algum motivo bizarro, ele quer que nós dois fiquemos mantendo contato. Então, você sabe. A água está subindo aqui. Talvez você possa aparecer.

— *O Charada adora uma consistência temática* — Batman disse. — *A solução vai estar em algum lugar nas Instalações de Controle de Inundações.*

— Era isso que eu estava pensando também — Robin concordou. Os dentes dele estavam batendo, mas a dormência começava a diminuir.

— *Estou a caminho. Com que velocidade a água está subindo?* — Batman perguntou.

— Não muito rápido — Robin respondeu —, mas não fique enrolando à toa.

— *Certo* — Batman desligou, e então tudo o que Robin podia fazer era esperar e tremer. A água estava subindo, mas devagar.

Tinha um pouco de tempo.

RyderReport.com
Postado por JKB
Quarta-feira, 12:37 p.m.

Para a multidão no almoço

Você já ouviu que o Batman está voando pela nossa bela cidade hoje, depois de um período de inatividade que alguns habitantes de Gotham sem dúvida acharam tranquilizador. O fato de ele estar de novo na... ativa?... significa que alguma coisa ruim está acontecendo, e aqui no ***Ryder Report*** estamos começando a juntar as peças do que pode ser essa coisa ruim.

Fontes indicam que o Departamento de Polícia de Gotham City recebeu uma entrega suspeita hoje pela manhã. Esse foi o motivo da visita do Batman ao QG da polícia. O que havia no pacote? Isso não sabemos, mas nossos passarinhos nos disseram que o Batman encontrou o comissário em uma sala de segurança e saiu imediatamente depois da reunião.

Cerca de uma hora depois disso, algum maluco atirou uma flecha no tórax de Lucas Angelo, um programador de *softwares* especializado em robótica e sistemas de controle. Ele foi o cara que escreveu o código dos programas que servem para impedir colisões de aviões que sobrevoam Gotham. Na maior parte do tempo, pelo menos.

Então, uma hora depois, uma bala de franco-atirador atinge o crânio de Brian Isaacson e decora a parede ao lado com o conteúdo dele. Nojento! Arrepiante! Nós gostamos que os assassinatos em Gotham sejam próximos e pessoais, não aleatórios e distantes.

Quem era Brian Isaacson? Era um empreiteiro que deixou sua marca em uma boa quantidade de prédios pela cidade, especializado em remodelar e reconstruir fábricas antigas. Quando a antiga fábrica da Ace Chemical passou por uma cirurgia plástica há alguns anos, Brian Isaacson foi o responsável pelo projeto. E provavelmente era o Coringa que estava preenchendo os cheques para essa obra, mas ninguém sabia disso naquela época.

Enquanto ficamos sabendo mais sobre esses dois infelizes — e a investigação policial sobre seus assassinatos, vamos repassar essas informações para vocês. Existe alguma espécie de relógio marcando o tempo? Qual é a do Batman? Estamos em cima dessa história, não fique preocupado. Se a próxima hora trouxer outro assassinato, vamos contar pra vocês.

O próprio Jack vai apresentar uma reportagem completa sobre o assunto em seu programa. Você não vai querer perdê-lo.

10

Batman ligou o motor, a roupa era tão nova que estava rangendo um pouco no cotovelo. Não teve tempo para vestir o uniforme blindado, então teria que se virar com aquele.

Enquanto dirigia, o contador chegava a zero. Havia programado a janela do aplicativo para aparecer em um monitor de alerta na parte de dentro do parabrisa. Quando chegou a 00:00:00, começou uma contagem regressiva na própria cabeça, até...

Um chiado no painel do carro lhe avisou que o comissário Gordon estava ligando.

— *Batman.*

— Quem foi dessa vez?

— *O nome dela era Rosalyn Mateosian. Era uma especialista em miniaturização de eletrônicos.*

— O que matou ela?

— *Você não quer dizer quem?*

— Se eu souber o quê, fica mais fácil de saber quem.

— *Outra bala. Na última vez foi uma de nove milímetros comum. Estamos com o cartucho e ele está sendo analisado agora. Esse era um cartucho revestido de aço. Atravessou a cabeça, e nós encontramos ele enterrado num vaso de plantas na janela de uma cafeteria, mais ou menos intacto. Tem uma letra gravada nele, um P.*

P. O Pistoleiro, também conhecido como Floyd Lawton. O Charada lhes tinha dado uma pista... ou talvez o Pistoleiro apenas quis deixar um cartão de visitas. Isso era típico dele. Com frequência parecia querer ser pego, mas não antes de dar um gostinho a seu apetite sem fim para a matança.

No último encontro deles, Batman havia impedido o Pistoleiro em uma tentativa de assassinar Jack Ryder. Ele havia prendido o assassino em um vagão de trem abandonado e alertado a polícia. Até onde sabia, o Pistoleiro estava na Penitenciária Blackgate.

Aparentemente não.

— Obrigado por me colocar a par das notícias, comissário — Batman disse enquanto se aproximava do portão principal que levava a Arkham City. O Batmóvel foi sacudido por pequenas crateras na rua, criadas por armamentos de helicópteros da TYGER no estágio final do Protocolo 10.

— *Você vai me dizer o que o P significa?* — Gordon perguntou, soando vagamente irritado. — *Pela sua voz, eu consigo ver que você sabe.*

— Eu não sei, mas tenho uma suspeita — Batman o corrigiu. — Vou dizer pra você assim que souber. Vamos conversar em breve. — Desligou a ligação e acelerou o Batmóvel até chegar à Instalação de Controle de Inundações. Parte do prédio havia sido queimada durante a última tentativa desesperada de Hugo Strange de manter o poder, mas os escritórios principais estavam intactos.

A escotilha abriu e Batman saiu. Quando se fechou de novo, provocando um estampido pneumático, ele entrou no prédio chutando a porta. Não havia tempo para sutilezas. Movendo-se rapidamente pelos escritórios e chegando ao coração das instalações, seguiu as sinalizações que apontavam para a sala de controle e encontrou a porta trancada.

Dando um passo para trás, borrifou gel explosivo na maçaneta e no batente. Depois deu outro passo para trás e detonou o gel. A pequena explosão abriu a porta com tudo, fazendo-a bater contra a parede interna. Atravessou a porta e chegou a um lugar com piso de aço gradeado que dava em cima de uma pequena escada, que por sua vez levava à sala de controle.

A sala estava escura, exceto por luzes de emergência alimentadas por um gerador situado na própria sala. Batman passou por cima do corrimão e se aproximou do painel de controle próximo ao fim da escada. À esquerda e à direita, a sala desaparecia em meio às sombras. O único som do lugar era um zumbido fraco de um gerador invisível... e, vindo da direita, o barulho de água correndo. Nuvens de vapor também vinham preguiçosamente daquela direção.

Alguns medidores e indicadores do painel de controle estavam acesos, e quando os olhos de Batman se ajustaram à pouca luz ele viu que certas regiões do painel estavam pintadas de verde. Bom. O Charada havia estado ali. Agora, precisava descobrir que quebra-cabeça-dentro-de-um-quebra--cabeça havia no painel de controle.

— Um passarinho me disse que talvez você aparecesse. — A voz ressoou das sombras à esquerda dele.

Ele girou e viu uma forma humanoide do tamanho de uma montanha surgindo da escuridão, com a cabeça deformada e a pele reluzindo contra a persistente iluminação de emergência. Quase que ao mesmo tempo, o cheiro o atingiu — de carne podre, e o fedor repugnante de esgoto. Crocodilo. Outra parte do plano do Charada estava sendo revelada.

— Que surpresa — Batman disse.

— Surpresas não são do meu estilo — Crocodilo respondeu.

— Mas são do estilo do Charada, não são?

— Aquele cara? — rosnou o Crocodilo. — Na próxima vez que o vir, planejo comer o rosto dele enquanto ele ainda está vivo pra sentir.

Interessante, Batman pensou. Circulou em volta do oponente, esperando que ele desse o primeiro passo. Não havia tempo para uma conversa casual — Robin não estaria vivo no fim dela. Mas apressar o Crocodilo era no mínimo pedir uma amputação, e mais provavelmente uma morte sangrenta.

— Quem foi, então? — perguntou.

A boca do Crocodilo se abriu com um sorriso amedrontador, mostrando dezenas de dentes. Batman viu o buraco no lugar de onde um deles havia sido arrancado recentemente.

— Eu não sou desses que ficam falando quem beijou — disse o Crocodilo.

— Vamos falar a verdade — Batman respondeu. — Você não beijou ninguém. — Foi então que o Crocodilo partiu para o ataque.

Batman havia antecipado os possíveis acontecimentos e esperava um ataque de touro, pois o Crocodilo nunca ficava parado por muito tempo. A sede de sangue dele o levava além do controle racional. Agora que estava acontecendo, Batman estava pronto. Pulou bem alto, com um chute girou para trás e aterrissou com os dois pés bem em cima da cabeça do Crocodilo.

O impacto fez os ossos até a parte de baixo das costas de Batman chacoalharem, mas também fez o Crocodilo cair de joelhos. A criatura atacou com um movimento com a parte de trás da mão direita, e Batman pulou para a esquerda, esquivando-se do golpe. Ele pegou o braço do oponente e o torceu em uma chave de braço, colocando o pé no meio das costas do Crocodilo e o impelindo para a frente de cabeça contra uma das vigas de aço que sustentavam a escada.

A viga se partiu na junção com o piso, e a escada inteira cedeu. Batman se impeliu para trás antes que o próprio ímpeto pudesse lançá-lo de cara na estrutura, mas isso lhe custou o controle sobre o braço do Crocodilo. Saltou para trás e o Crocodilo retrocedeu, fazendo a escada inteira ficar solta. O barulho dos parafusos e soldagens se soltando parecia de um fuzilamento. As vigas ficaram presas nos ombros do Crocodilo, que levantou a estrutura inteira, rugindo.

Batman se preparou para abaixar, imaginando que o Crocodilo fosse atacá-lo com a escada como se fosse um bastão — mas imaginou errado. Com as duas mãos, o Crocodilo jogou a escada nele, e Batman só teve tempo para abaixar a cabeça e receber o golpe nos ombros ao invés de no rosto. O braço esquerdo ficou entorpecido e ele foi jogado ao chão, aterrissando sobre um emaranhado de vigas quebradas e gradeados de metal retorcidos.

Com um braço tentou se levantar, mas não teve tempo para se esquivar do golpe seguinte do Crocodilo. Saltando alto, o Crocodilo aterrissou sobre o gradeado com ambos os pés. Embaixo dele, Batman foi socado contra o chão.

— Você quer pisar em mim? — o Crocodilo rugiu. — Eu também posso pisar em você!

Virando o corpo para a direita para que pudesse manter o braço bom embaixo de si, Batman deslocou o emaranhado de metal e tirou o equilíbrio do oponente. A criatura tombou e caiu na borda do painel de controle, enquanto a força da própria queda lançava os destroços da escada deslizando pelo chão.

Batman tirou a estrutura de cima de si e se libertou. Estava começando a sentir de novo os dedos da mão esquerda, e precisaria dela.

O painel parecia não ter sido danificado, e isso era uma boa coisa. Não queria arriscar lhe causar danos durante o combate, então correu até o lado oposto da sala de controle, para longe do lugar por onde o Crocodilo havia aparecido. Havia um corrimão lá, e além dele uma queda de três metros que dava em quatro dutos d'água expostos, cada um com talvez um metro e meio de diâmetro. Um deles estava partido, deixando jorrar uma corrente de água pelo buraco no piso abaixo.

Um feixe grosso de cabos emaranhados estava saindo do teto. Alguns deles iam até o painel, e outros até um gabinete elétrico com um aviso familiar mostrando uma figura humana se afastando cambaleante de um raio. Se o gerador ainda estivesse fornecendo energia...

— Você não tem pra onde ir, Batman — rosnou o Crocodilo por trás dele.

Batman se virou.

— Estava prestes a dizer a mesma coisa pra você — disse.

O Crocodilo o atacou de novo, e dessa vez Batman deixou ele vir. Esticando a mão com uma luva com isolamento elétrico, escolheu um dos cabos e o arrancou da caixa de junção sobre o piso. Uma chuva de faíscas explodiu do cabo e algumas das luzes de emergência se apagaram... mas não todas elas, e as luzes do painel de controle ainda estavam acesas.

O Crocodilo tentou interromper o próprio movimento, mas já era tarde demais para parar. Batman pulou para trás, agarrando-se ao corrimão. Estendeu a parte exposta do cabo enquanto o colosso chegava à distância de um braço. Ela atingiu o peito do Crocodilo e ele se chocou contra Batman e o corrimão, fazendo com que os dois passassem por cima dele e caíssem em direção aos canos abaixo. Uma explosão ofuscante de luz surgiu da ponta do cabo enquanto milhares de volts de eletricidade atravessavam o corpo do Crocodilo.

Batman segurou o cabo com firmeza enquanto caíam, protegido da corrente pela roupa. O Crocodilo rugiu, tentando dizer alguma coisa, mas os músculos da mandíbula dele estavam sofrendo espasmos tão violentos que o som emitido se transformou em um longo *uh-uh-uh-uh* que terminou quando ambos se chocaram contra um dos canos e depois deslizaram até cair sobre a poça que havia se formado embaixo deles.

Quando alcançaram o chão, o cabo se soltou da mão de Batman. A parte exposta viva e dependurada parou entre o piso de cima e a superfície da água.

O Crocodilo estava de cara na água, e havia parado de se mexer. Apesar do tamanho imenso dele, Batman o virou e o puxou para que visse o cabo quando recuperasse os sentidos. Estendeu a mão e puxou o cabo para mais perto. Quando fez isso, vários suportes de metal se soltaram produzindo estalos, depois aterrissaram com um estampido sobre o concreto.

Não teve que esperar por muito tempo.

As pálpebras do Crocodilo começaram a tremer e as mãos dele se fecharam.

— Calma — Batman disse. Estava parado sobre o Crocodilo, segurando o cabo bem alto.

O Crocodilo ficou parado. Seus olhos reptilianos entreabertos estavam focados em Batman, cheios de violência.

— Vou fazer um acordo com você — Batman propôs. — Você me diz o que quero saber, eu deixo você se arrastar pro esgoto de novo, e nos esquecemos de tudo sobre essa dancinha nossa.

Os olhos do Crocodilo se apertaram ainda mais.

— O Cavaleiro das Trevas deixando um vilão ir embora? — Um sorriso ínfimo surgiu no rosto dele, parecendo zombeteiro. — Você tem mais coisas pra fazer, não é?

Batman se inclinou até chegar bem perto dele, enfrentando o fedor de carne podre do hálito do Crocodilo.

— Eu vou precisar convencer você? — rosnou. Enquanto dizia isso, aproximou ainda mais o cabo, soltando faíscas.

— Se acalma — disse o Crocodilo. — Eu aceito o acordo.

— Como foi que você perdeu o dente? — Batman perguntou. — Eu encontrei ele no cofre de um banco. — O Crocodilo pareceu surpreso com aquilo, mas a risada zombeteira logo voltou.

— O Chapeleiro Louco me encontrou e perguntou se eu podia dar um dente pra ele. Pensei em perguntar por que, mas você já tentou alguma vez conseguir alguma resposta direta dele?

Aquilo fazia sentido, Batman pensou.

— Então você simplesmente deixou ele arrancar um dente seu?

— Não é grande coisa — respondeu o Crocodilo. Sorriu de novo e colocou a língua no buraco na arcada dentária. — Eu tenho um monte de dentes. Além disso, o dinheiro era bom.

Sempre se resumia a dinheiro. Batman imaginou como a própria vida seria diferente se houvesse crescido tendo que se preocupar com dinheiro. Também imaginou como uma criatura como o Crocodilo conseguiria gastá-lo.

— E quem foi o passarinho que disse que eu estaria aqui?

— Ah, ela. Você sabe. A namoradinha do Coringa, qual é o nome dela?

— Arlequina.

— Essa mesma. Eu já vi muitas pessoas doidas nessa cidade, mas ela está bem no topo da lista.

Batman levou aquilo em consideração. Arlequina era apaixonada pelo Coringa, e sem dúvida o culpava pela morte dele. Além disso, o Crocodilo estava certo. Ela era desequilibrada, e provavelmente havia ficado ainda mais desequilibrada quando pensou que estava grávida, antes da morte do Coringa. Podia apenas imaginar que tipo de vida levaria uma criança dessas. Ficou feliz por no final a gravidez ter sido falsa, mesmo que o choque daquilo houvesse preparado o terreno para a aliança da Arlequina com o Charada.

— É isso? — ressoou a voz do Crocodilo. — Você disse que a gente tinha feito um acordo.

Batman deixou que ele se levantasse e recuou. Ia manter a palavra, especialmente já que qualquer luta a mais levaria mais tempo que podia gastar. E o resultado dela seria incerto.

— Vai — disse. Colocou a mão no cinto e tirou o dente, que havia trazido consigo caso o Crocodilo lhe tivesse algum apego sentimental. Era impossível saber o que poderia ser significativo ou o que poderia trazer alguma vantagem em uma negociação.

— Deixa isso — o Crocodilo respondeu, erguendo sua massa enorme e se arrastando de volta para as sombras da mesma forma que havia surgido, sem olhar para trás. — Fica com isso. Faz um enfeite de Natal ou algo do tipo. Isso não importa pra mim. Vai nascer outro.

Batman não respondeu. Guardou o dente em um compartimento do Cinto de Utilidades.

— Ei, Batman — o Crocodilo disse em meio à escuridão. — Você ainda tem aquele fedor em você. Não achei que você fosse viver tanto tempo.

Levou um momento para que entendesse do que o Crocodilo estava falando. Então se lembrou de quando haviam se atracado na siderúrgica, depois da primeira luta de Batman contra Ra's al Ghul. "*Sinto o cheiro de morte em você*", havia dito o Crocodilo. Aparentemente, ele ainda sentia — ou estava dizendo aquilo para deixar Batman abalado. Porém, normalmente o Crocodilo não era dado a essas sutilezas. Se estivesse falando sério, que cheiro poderia ser esse?

— Vou levar isso em conta, considerando o cheiro que você passa pros outros — Batman respondeu. O Crocodilo apenas riu, com o som de pedras sendo enterradas no chão. Depois de um momento ele havia partido, e Batman estava sozinho de novo na Instalação de Controle de Inundações.

Fedor de morte, pensou. *É quase como se o Crocodilo conseguisse sentir o cheiro da forma como o fantasma do Coringa se agarra a tudo.* Isso estava ficando um pouco metafísico, e rapidamente tirou a ideia do pensamento. Tinha exigências mais urgentes naquela hora.

Especificamente, salvar a vida de Robin. Quando ficou satisfeito por Crocodilo realmente ter ido embora, subiu de novo no piso principal da sala de controle e voltou a atenção para o painel central.

— Robin — disse, tocando no controle na luva.

— *Aí está você* — Robin respondeu. — *Espero que não tenha estado com pressa.*

— Eu encontrei o Crocodilo. Quanto tempo você tem?

— *Não muito* — Robin disse, com uma urgência na voz.

— Por favor, seja preciso.

— *A água está subindo mais ou menos cinco centímetros por minuto, minha cabeça está encostando no teto, e a superfície está logo abaixo do meu queixo. Então, o quê? Por volta de quatro minutos? Isso é preciso o bastante?*

— É. — Batman examinou o painel de controle. O Charada deixaria algum sinal de como queria que eles procedessem.

— *O Crocodilo quis o dente dele de volta?*

— Não, ele não pareceu se importar com isso — Batman disse.

— *Imaginei. Ele tem o bastante.*

— Foi mais ou menos o que ele disse. — Parou, depois acrescentou: — Me diz o que você está vendo exatamente.

Robin começou a descrever a cisterna e o que havia visto até então. Batman olhou mais de perto para alguns indicadores na região do painel que estavam pintados de verde brilhante. Finalmente viu o que precisava. Cada um dos indicadores media fluxos em centímetros cúbicos por segundo — cm^3/s — da imensa série de dutos que percorria a Instalação de Controle de Inundações. Mas em alguns deles, o "c" de "cm" havia sido substituído por um ponto de interrogação — seis deles, para ser preciso. Só um estava na vertical — os outros estavam virados em ângulos diferentes.

— Você disse que tinha seis dutos voltados pra cisterna? — ele perguntou.

— *Ah, que bom, você estava ouvindo.*

— Você se lembra em qual ordem eles abriram?

Houve uma pausa.

— *Hã-hã.*

Aquilo era apenas metade da resposta. A outra metade era quais indicadores correspondiam a quais canos. Batman duvidou que o Charada fosse tão leniente a ponto de lhe permitir fechar os dutos em qualquer ordem.

Cada um dos seis ângulos dos pontos de interrogação tinha que corresponder a uma orientação, Batman pensou. Mas será que era uma orientação de direcionamento, ou estavam alinhados à localização da porta?

— Robin — ele disse. — Você consegue apontar o norte de onde está?

— *Sério?*

Aquilo respondia à pergunta. Até onde o oponente deles sabia, Robin não possuiria um senso instintivo de direção. Então os pontos deveriam estar alinhados à posição da porta.

— Esquece — respondeu. — Preciso que você faça exatamente o que vou dizer. Fique virado pra porta e use ela como se fosse as doze horas de um relógio. Depois me diz em que ordem os canos começaram a jorrar.

Batman escutou Robin mudando de posição. Pelo barulho que estava fazendo, aquilo era mais trabalhoso do que havia esperado. Robin tinha de sair de lá antes que não tivesse mais energias para usar.

— *Ok* — Robin disse. — *É essa a ordem, pelo que me lembro. Foi dez horas, duas horas, seis horas, depois quatro horas, oito horas e meia-noite.*

— Você tem certeza? — Batman escutou um tapa de água, e então o som inconfundível de turbilhão do microfone sendo submerso.

— *Não importa* — Robin disse, com a voz distorcida. — *A água está quase no meu nariz.*

Batman girou os primeiros cinco medidores. Nada aconteceu. Era isso. Se tivessem entendido o quebra-cabeça errado...

— Espera aí — disse. — Lá vai o número seis.

Robin não respondeu.

ÚLTIMAS NOTÍCIAS

TERCEIRO ASSASSINATO
EM TRÊS HORAS

HABITANTES DE GOTHAM SÃO AVISADOS PARA FICAREM EM CASA, "NENHUM PADRÃO DISCERNÍVEL"

Equipe do Globe

GOTHAM: Pela terceira vez no mesmo número de horas, um cidadão de Gotham foi alvejado por um atirador desconhecido. A última vítima foi Rosalyn Mateosian, uma engenheira eletrônica do Remsburg Research Laboratories.

Relatos de testemunhas indicam que Mateosian estava indo a um *food truck* para almoçar quando um único impacto na cabeça a fez cair. Nenhuma das testemunhas relatou ter visto o atirador ou escutado o disparo. De acordo com uma fonte no Departamento de Polícia de Gotham City, que pediu para permanecer anônima, isso tem levado à especulação de que o assassino de Mateosian — assim como o de Brian Isaacson e Lucas Angelo antes dela — estivesse usando armamentos com silenciador ou munição subsônica especializada.

Detetives do DPGC ainda estão avaliando a cena. Quando perguntados sobre a existência de um padrão, o detetive do caso encaminhou todos os questionamentos à oficial de ligação do departamento de relações públicas, Kathy Molinari. Ela, por sua vez, não comentou nada além de uma declaração escrita dizendo que até agora não há "nenhum padrão detectável" nos assassinatos. Molinari também apontou que armamentos diferentes usados nos dois primeiros assassinatos na verdade indicavam assassinos diversos, já que a maioria dos assassinos profissionais escolhia uma única arma.

Teorias conspiratórias já estão começando a proliferar. Muitos habitantes de Gotham estão especulando que a aparição de Batman hoje pela manhã, após um longo hiato, está relacionada à eclosão de assassinatos. Gotham, nos últimos meses um lugar mais calmo que o normal, está novamente ficando assustada e ansiosa. Na Zona Norte, um jovem portando uma arma de *paintball* foi atacado por diversas pessoas que alegavam ter localizado o assassino. Ele permanece hospitalizado, em condição estável.

Embora a oficial do departamento tenha negado um padrão, a reação dos detetives no campo sugere que eles tenham uma visão própria do caso. Quando um espectador na cena do crime do último incidente abordou um dos detetives, perguntando o que as pessoas deveriam fazer quando a próxima hora se passasse no relógio, um detetive olhou para o céu e respondeu: “Se eu fosse você, ficaria em casa”.

Correção: *A primeira versão deste artigo errou a escrita do nome de Mateosian. O Globe pede perdão pelo erro.*

11

— *Lá vai o número seis.*

Robin escutou um barulho abafado vindo pela água. Estava segurando o fôlego e os pés estavam completamente dormentes. Um momento depois de o som morrer, sentiu as correntes d'água se movendo com mais agressividade e escutou a água se movimentando de novo embaixo de si, na abertura do ralo.

Agarrou-se com teimosia à estrutura da passarela quebrada e sentiu a superfície da água rastejar para baixo pelas laterais da cabeça. Quase um minuto depois de ter respirado pela última vez, o nível da água havia diminuído o bastante para que pudesse respirar de novo. Fez isso com ansiedade.

Batman estava falando no aparelho de comunicações em sua orelha, mas Robin levou um momento para conseguir recuperar o fôlego o bastante para responder.

— Estou aqui — disse.

— *Mas por pouco* — respondeu Batman, com um tom de raiva na voz. — *O Charada planejou a duração dessas armadilhas com muito cuidado.*

— Eu poderia aguentar um pouco mais de cuidado — Robin comentou. — Ou talvez um pouco menos. Não tenho certeza do que seria melhor. — Abraçou os pés enquanto a água ia abaixando e ficou sugando o ar a cada respiração, com os músculos começando a tremer e a cabeça ficando confusa de novo. Nunca havia sentido tanto frio, pelo menos não desde a última vez em que havia se atracado com Victor Fries.

O nível da água ficou abaixo dos pés dele e Robin escutou uma série de estalos logo acima de si. Olhou para cima e viu um ponto de interrogação verde, brilhante e grande aceso sobre a porta... que estava escancarada.

— O Charada abriu uma saída — informou. Os dentes dele começaram a bater e percebeu que até aquele momento havia estado com frio demais para que aquilo acontecesse. Batman devia ter escutado pela ligação.

— *Você precisa se aquecer* — disse. — *E se secar, se puder. Antes de ir adiante.*

— Deixa eu entrar em contato com você depois — Robin pediu.

Balançou-se para chegar até a porta e tirou a capa. Depois abriu a túnica, deixando o ar quente chegar à pele. Espremeu o máximo de água possível da fantasia e das botas. O que realmente queria era se deitar e dormir, e os dedos dele estavam tão gelados que mal conseguiu abrir o fecho que segurava a capa. Mas Robin sabia que não estava fora de perigo ainda. Ainda havia seis portas a mais.

Se cada uma delas levasse a uma armadilha como aquela...

Tirou aquele pensamento da cabeça. Sem dúvida o Charada queria matá-lo, pelo menos no fim de tudo, mas queria que isso acontecesse na hora em que *ele* havia programado, e em nenhuma outra. Ficaria muito mais satisfeito eliminando um adversário forte, ao invés de um meio-morto com hipotermia.

Para gerar calor e fazer com que o sangue circulasse, fez uma série de exercícios calistênicos e com o bastão de bo. A mente começou a clarear, e se deu conta de novo de quão perto havia chegado de morrer. O Charada havia definitivamente começado a jogar mais sério. O *pen drive* havia sido um convite a um jogo letal, e agora teriam que ir até o fim da melhor forma possível.

Quando se aqueceu um pouco, colocou a capa de novo e olhou para trás, para o tanque de retenção. O ralo no fundo estava fechado. Isso, junto à interrogação sobre a porta, dizia para Robin que a única saída era de volta pela passagem.

Correndo o melhor que podia, voltou à sala com os dois túneis ao fim da escada que dava na porta número um. Podia voltar pelo caminho que havia vindo ou seguir pela segunda passagem em um ângulo reto na sala.

Levando em conta a atenção maníaca do Charada a detalhes, provavelmente ele não toleraria qualquer desvio no jogo. Fazer isso seria provavelmente convidar uma retaliação instantânea, e Robin provavelmente morreria em um instante. Então subiu a escada de volta até a porta, parando sobre o último degrau para olhar ao redor e ver se algo havia mudado desde a última vez em que tinha passado por ali. Nada parecia diferente. Os mesmos destroços estavam nos mesmos cantos, e não havia nenhum sinal visível de que alguém tinha passado por aquele caminho.

Antes de tentar abri-la, olhou a porta de cima a baixo o melhor que pôde sob a luz incandescente. Ela também parecia a mesma de antes, embora não houvesse olhado bem para aquele lado dela quando a tinha atravessado mais cedo. Censurou-se por esse momento de amadorismo.

Então chacoalhou o trinco e descobriu que a porta estava trancada pelo outro lado. Era pesada demais para explodi-la com o gel, e não havia dobradiças visíveis que pudessem ser quebradas.

Acho que afinal de contas devo ir pela outra direção, meditou enquanto descia de novo. Movendo-se cautelosamente pelo corredor que dava a volta perto da fornalha, descobriu que ele se ligava a outra pequena escadaria, que por sua vez levava a outra porta. Subiu a escada e, quando encostou no trinco, escutou um barulho em *staccato* de maquinaria vindo de algum lugar do complexo.

A maçaneta girou com facilidade. Abriu a porta e entrou na sala. Quando ela se fechou por trás dele, viu que era a porta número dois.

Ah, pensou. *Saída pelos números ímpares e entrada pelos pares?* Mas havia sete portas. Isso indicava que o Charada havia construído uma saída de verdade... ou o que havia por trás da porta número sete era feito para ser inescapavelmente fatal.

A segunda opção parecia infinitamente mais provável.

Pegou-se parado sobre um quadrado branco. A porta número três estava virada para um quadrado branco. As três peças humanas de xadrez estavam em lugares diferentes do tabuleiro, ainda vestindo os mesmos números. Já havia usado C4, e o cavalo estava parado em um quadrado preto uma casa à frente da porta número três.

As outras opções eram B3 e T2.

Com o C4 parado onde estava, não havia nenhuma sequência viável de movimentos da torre que colocasse Robin em frente ao seu objetivo. Assim, restava o bispo. Então Robin deu passos para dentro da sala, mantendo-se sobre as casas brancas em uma diagonal para a esquerda até passar pelo T2. Depois ziguezagueou para a direita, atravessando o tabuleiro até estar perto do C4. Como antes, nenhuma das peças de xadrez reagiu à presença dele. Robin fez o terceiro movimento com o bispo, andando uma casa na diagonal para a esquerda e ficando de frente para a porta número três.

Antes de atravessá-la, levou em consideração acabar com os planos do Charada atacando as peças de xadrez e tentando forçar a entrada em uma porta diferente. Será que funcionaria? Robin não imaginou que fosse ter problemas com as peças de xadrez — poderia acabar com duas delas antes de a terceira saber que o ataque estava acontecendo. Mas tinha a sensação de que nenhuma das outras portas abriria sem explosivos pesados, os quais não tinha.

E, de novo, Nigma não aceitaria bem a quebra das regras. Especialmente já que as regras eram *dele*. Então, por mais que isso o irritasse, Robin sabia que a melhor forma de seguir adiante era aceitar o formato do Charada até que uma alternativa melhor se apresentasse.

Parado à distância de um braço da porta número três, entrou em contato com Batman outra vez.

— Estou no tabuleiro de novo. Eu saio por portas ímpares e volto pelas pares. A número um me levou pra cisterna. Quando voltei, a porta número dois era a única forma de entrar de novo na sala. Agora as peças de xadrez estão em um padrão diferente, e estou olhando pra porta número três.

— *Se você sai por portas ímpares, isso significa que tem quatro estágios* — Batman disse. — *Mas você só está vendo três peças de xadrez, certo?*

— É, também estava me perguntando sobre isso. A quarta vez provavelmente vai ser diferente.

— Sem dúvida. Tenha isso em mente quando voltar da próxima vez. O Charada pode revelar as suas cartas acidentalmente.

— Certo — Robin disse, e estava secretamente satisfeito por saber que Batman esperava que ele fosse bem-sucedido. — Estou abrindo a porta número três.

— Siga adiante. O tempo está passando — Batman respondeu. *— Literalmente. Cada vez que o contador chega a zero, acontece outro assassinato. Em breve vamos começar a ver um padrão neles, mas o quanto antes você conseguir sair desse labirinto, mais vidas vamos salvar.*

— Quem foi morto até agora?

— Um programador de softwares, um empreiteiro e uma designer eletrônica. Não existe nenhuma relação conhecida entre os três, pelo menos nenhuma que o Gordon tenha conseguido descobrir até agora. Mas estou começando a ver um padrão que faz sentido de uma forma sórdida. Além disso, é provável que o Pistoleiro esteja por trás dos três assassinatos.

— Ótimo, uma das nossas pessoas preferidas — Robin respondeu. — Então eu posso ficar ansioso pra encontrar ele em algum momento. É tudo o que eu preciso pra esse dia ficar perfeito.

— Isso é possível, mas eu realmente espero que não seja o caso — Batman disse. *— Pense em como o Charada organizou os acontecimentos até agora. Ele está fazendo com que a gente trabalhe em paralelo, mas não juntos* — acrescentou. *— Isso está ficando cada vez mais claro. Ele construiu essa armadilha pra que eu tivesse que vir até aqui e soltar você. Deve ter algum motivo pra ele me querer em Arkham City ao invés de me deixar trabalhar da Batcaverna. Vou seguir por esse ângulo.*

— Bem, enquanto você faz isso, vou mergulhar de novo — Robin respondeu. — Por assim dizer.

— Bom plano — Batman disse. Dessa vez não acrescentou o "Seja cuidadoso".

A porta número três abriu com facilidade. Robin sentiu uma brisa leve atingir as costas dele enquanto o ar corria para o lugar pelo outro lado da porta e uma corrente de vento nos pés enquanto ar mais frio vinha daquele lugar escuro em direção à sala do tabuleiro.

Ótimo. Estava começando a me lembrar como era me sentir aquecido.

Entrou no espaço e viu que era um elevador de carga, velho e já bastante usado. Havia apenas um botão no painel de controle. Robin o pressionou e a porta número três se fechou. As portas enferrujadas do elevador se fecharam deslizando e o elevador caiu. Robin contou os segundos. Elevadores de carga raramente andavam a mais de trinta metros por minuto.

Estava entre o vinte e nove e o trinta quando o elevador parou e as portas se abriram de novo. Isso colocava Robin a quinze metros ou menos abaixo do nível do tabuleiro. Quinze metros era espaço o bastante para uma armadilha elaborada, e também o colocava em algum lugar próximo às profundezas dos túneis de metrô que percorriam aquela parte da cidade. Saiu do elevador e se viu em um amplo espaço aberto, com um piso de concreto encardido e vigas de aço enferrujadas que seguravam o teto.

A primeira coisa que ele notou foi o frio. Conseguia ver a própria respiração contra a semiescuridão, e o ar mordiscava o nariz dele cada vez que inspirava. Esse era o tema, então. Tirando uma luz de halogênio do bolso à prova d'água do cinto, iluminou o lugar. Lá, viu vários arranjos de esferas que pareciam estar suspensos no ar à meia altura. Cada esfera era mais ou menos do tamanho de uma bola de praia. De onde ele estava, não conseguia dizer quantos arranjos individuais havia, embora talvez fossem três.

A sala retangular parecia ter por volta de sessenta metros de comprimento, e cerca de metade disso de largura. O elevador ficava em um canto, colocado em uma das paredes mais curtas. Robin pensou que a longa parede à sua direita — a mais próxima — devia correr paralelamente à passagem que levava da sala com os dois túneis ao tanque de retenção. Isso deixaria o túnel de descarga inferior abaixo do piso de onde estava.

Saiu com cuidado do elevador, sem encostar em nenhuma das esferas e parando poucos metros depois. Isso lhe ofereceu um ângulo ligeiramente diferente da sala, e a examinou em busca de uma porta. Depois de um momento a encontrou, no canto completamente oposto. Quando projetou luz contra ela, um ponto de interrogação verde e brilhante se iluminou na porta.

Ok, então, pensou. *Não há dúvida de para onde devo ir. Então o que é que vai me impedir de chegar lá?* Examinou o piso sob o arranjo de esferas mais próximo e não viu nada de estranho. Os globos pendurados não pareciam diferentes entre si.

Robin recomeçou a tremer. O uniforme havia secado. Mesmo assim, o nariz e os ouvidos dele estavam doendo de frio, e o tecido da capa estalou quando deu um passo. O desafio da inundação havia realizado os preparativos para aquele, deixando-o mais vulnerável à temperatura.

Arriscando e querendo ir logo com aquilo, atravessou a sala diretamente na diagonal, esquivando-se das esferas dependuradas no caminho e alcançando a porta do lado oposto sem incidentes. Não havia nenhuma maçaneta nem trinco, nenhum teclado nem painel de controle na parede junto a ela. O ponto de interrogação, com um pouco menos de trinta centímetros de altura, lançava um brilho verde incessante.

A solução está nesses globos, decidiu. *E é melhor eu encontrar isso rápido.* Já conseguia sentir o frio se infiltrando nele. Então andou pela sala, observando os arranjos de perspectivas diferentes antes de ousar tocar em algum deles. Estavam pendurados mais ou menos na altura da cintura, e ele percebeu que pareceriam decididamente diferentes se fossem vistos de cima ou de baixo.

Seguindo por esse caminho, deitou-se de barriga para cima. Ignorando o choque provocado pelo concreto gelado, deslizou por baixo de um dos arranjos, arrastando-se rapidamente pelo chão até percorrer toda a extensão deles. Alguma coisa neles o fez lembrar-se de algo, mas o frio estava deixando a mente dele lenta de novo. Não estava mais tremendo, e um sinal de alarme distante disparou na própria cabeça.

Isso não era algo ruim?

A mente dele se dispersou por um momento, e ele quase caiu no sono...

Não!

Robin se sacudiu, como se fosse alguém acordando subitamente de um sonho. Pedaços de gelo estalavam nas partes da capa que estavam encostando na superfície gélida.

Hipotermia. É isso que significa quando você para de tremer, lembrou-se.

O corpo está perdendo a capacidade de regular a própria temperatura. Tinha que ir adiante, tinha que tentar gerar calor de alguma forma. Rolou e se levantou, balançou a cabeça, e da névoa que quase havia colocado a mente dele em um devaneio letal, uma memória surgiu.

A escola.

Aula de ciências.

Círculos e linhas...

Eram modelos químicos. Estava olhando para compostos químicos representados no espaço tridimensional.

Mas que compostos?

Robin olhou para cima e viu que os cabos que seguravam as esferas estavam pendurados em trilhos presos ao teto, junto às vigas. As vigas pareciam velhas e acabadas, mas os trilhos pareciam novos e brilhantes sob a luz da lanterna. A natureza do desafio ficou clara. Tinha que rearranjar os compostos de alguma forma. Além disso, agora que estava olhando para os trilhos, percebeu que havia dois grupos de esferas, e não três como havia pensado a princípio em meio à escuridão.

Mas perceber aquilo não o deixou mais próximo de responder às perguntas que tinha. Quais eram os compostos? Qual deles deveria reconfigurar primeiro, e como? Quais seriam as consequências caso os colocasse na ordem errada?

Era hora de chamar Batman. Ativou o comunicador e, formando as palavras cuidadosamente devido ao frio no rosto, descreveu a sala.

— *Como eles se parecem quando você fica deitado por baixo deles?* — Batman perguntou imediatamente.

— Acabei de fazer isso — Robin disse —, e quase não consegui levantar.

— *Infelizmente, acho que você vai precisar fazer isso de novo* — Batman sugeriu. — *Continue falando e se mexendo. Uma olhada rápida deve ser suficiente pro que você precisa.*

— Se você diz. — Robin se deitou de costas para o chão e passou rapidamente por baixo do arranjo mais perto da porta. — É... bem, tem sete globos nesse aqui. Eles estão arrumados em... espera um minuto. — Levantou-se, notando algo que não havia visto antes. — Alguns dos globos têm o número “2” neles.

— *Tem alguma outra marca distintiva? Números?*

Robin passou a luz por todos os outros globos e percebeu que vários deles estavam com o número "2", mas essa era a única coisa que indicava alguma diferença. Eram do mesmo tamanho, da mesma cor...

— Você acha que todos os dois devem ficar juntos?

— *Duvido* — Batman respondeu. — *Isso é direto demais pro Charada.*

— Bem, tem dois arranjos distintos — Robin disse. — Cada um deles é uma espécie de composto químico. Parece que eles foram feitos pra parecer isso, pelo menos. Os globos estão pendurados em trilhos pra que eu possa mover eles, mas não quero simplesmente ir mexendo eles de um lado pro outro.

— *Não, precisamos saber o que queremos fazer antes de fazer alguma coisa.*

O que você quer dizer com "nós"? Robin pensou abstratamente. Batman disse alguma coisa que Robin não escutou. Os globos estavam reluzindo suavemente sob os raios da lanterna, e ele começou a relaxar. Não parecia tão frio quanto estava há um minuto...

— *Robin!*

Ele se sacudiu de novo, voltando a si bem quando estava prestes a se sentar. A calma induzida pela hipotermia era perigosa. Começou a caminhar pelo lugar, tentando fazer os pés voltarem a sentir alguma coisa.

— Desculpe — ele disse. — Minha mente se desviou por um momento. Está... — Tentou não deixar nada do medo que estava sentindo se mostrar no tom da própria voz. — Está frio de verdade aqui.

— *Mantenha o foco* — Batman respondeu com firmeza. — *Você sabe que o frio faz parte do quebra-cabeça. O Charada encharcou você, quase matou você, e agora está testando você de novo. Está testando nós dois.*

— A sua parte do teste parece um pouco mais fácil que a minha — Robin comentou.

— *Diz isso pro Crocodilo* — Batman disse. — *E falando em velhos amigos, acho que sei pra onde devo ir agora.*

— Vai rápido — Robin pediu. — Não sei até quando polichinelos vão me manter acordado.

Levando-os ao Trask

Duane Trask, Gotham Globe Radio

"E estamos de volta.

Como estávamos falando antes da pausa para os comerciais, o edifício do Gotham Merchant's Bank em Arkham City está pegando fogo e um assassino está vagando pelas ruas de nosso belo lugarejo. O que é que vocês estão vendo, povo de Gotham? Nós queremos saber. Cecil. Você está ao vivo".

"*É, hã, oi. É a primeira vez em um longo tempo*".

"Bem-vinda".

"*Hã, é. Então, às vezes eu vou pra Arkham City a, você sabe...*"

"Negócios".

"*Certo, é. Negócios. E hoje eu estava lá e vi o Batman. Ele estava na Instalação de Controle de Inundações. Entrou e saiu em talvez dez, quinze minutos. Mas dava pra ouvir o que estava acontecendo lá dentro. Era como quando ligavam os grandes dutos afluentes, tem aquele gemido longo, tem alguma coisa a ver com a pressão...*"

"Você é uma empregada de Obras Públicas de Gotham?"

"*Não, eu só... eu estive por lá por um tempo*".

"Ok. Só queria me certificar de que você não é uma especialista, ou descobrir, caso fosse".

"*Não sou, não. Pelo menos não disso*".

"No que você é uma especialista, Cecil?"

"*Provavelmente eu não devia dizer*".

"Tenho certeza de que você não devia. Ok. Seguindo adiante. Então você viu o Batman".

"*É, eu vi ele entrar e sair. Depois pareceu que ele estava falando sozinho, mas acho que ele estava com algum tipo de walkie-talkie no, hã, como é que se diz... não no chapéu dele, mas você entendeu*".

"Acredito que o termo correto seja 'capacete'".

"*Ok, certo. Capacete. Bem, ele estava falando com alguém e é por isso que eu liguei, porque ele mencionou o Pistoleiro*".

"O Pistoleiro? Você tem certeza?"

"*Hã-hã, eu tenho certeza. Eu escutei ele. Tão claro quanto água. Você se lembra do Pistoleiro?*"

"Ouvintes, a Cecil está me perguntando se me lembro do Pistoleiro. Obrigado pela sua ligação, Cecil. O meu produtor vai pegar o seu número antes de você desligar pra que possamos dar sequência a esse assunto no jornal. Agora, nós nos lembramos do Pistoleiro? Vou dizer pra vocês o que lembro sobre o Pistoleiro.

Há alguns meses, Hugo Strange o enviou em uma pequena matança e uma das pessoas de quem ele estava atrás por acaso era o meu velho amigo e colega Jack Ryder. O Batman salvou o Jack, mas não foi capaz de salvar outras três vítimas. Strange, no fim das contas, estava usando o Pistoleiro pra uma queima de arquivo.

Algum de vocês acha que é um pouco... bem, estranho, que agora tenhamos esses assassinatos de pessoas aparentemente aleatórias de novo, logo quando escutam o Batman mencionar o Pistoleiro?

Uou! As linhas telefônicas acabaram de ir à loucura. Aparentemente, *muitos* de vocês se lembram do Pistoleiro! Vamos pra um intervalo agora, mas assim que voltarmos vamos ter uma conversinha sobre o Pistoleiro, e talvez sobre alguns outros doidos fantasiados também.

Antes de irmos pro intervalo, lembrem-se disso: se tem uma coisa que sabemos sobre o Pistoleiro é que ele é um atirador mortal com uma variedade de armas. Nossas três vítimas de hoje foram mortas com três armas diferentes, ou pelo menos é o que está sendo relatado. Isso se encaixa com o modo de operar do Pistoleiro. Estou totalmente convencido? Não. Ainda não. Mas não ficaria surpreso se descobrisse que a Cecil está certa.

Essa história não acaba por aí. Estamos em cima dela. Voltamos depois do — espera, acabei de receber uma notícia muito interessante da minha produtora. Donna, isso é verdade? Tem certeza? Você não tem certeza. Bem, vamos descobrir. Ouvintes, estamos prestes a conversar com uma pessoa chamada Edward Nigma. Edward, o senhor está no ar".

"*Saudações, senhor Trask. Não escuto o seu programa com frequência, confesso, mas hoje estou acompanhando os acontecimentos com algum interesse*".

"Tenho certeza disso. Nossos ouvintes talvez não saibam que Edward Nigma é um pseudônimo do Charada. O senhor é o Charada?"

"*Sou*".

"E como podemos ter certeza disso?"

"*Bem, vocês não podem. Mas vão receber uma confirmação em breve. E se eu disser pra vocês que, até o final do dia, o Batman vai estar tentando parar não apenas um relógio, mas dois?*"

"Deixe-me adivinhar. Isso é uma charada".

"*Muito astuto. E vocês vão testemunhar a resposta dela dentro de algumas horas. Continue com o bom trabalho, senhor Trask. As pessoas devem ser informadas sobre o que está acontecendo*".

"Edward... Edward... Bem, ouvintes, isso foi alguém que alegava ser o Charada. Ele nos deixou um pequeno quebra-cabeça pra mastigarmos. Parece que sabemos de um relógio; o meu palpite é que ele estava se referindo aos assassinatos. Eles estão acontecendo a cada hora exata. Mas qual é o outro relógio? Será que ele está falando de um relógio de verdade — como o do edifício do Gotham Merchant's Bank? Parece que esse já parou de vez.

O que mais pode ser?

Continuem sintonizados. Temos uma grande história se desenrolando aqui".

12

O dente do Crocodilo havia levado ao Crocodilo. Agora, a combinação de um quebra-cabeça químico e uma armadilha gélida sugeriu ao Batman que o Charada havia envolvido Victor Fries, mais conhecido como o Senhor Frio. Além disso, raciocinou que, já que uma das vítimas dos assassinatos estivera envolvida com a fábrica da Ace Chemical, era provável que lá encontrassem o Senhor Frio — e, esperava, a pista que ajudaria Robin.

Tinha que agir rapidamente.

Batman escalou a chaminé que ventilava o gerador da Instalação de Controle de Inundações. A Ace Chemical podia ser vista a distância, beirando a antiga Área Restrita... que, agora sem nenhuma autoridade para fazer cumprir essas restrições, era apenas um bloco de quarteirões com ruas abandonadas e prédios decadentes.

Originalmente construída antes da Segunda Guerra Mundial, a fábrica havia estado a caminho da ruína mesmo antes de cercarem Arkham City com muros, e agora não passava de destroços. Batman se balançou e planou de terraço em terraço, passando pelo prédio do Gotham Merchant's Bank, ainda em chamas. As ruas em volta do banco estavam entupidas de caminhões de bombeiro, e uma van da equipe forense estava na cena. Porém, parecia que os bombeiros estavam conseguindo controlar o incêndio.

Era só mais uma bomba em Gotham.

Ele deu a volta pelo sul para evitar aproximar-se do teatro Monarch, que ainda ficava logo a nordeste da fábrica. Atrás do teatro, ficava o lugar onde Batman havia nascido, conhecido como Beco do Crime. Preferia não se aproximar de lá se não tivesse que fazer isso.

Tudo em Gotham era repleto de ecos, e havia momentos em que achava difícil separar o presente das memórias. Estava começando a suspeitar que alguns de seus inimigos mais ambiciosos estivessem tomando vantagem deste fato. O Pistoleiro havia sido um dos peões de Hugo Strange durante a criação do Protocolo 10, e agora estava na ativa de novo.

O Crocodilo ainda estava vagando pela mesma parte do esgoto de antes, junto à siderúrgica... e ainda estava falando sobre aquele maldito "aroma" que detectava.

Agora havia o Senhor Frio, que havia sido tanto um inimigo quanto um aliado durante os dias de brutalidade da TYGER. Ele havia sido coagido a tomar parte nos esforços do Coringa para encontrar uma cura para a toxina Titan em seu sangue. Mas diferentemente de muitos dos preeminentes vilões de Gotham, Fries não era um psicopata. Era um homem levado a atitudes extremas por amor, mas havia passado tanto tempo em estados emocionais extremos que ficou cada vez menos capaz de voltar a ser algo parecido com o normal.

O que, Batman sabia, era algo que as pessoas diziam sobre ele mesmo.

Imaginou se iria encontrar o Pinguim, o Cara de Barro — qualquer quantidade da membros da galeria de bandidos de Gotham poderia ser incluída no grande plano do Charada. Exceto por aqueles que já não estavam entre os vivos.

Ra's al Ghul, Espantalho, o próprio Coringa...

Havia demais deles que estavam voltando a dar as caras, e todos de uma só vez, para que fosse apenas uma coincidência. Ecos do passado, ecos do futuro. Será que faziam parte de outra charada?

Batman parou sobre um terraço entre a fábrica e o Jezebel Theater, ficando em posição de vigilância num ninho destruído de franco-atiradores da TYGER a menos de cem metros do terreno da Ace Chemical. Não viu ninguém, nem nenhum sinal de presença humana no prédio, a propósito — exceto pelo vapor sendo exalado pela chaminé próxima ao lado oposto da fábrica.

E isso era o bastante.

Aquela parte da fábrica abrigava uma série de cubas e tanques onde materiais brutos eram misturados sob condições cuidadosamente controladas. Os controles de temperatura das instalações requeriam um sistema de ventilação para expelir muito calor residual, o que explicava o vapor. Quer dizer, se alguém estivesse manufaturando produtos químicos ou fazendo alguma outra coisa que requeresse um controle preciso.

O Senhor Frio estava lá. Apostaria o capacete nisso.

Mantendo-se sob as sombras, Batman deu a volta no perímetro cercado até alcançar o trevo de trilhos de trem onde vagões-tanque costumavam fazer entregas de materiais em estado bruto. A cerca havia sido desfeita em muitas regiões, e ele não teve problemas para atravessar o estacionamento a pé, correndo até os deques de carregamento. Entrou por um espaço aberto e cruzou a área de recepção até chegar a uma porta onde se lia:

APENAS FUNCIONÁRIOS!
OBRIGATÓRIO O USO DE EQUIPAMENTOS DE PROTEÇÃO!

O som distante de bombas ecoava das profundezas do interior do edifício. Encostando na porta, sentiu uma leve vibração. Atravessou-a e chegou a um corredor curto. Uma porta aberta à sua direita revelava uma área de muda de roupas com trajes de proteção pendurados em um cavalete. À frente havia outra porta com o mesmo aviso da última. Essa contava com uma janela estreita feita de vidro reforçado. Olhando por ela, Batman viu parte da área da fábrica.

O lado oposto da área cavernosa estava obscurecido pelo vapor turvo, mas pensou ter visto movimento lá dentro. Preparando-se, Batman deslizou pela porta e se abaixou no chão da fábrica. Uma parte da maquinaria havia sido consertada recentemente. Peças novas e reluzentes brilhavam sob a luz esparsa, destacando-se em meio à cobertura de sujeira do resto da fábrica. A Ace Chemical estava funcionando de novo, pelo menos parcialmente.

O Coringa havia sido criado ali, e depois havia utilizado a fábrica para produzir algumas de suas toxinas mais mortíferas. Agora ele havia partido, e alguma outra pessoa havia tomado o lugar dele.

Isso nunca acaba, Batman pensou. Gotham era uma fonte sem fundo de criminalidade. Era como se a ausência do Coringa houvesse criado um espaço que exigia ser ocupado por outras formas de maldade. Perguntou-se brevemente quem tomaria o lugar dele, quando se fosse. Robin tentaria, com certeza. Talvez a Mulher-Gato fizesse a escolha de abandonar seu amor pelo roubo. Mas mesmo esses dois ficariam contra um rol aparentemente interminável de depravados.

Esse era um motivo tão bom quanto qualquer outro para que permanecesse vivo.

Atravessou a fábrica até chegar a um grande conjunto de bombas e tanques pressurizados. O piso naquela região estava repleto de embalagens de envio pesadas e de plástico, quebradas e vazias. Nos rótulos nas tampas, lia-se SOLUÇÕES CONUNDRUM, INC.

Fez uma ligação via rádio para a Oráculo e disse em voz baixa:

— Não tenho tempo para uma conversa longa. Faça uma busca por uma companhia chamada Soluções Conundrum.

— *Para onde devo enviar o que encontrar?* — ela perguntou.

— Vou ficar em contato. — Batman desligou e deu outro passo em direção ao vapor turvo. Conseguia sentir o ar ficando mais frio. O vapor em si não era quente, era mais parecido com a maresia que às vezes pairava sobre o porto de Gotham, quando a temperatura caía abaixo de zero. A queda de temperatura tinha que ser causada por qualquer que fosse o processo que estava ocorrendo, e talvez...

— Ah, Batman — uma voz metálica disse. — Um conhecido mútuo me alertou que talvez você fizesse uma visita a essas instalações.

O timbre da voz entregou o falante mesmo antes de Batman ver o contorno alto e esguio saindo do meio do vapor, com o corpo preso em um figurino azul e cinza como gelo que parecia um cruzamento entre um traje de proteção, de astronauta e uma armadura. Um capacete transparente como uma redoma cobria a cabeça. Partes do equipamento lançavam um brilho ciano, enquanto mangueiras conduziam gases super-resfriados ao sistema de controle de temperatura que serpenteava pelo torso dele. Uma névoa gélida pairava ao redor dos pés dele, fazendo um movimento em espiral enquanto andava.

O rosto dentro do capacete era pálido de uma forma não natural, e estava encoberto por óculos de proteção vermelhos e brilhantes. A cabeça estava completamente raspada, sem nenhum fio de cabelo.

O Senhor Frio.

REPORTAGEM ESPECIAL

DE OLHO NAS NOTÍCIAS DE GOTHAM

Reportagem de **Vicki Vale**

"Aqui fala Vicki Vale, a caminho de Arkham City. Não é sempre que um repórter recebe uma ligação de uma fonte e acaba que essa fonte é ninguém mais que o próprio Charada. Mas foi exatamente isso que acabou de acontecer comigo... Phil, você pode me colocar no ar?

Merda. Vamos começar de novo.

No ar em três... dois...

Aqui fala Vicki Vale, a caminho de Arkham City. Não é sempre que um repórter recebe uma ligação de uma fonte e acaba que essa fonte é ninguém mais que o próprio Charada. Mas foi exatamente isso que acabou de acontecer, e é por esse motivo que estou agora dentro dos portões da famosa e antiga área prisional. Por cima do meu ombro, vocês podem ver a fábrica da Ace Chemical, e na outra direção provavelmente podem ver a estação de metrô e a antiga siderúrgica.

Todos esses lugares foram cruciais durante a rebelião que aconteceu alguns meses atrás. Hugo Strange, Quincy Sharp e os comandos da TYGER ficaram de um lado, e no outro... bem, relatos divergem. As pessoas ainda estão pensando sobre isso. Sabemos que o Batman estava envolvido, e sabemos que ele estava lá quando o Coringa morreu. Alguns vilões se voltaram contra Strange e ajudaram o Batman, enquanto outros tentaram matá-lo — assim como tentaram matar um ao outro, e no final também o próprio Hugo Strange.

O número de mortos chegou à casa das centenas, e provavelmente nunca vai ser confirmado. O que é certo é que incluía o Coringa. Há rumores de que o Espantalho foi na verdade *devorado* pelo Crocodilo, mas esses rumores continuam não confirmados.

Estamos relembrando essa história macabra porque o Charada

entrou em contato com essa repórter hoje de manhã e pediu pra que o encontrasse no limite de Arkham City. Ele tem uma história que quer contar, e adivinhem quem vai estar lá pra escutá-la?

Acertaram.

Estou indo em direção à entrada abandonada do sistema de metrôs abaixo de Arkham City. A entrada é localizada entre a Instalação de Controle de Inundações e a siderúrgica. Parece que... você está pegando isso, Phil? Parece que outra pessoa esteve por aqui recentemente. Tem pegadas na poeira — desculpem pela escuridão daqui, companheiros, estamos entrando numa parte da estação que está sem energia há, ah, eu diria meses.

Vamos parar por aqui por um momento. Vocês podem ver as pegadas aqui, parecendo ter vindo de baixo da estação. Também tem janelas quebradas lá em cima, no teto, na curva sobre o fim da escada. Foi aqui que o Charada disse que queria me encontrar. Não tenho certeza de que história ele quer me contar, mas com certeza será interessante. A única coisa que sei com certeza é que ela envolve o Batman e o Robin.

Parte das condições pra que nos encontrássemos era que desligássemos as câmeras, então vamos... isso. Agora, vocês estão apenas escutando a minha voz, mas ainda é o *De olho em Gotham*. Continuem aí. Vou manter nossos espectadores leais informados sempre que puder. Aqui fala Vicki Vale, transmitindo do limite de Arkham City...

Você pegou isso, Phil?

Phil?

Phil, onde é que você foi?"

13

— **F**azendo um trabalho pro Charada aqui, Fries?

— Não, longe disso. Esse é um projeto próprio. Agora que o Coringa se livrou do corpo mortal dele, essas instalações são todas minhas. É maravilhoso o que se pode fazer com ferramentas e equipamentos adequados.

Foi um efeito estranho quando a voz eletronicamente elevada saiu simultaneamente do traje do Senhor Frio e de alguns altofalantes montados em vigas acima deles. Meia dúzia de capangas surgiram em meio à névoa congelante, vestindo trajes de contenção que lembravam o desenho do conjunto único dele, e portando armas com canos que brilhavam no mesmo tom pálido de azul da arma de gelo apoiada no braço direito do chefe.

— Mas o Charada realmente insinuou que você apareceria, e tomei providências pra garantir que tanto os planos dele quanto os meus continuassem, apesar da sua interferência. — O Senhor Frio deu um passo para trás e foi envolto pela névoa de novo. — Por favor, me dê licença — disse. — O trabalho me chama. Está quase terminado.

A situação tática não era complicada. O que quer que fosse que o Senhor Frio estivesse fazendo, Batman suspeitava de que não havia sido planejado para melhorar o bem-estar dos cidadãos de Gotham. Não teve que esperar muito tempo para que essa suspeita fosse confirmada. Logo a voz única foi projetada pelos altofalantes de novo.

— Enquanto luta pela sua vida, eu vou entreter você — disse o Senhor Frio. — Estou no meio do processo de super-resfriar o gás natural armazenado em tanques junto ao rio pela Gotham Power and Light. Quando tiver alcançado a temperatura desejada, vou reiniciar os sistemas de armazenamento e distribuição pra que o gás super-resfriado entre na estação de geração de energia, onde vai se encontrar com a temperatura ambiente normal. Você tem cultura, Batman. Você sabe o que vai acontecer em seguida.

Ele sabia. O gás super-resfriado, colidindo subitamente com a temperatura mais alta, iria expandir-se violentamente. A força da expansão seria suficiente para destruir muitos dos dutos e válvulas usados para canalizar o suprimento de gás, causando uma erupção imensa de gás natural volátil... que então produziria um incêndio no momento em que encontrasse alguma chama, ou mesmo uma faísca de um cabo energizado partido pela expansão inicial.

Toda a usina de geração e armazenamento seria engolida por uma bola de fogo poderosa o bastante para destruir tudo em centenas de metros. O raio desta explosão incluía diversos prédios residenciais e pelo menos um batalhão de polícia. As vítimas ficariam na casa das centenas, pelo menos, e Gotham ficaria sem eletricidade até que conseguissem redirecionar energia de algum outro lugar.

— O seu silêncio diz muito, Batman — disse o Senhor Frio. A névoa começou a se dissipar, e Batman viu que estava sobre uma plataforma que pairava sobre um emaranhado reluzente de válvulas e bombas. — Os agentes de refrigeração já estão circulando. Nitrogênio líquido faz bastante efeito. Em breve o gás vai estar frio demais pra voltar à temperatura normal sem uma explosão bastante espetacular. — Deu uma olhada breve por cima do ombro. — Lute bem e você vai viver tempo o bastante pra assistir isso. Cavalheiros?

Os capangas do Senhor Frio apontaram as armas. *Seis deles*, Batman pensou. Exatamente como houvera seis no cofre do Gotham Merchant's Bank.

Outro eco.

O Senhor Frio precisava que eles lhe dessem algum tempo para que pudesse terminar de fazer o nitrogênio líquido circular junto ao rio até as instalações da GP&L. Era muito provável que estivesse usando a rede de gás existente, revertendo o fluxo para enviar elementos refrigeradores de volta pelos canos. Mesmo se a expansão explosiva de nitrogênio líquido por si só não destruísse a usina, o fluxo reverso aumentaria a pressão das câmaras de armazenamento de gás natural além dos limites.

A lei de Boyle faria o resto.

Entretanto, o plano tinha um ponto fraco. Enquanto outro homem talvez não soubesse o que precisava ser feito, Batman já havia estado na fábrica da Ace Chemical antes — e com frequência suficiente para conhecê-la bem. Ele sabia por onde passava a rede de gás e havia visto os mecanismos de bombeamento e alimentação de misturas em operação. Poderia interromper o processo.

Era por isso que o Senhor Frio estava dependendo de seus capangas.

Então são dois pontos fracos.

Era hora de fazer alguma coisa inesperada.

Abaixou-se, puxou a capa para se cobrir e jogou uma bomba de fumaça no chão, cerca de dois metros à frente. Misturando-se à névoa, a fumaça se expandiu criando um hemisfério, cobrindo todos os capangas do Senhor Frio. Eles começaram a atirar com selvageria. Um raio congelante crepitou ao entrar em contato com a capa do Batman. Ele puxou a capa com toda velocidade e atirou uma corda com um gancho nas vigas que pairavam sobre o principal mecanismo de mistura.

Puxou o gatilho e começou a subir.

Um toque rápido ativou o rádio.

— comissário Gordon — disse. O programa de reconhecimento de voz ligou para Gordon.

Enquanto alcançava as vigas, Batman girou as pernas e colocou os pés no mesmo ângulo criado pelos suportes do teto e as vigas cruzadas que sustentavam os arranjos de iluminação. Com uma das mãos, estendeu a capa para se proteger contra a saraivada de raios congelantes. Com a outra, pegou dois Batarangues no Cinto de Utilidades.

Um parafuso que estava segurando uma das vigas cruzadas se soltou devido ao frio extremo, e a ponta da viga caiu num arco até bater na parte de cima de um tanque, provocando um barulho estridente.

— *Batman* — Gordon disse. — *O que foi?*

— Diz pra Gotham Power and Light encerrar todas as operações com os tanques na beira do rio. Imediatamente. — Pendurado de cabeça para baixo, localizou a válvula de junção onde o tanque de armazenamento super-resfriado se encontrava com os dutos de alimentação. Não teria muito tempo para fazer aquilo. Os capangas do Senhor Frio já estavam girando para conseguir mirar melhor nele, e com os Batarangues na mão não poderia puxar a capa para se proteger.

— *Porra, por quê?*

— Não tenho tempo pra explicar — Batman respondeu. Esquivou-se do trajeto de um raio congelante, que destruiu o arranjo e a lâmpada de uma luz de emergência. Vidro tilintou sobre o piso de concreto. A dor no calcanhar fez com que fosse mais difícil ficar firme de cabeça para baixo.

Tinha que se movimentar.

Dois Batarangues rápidos quebraram a base da válvula de controle no tanque de armazenamento, e depois abriram um buraco em um dos dutos de alimentação. Bastante frágil devido à temperatura do fluxo de nitrogênio líquido, o duto se partiu.

Gordon estava fazendo perguntas aos gritos.

— Só faça isso, comissário — Batman vociferou. — Vou entrar em contato.

No momento em que o nitrogênio líquido entrou em contato com o ar na temperatura da sala, evaporou.

Explosivamente.

Uma seção de seis metros do sistema de dutos desintegrou em uma detonação que salpicou a área com fragmentos de metal congelado. Os capangas gritaram quando foram atingidos pela explosão, e o Senhor Frio se abaixou atrás de um painel na plataforma de controle. Mais nitrogênio líquido vazou da parte quebrada do cano, no lugar onde se ligava ao tanque de armazenamento. Enquanto se transformava em vapor, o piso da fábrica ficou coberto por uma névoa congelante.

Com o fornecimento interrompido e o duto de alimentação partido, o nitrogênio líquido existente iria evaporar rapidamente. Batman esperava que fosse rápido o bastante para evitar o super-resfriamento do gás nos tanques da Gotham Power and Light. Pela fúria do Senhor Frio, imaginou que de fato fosse.

— Matem ele! — O Senhor Frio disse pelos altofalantes.

O inesperado havia saído vitorioso. O Senhor Frio achava que tinha tudo sob controle, mas Batman havia demonstrado que aquelas regras não se aplicavam a ele. Instantaneamente, os oponentes começaram a duvidar deles mesmos, e isso deu a vantagem ao Batman.

Era isso que ele e Robin precisavam fazer com o Charada, mas até então não haviam encontrado nenhuma oportunidade. Até então, o estratagema de Nigma havia se mostrado à prova de falhas, mas chegaria o momento em que poderiam acabar com a sua crença cuidadosamente construída de que era invulnerável. Primeiro, entretanto, Batman precisava tirar Robin da armadilha mortal sob a siderúrgica, e para isso precisava de Victor Fries.

A explosão havia dissipado a fumaça, o que significava que três capangas prontos para o combate que haviam restado podiam ver Batman novamente. Começaram a atirar ao mesmo tempo em que ele soltou a viga e, prendendo-se com as pernas, deslizou na direção da plataforma de comando.

Um disparo de uma das armas congelantes atingiu as pernas dele bem na hora em que estava girando para aterrissar, prendendo-as em uma crosta de gelo. Ao invés de pousar em posição de combate na plataforma, junto ao Senhor Frio, Batman caiu com força e começou a girar no chão, chocando-se com o corrimão do lado oposto. Não conseguia ficar de pé, e o Senhor Frio se voltou para colocar a própria arma em jogo.

Mas Batman ainda podia usar a parte de cima do corpo. Lançou um Batarangue que atingiu o braço do Senhor Frio, comprometendo a mira dele. A arma congelante criou uma camada de gelo sobre uma série de indicadores.

Batman bateu as pernas contra o corrimão, quebrando um pouco do gelo. O Senhor Frio atirou de novo, e Batman se ergueu e saiu do caminho do raio. O corrimão de aço crepitou quando o raio de gelo instantaneamente baixou a sua temperatura em cento e cinquenta graus.

O chute seguinte o destruiu completamente e libertou uma das pernas de Batman. Ele se apoiou nessa perna e se lançou em uma investida, jogando o oponente ao chão. Enquanto os dois caíam no piso, os capangas restantes estavam gritando e se aproximando. Mesmo assim, não podiam atirar sem arriscar acertar tanto em Batman quanto no próprio chefe.

A voz do Senhor Frio explodiu nos altofalantes.

— Atirem, idiotas! Vocês não podem me machucar!

Batman sabia que, se fosse pego pelo rastro do tiro, ele ficaria completamente congelado e o Senhor Frio praticamente não sofreria danos. O traje de contenção que usava era feito para dar conta do frio extremo. Mas havia uma coisa que Batman podia fazer, inspirado no próprio plano do Senhor Frio. Libertou um braço e encontrou o gel explosivo, depois espalhou uma camada grossa diretamente sobre o capacete do Senhor Frio. Enquanto o gel cobria a parte do rosto da máscara, um olhar de compreensão temerosa surgiu na expressão do oponente.

Se fosse atingido por um dos raios, o gel seria super-resfriado, e o que aconteceria quando aquecesse? Exatamente a mesma coisa que aconteceria ao gás natural dos tanques de armazenamento da Gotham Power and Light. A explosão talvez não matasse o Senhor Frio, mas a exposição à temperatura ambiente com certeza mataria.

Um raio os atingiu na altura na cintura.

— Parem! Não atirem! — gritou o Senhor Frio, tão alto que alguns dos altofalantes foram sobrecarregados e emitiram um barulho eletrônico. Outro raio congelante crepitou sobre os ombros e a parte de trás do capacete dele antes de os capangas entenderem a mensagem.

Batman dobrou as pernas, quebrando o resto da cobertura de gelo. O calcanhar estava doendo de morrer. Então envolveu as mãos pelos ombros do Senhor Frio e empurrou, libertando-se da aderência do traje refrigerado. Cuidadosamente, os capangas começaram a subir a escada, com as armas apontadas, mas em silêncio.

— Vamos conversar, Victor — Batman disse. — Você me diz o que tem feito pelo Charada, e o seu controle climático permanece intacto.

— Não se aproximem! Abaixem as armas! — o Senhor Frio alertou aos lacaios.

Eles desceram a escada de novo.

— Eu faço isso tudo pela Nora. Só pela Nora.

Victor Fries estava espreitando através do capacete, parecendo derrotado. O gel ainda estava lá, como uma medida de segurança. Os capangas haviam soltado as armas, embora não parecessem felizes com isso. Batman não se importava.

— Você ia explodir parte da beira do rio pela Nora? Me poupe — disse. — E o seu trato com o Charada tinha uma cláusula que você não sabia. Ele pode ter dito pra você que eu estava a caminho, mas foi ele que me levou até você pra começar. Ele está matando as pessoas que ajudaram a construir as salas da morte dele, e está me mandando na direção dos que ele achou que não era capaz de matar sozinho.

— O senhor Nigma e eu temos um acordo — respondeu o Senhor Frio, recuperando um pouco da própria dignidade. — Você e eu já não fizemos um acordo mutuamente benéfico no passado? Você tem que considerar isso um precedente válido.

Havia verdade naquilo. O Senhor Frio o havia ajudado a encontrar um soro que respondesse às toxinas sanguíneas que mais tarde acabaram matando o Coringa. Entretanto, isso não havia impedido o inimigo de trair o "acordo" que haviam feito, e Batman não estava no clima de restabelecer relações diplomáticas.

Não tinha tempo para isso.

— Soluções Conundrum, foi isso que vocês dois criaram — disse. — Mas o que você estava produzindo pra ele?

— Parte do nosso acordo é a confidencialidade — O Senhor Frio respondeu com suavidade. — Certamente você compreende, Batman. Tendo feito parte de um acordo semelhante no passado, como você pode esperar que eu viole o meu contrato com o senhor Nigma?

Ao invés de responder, Batman brandiu um Batarangue.

— Além de uma mudança brusca de temperatura, sabe o que mais faz o gel explodir? — perguntou, mas não esperou por uma resposta. — Um impacto forte.

— Não! Não tem necessidade disso — Senhor Frio respondeu rapidamente. — Em troca de usar essas instalações, o senhor Nigma me pediu para reformular um certo tipo de bateria. Duas baterias.

— Com qual propósito?

— Ele queria que elas funcionassem tanto pra fornecer energia quanto pra explodir. Todas as baterias são capazes de explodir. O que eu fiz foi demonstrar pra ele como dois tipos de bateria podem ser usados juntos pra criar uma detonação *controlada*.

— Por que ele quer baterias explosivas?

— Como é que eu iria saber? — perguntou o Senhor Frio. — E, além disso, por que eu iria me importar com isso? Tem amostras naquela caixa ali. — Apontou.

— Manda um dos seus homens trazê-las aqui — Batman ordenou.

O Senhor Frio fez um gesto com a cabeça e um dos capangas trouxe dois objetos. Um deles era um tijolo retangular, parecido com uma bateria de laptop, mas maior. O outro também era retangular, mas contava com terminais mais parecidos com o padrão de bateria de nove volts usadas comumente em aparelhos eletrônicos pequenos. Esse também era maior que o normal, e nenhum dos dois tinha marcas de produtoras.

— Eu descobri um método de criar uma reação em cadeia usando uma ligação entre o tipo de lítio-íon e a variedade de chumbo-ácido. Sobrecarregar uma delas produz calor excessivo. Sobrecarregar a outra libera gases de hidrogênio e oxigênio.

Calor excessivo em um espaço fechado, combinado com hidrogênio e oxigênio livres, criava quase que a certeza de uma explosão — especialmente se quem quer que estivesse controlando o processo introduzisse uma fagulha ou uma chama à interação.

— Você me decepciona, Fries — Batman murmurou. — Eu achava que você estava além de um simples vilão, mas você é um pouco mais do que um mestre de armas pago.

— Você não está em posição de me julgar, Batman — o Senhor Frio respondeu, com a mesma expressão indecifrável de sempre. — Eu tenho que levar a Nora em consideração.

Batman olhou ao redor.

— Não estou vendo a Nora.

— E você não vai ver ela — respondeu. — Ela está segura... enquanto o meu acordo com o Charada continuar.

— Talvez você queira reconsiderar esse acordo — Batman sugeriu. — Como eu disse, o Charada está eliminando as pessoas que trabalharam com ele nesse projeto debaixo da siderúrgica. Ele me levou ao Crocodilo.

Agora me levou até você. Talvez os acontecimentos provem que a sua lealdade está no lugar errado.

— Eu só posso confiar na minha própria intuição, Batman. — O Senhor Frio se preparou e disse com um tom de voz sóbrio e orgulhoso. — Nas minhas próprias motivações. Você tem motivos pra fazer o que faz, e eu também tenho.

— Não se compare a mim, Senhor Frio — Batman protestou. — A condição da Nora é trágica, e eu simpatizo com isso, mas você poderia conduzir a sua pesquisa sem sujar as próprias mãos.

— E você poderia tirar a máscara, revelar a sua identidade verdadeira pra todos de Gotham, e mesmo assim você não faz isso. Você gosta de ser o estranho temido, o Cavaleiro das Trevas que espalha o terror. Você não está nem um pouco em posição de julgar os outros.

— Vai fazer a psicanálise de outra pessoa, Senhor Frio. — O tempo estava passando. — O que aconteceu depois de você desenvolver essas baterias pro Charada?

— Eu enviei os desenhos pra ele e fui trabalhar no meu próprio projeto. Que espetáculo maravilhoso seria, Batman. Fogo nascido do frio. Se ao menos você tivesse ido tomar conta dos seus próprios problemas...

— Isso *é* problema meu, Victor: arruinar o seu — respondeu Batman. — Agora você vai me dar uma aula de química. Rápido.

Minutos depois, Batman estava no caminho de saída da fábrica. Atrás dele, na plataforma de controle, o Senhor Frio e seus capangas estavam firmemente amarrados com cabos elétricos que Batman havia arrancado dos painéis. Ligou para o comissário Gordon para ver como estava progredindo a investigação das vítimas de assassinato.

— *O seu amigo Oráculo é de outro mundo* — Gordon disse. — *Ele rastreou uma conexão que a gente não tinha visto.*

— É, ele é muito bom — Batman concordou sem corrigir o comissário. O que Gordon não sabia não faria mal a Bárbara. — O que foi que ele encontrou?

— *Uma companhia chamada Soluções Conundrum* — Gordon respondeu. — *Todas as vítimas fizeram várias ligações pra um número que leva até essa companhia, e eles fizeram todas elas num período de poucos dias, na semana passada.*

— Outra pista — Batman disse.

— *E uma bem grande* — Gordon acrescentou. — *Estamos trabalhando com as maiores operadoras de celular pra descobrir quem mais entrou em contato com a Conundrum durante esse mesmo período de tempo. Até agora encontramos mais dois números, e estamos rastreando os donos das linhas. Eles têm que ser avisados.*

— É, e rápido — Batman concordou. — Comissário, quando você descobrir quem são essas pessoas, leve-as pro departamento, mas não diga a elas por que. Tem muita coisa dessa trilha de farelos de pão que ainda não sabemos. Talvez elas possam lançar alguma luz na investigação, contanto que a gente as mantenha vivas.

— *Entendido* — Gordon respondeu. — *A Gotham Power and Light quer saber quando podem religar a energia.*

Por trás de Batman, nitrogênio líquido ainda estava evaporando do cano quebrado, porém mais lentamente agora, formando listras de vapor que dançavam preguiçosamente sobre o piso. Válvulas de desligamento automático haviam selado todos os sistemas de circulação e dutos de alimentação que levavam gases para fora da fábrica, o que significava que os dutos principais da companhia energética seriam capazes de equalizar a pressão de novo sem o risco de um desastre.

— Deve estar tudo bem agora — disse, depois acrescentou: — Você devia mandar policiais pra Ace Chemical. O Senhor Frio precisa de uma carona.

ÚLTIMAS NOTÍCIAS

DESASTRE QUÍMICO EVITADO NA BEIRA DO WEST RIVER

Equipe do Globe

GOTHAM: Explosão e incêndio gigantescos foram impedidos na beira do West River. Guiado por uma denúncia anônima, o Departamento de Polícia de Gotham City fez a Gotham Power and Light suspender as operações nos tanques de armazenamento na beira do rio, onde são armazenadas as reservas de gás natural e óleo de aquecimento da cidade. O resultado foi uma paralisação de emergência imediata.

A GP&L ainda está investigando o incidente, mas a resolução preliminar é de que alguém tentou danificar os dutos que correm por baixo do West River até chegar à estação de geração na beira do rio. De acordo com o porta-voz da companhia, relatórios iniciais indicam que o ataque aos dutos utilizou produtos químicos super-resfriantes para congelá-los e deixá-los vulneráveis a ranhuras e rupturas. Os vazamentos resultantes poderiam causar efeitos catastróficos, incluindo uma reação em cadeia que poderia explodir toda a reserva de gás.

Em uma declaração oficial, um porta-voz da GP&L disse que "Esse é o exemplo perfeito de que medidas de segurança foram utilizadas e salvaram vidas. Uma explosão desse nível poderia ter atingido grande parte da beira do rio e espalhado incêndios por vários quarteirões, em todas as direções. A contagem de fatalidades provavelmente ficaria na casa dos milhares". Além disso, grande parte de Gotham ficaria sem energia elétrica por dias, até que fontes pudessem perpassar os transformadores destruídos.

Victor Fries, mais conhecido como Senhor Frio, foi preso na fábrica da Ace Chemical e agora está sendo transportado para a Penitenciária Blackgate para aguardar a denúncia. Várias grandes explosões foram escutadas na fábrica antes de sua apreensão. Camburões da Polícia de

Gotham e veículos de resposta a emergências foram vistos no entorno da fábrica supostamente deserta. Um oficial do DPGC que não quis ser identificado disse que o Batman esteve envolvido na operação, e que foi a ação dele que preveniu a destruição. É conhecido que Fries está procurando uma cura para as condições médicas debilitantes de sua esposa, Nora, embora não se saiba se isso fez ou não parte do incidente de hoje.

Uma das vítimas, Brian Isaacson, parece ter sido um empreiteiro e engenheiro civil da companhia que foi a principal responsável pela renovação e readaptação da Ace Chemical, há aproximadamente dez anos. Ainda não se sabe se há alguma ligação entre Isaacson ou sua companhia aos acontecimentos de hoje.

A fonte anônima do DPGC também indicou que Batman estava na Ace Chemical devido a "algum tipo de contato com o Charada". A fonte foi incapaz de caracterizar este contato, ou de acrescentar mais detalhes à informação. Essa ligação, por mais especulativa que seja, dá crédito a outras supostas ligações entre o recente retorno à ativa do Batman e possíveis conspirações criminosas.

Há pouco, um homem que alegava ser o Charada, também conhecido pelos nomes Edward Nashton e Edward Nigma, ligou para o programa *Levando-os ao Trask*, da Gotham Globe Radio, mas a identidade dele ainda não foi verificada, e o autor da chamada aparentemente mencionou o Batman apenas dentro do contexto de uma charada apresentada durante a ligação.

14

Robin estava fazendo flexões para se manter aquecido quando a voz de Batman rugiu no comunicador.

— *Eu sei a sua resposta. Eu acho.*

— Pode falar.

— *Você disse que tinha dois arranjos de esferas, certo?*

— Certo.

— *Cada um deles representa a ação química básica de uma espécie de bateria. Eu vou explicar melhor pra você depois, mas agora a gente precisa tirar você daí.*

— A gente precisa mesmo — Robin disse. — Eu estou... bem, vamos só dizer que faz um bom tempo desde quando c'nseguia sentir meus pés. E eu c'mecei a cantar sozinho pra num me sentir tão sozinho. Eu estou...

— *Robin! Mantenha o foco!*

Ele ficou arrepiado com essas palavras.

— Mantenha v'cê o foco quando for jogado numa sala a menos trinta graus.

— *Eu não estou falando que é fácil* — Batman disse. — *Estou dizendo que tem que ser feito. Agora, escuta. Um dos conjuntos é a estrutura de uma bateria de lítio-íon, e a outra é a estrutura de uma de chumbo-ácido. O problema é que o Charada contratou o Senhor Frio pra criar baterias que também funcionassem como explosivos controlados; isso é possível através da interação entre o calor gerado pela reação da de lítio-íon e o hidrogênio e o oxigênio liberados quando a bateria de chumbo-ácido fica sobrecarregada.*

Robin tentou acompanhar, mas estava se perdendo no meio do caminho.

— 'Do bem — respondeu.

— *Você entendeu?* — Batman insistiu. — *Se você não completar esse quebra-cabeça corretamente, o mais provável é que a sala inteira exploda que nem uma bomba.*

— Se eu num c'meçar a fazer isso, daqui a pouco não vou mais c'nseguir levantar 's braços.

— *A sua fala está arrastada.*

— Hã-hã — Robin disse. — Frio. Lábios estão dormentes. Em cal... Qual eu mexo primeiro?

— *Se você mexer na de chumbo-ácido primeiro, o quarto vai se encher de gases de hidrogênio e oxigênio livres. Não é uma boa ideia. A de lítio-íon vai começar a gerar calor em excesso através de um processo chamado fuga térmica. Era esse processo que o Charada queria que o Senhor Frio controlasse, e podemos esperar que faça parte do quebra-cabeças aqui. Você vai ter que mexer na de lítio-íon antes, depois na de ácido-chumbo. Então...*

— ... Esperar que a porta se abra ant's de tudo ir pros ares.

— *Exatamente.*

— Parece um b'm plano.

— *O tempo é o mais importante. Primeiro, você vai ter que descobrir qual dos dois arranjos representa a combinação de chumbo-ácido e qual representa a de lítio-íon.* — Batman disse.

— Íon não é muito específico — Robin respondeu. — Uma bateria de lítio-íon funciona a base de quê? Qual é o composto?

— *Nas baterias que o Charada deu pro Senhor Frio, é óxido de lítio-cobalto.*

— Óxido de lítio-cobalto — Robin repetiu. — Isso é $LiCoO_2$. Quatro átomos, certo?

— *É, mas esse é o eletrodo positivo. O eletrodo negativo provavelmente vai ser de grafite.*

— Isso é só carbono.

— *Um arranjo específico de seis átomos de carbono.*

— Ok. Ok. Então o lado do lítio-íon deve ter dez esferas. Não, nove, porque aqui tem um com um número dois. Quer dizer que são dois do mesmo átomo. Entendi. Um lado deve ter seis átomos de carbono.

— *Em um hexágono.*

— Certo. — Robin levantou a cabeça e começou a arrastar as esferas para o lugar certo. As correntes faziam barulho contra os trilhos e uma poeira fina e preta caiu do teto. Ele não conseguiu se conter. Riu.

— *Qual é a piada?*

— O Charada deixou uma coisa pra me encorajar. Ele salpicou grafite nos trilhos. — Robin deixou seis das esferas penduradas no formato de um hexágono. Depois foi em direção às outras três. — Como é o formato de uma molécula de óxido de lítio-cobalto?

— *Essa é complicada. Em baterias, o lítio fica entre camadas de estruturas de óxido de cobalto. Então você vai precisar de um triângulo e...*

— Só restam três 'sferas.

— *Tem algum jeito de arrumar elas de forma que o lítio fique separado do cobalto e do* O_2*?*

Robin olhou para os trilhos acima dele.

— Acho que sim.

— *Então faça isso.*

Ele fez. As esferas começaram a brilhar.

— Alguma coisa 'stá 'contecendo — Robin disse. — As esferas estão... ai. Elas estão ficand'o quentes. — Era um alívio e uma preocupação, ambos ao mesmo tempo.

— *Fuga térmica* — Batman explicou. — *Isso está como a gente previu. Agora vá pra combinação de chumbo-ácido, mas fique preparado pra correr.*

— E se eu fizer isso e a porta não abrir?

Batman parou.

— *Quantas portas tinha na sala que você atravessou pra chegar aí?*

— Sete.

— *Por quantas você passou?*

As esferas estavam liberando tanto calor que a sala estava se enchendo com uma neblina, e Robin não conseguia ficar perto delas. O calor estava escaldando a pele congelada dele e acordando os nervos, que estavam gritando nos dedos e nas orelhas.

— Três — respondeu. — Se eu sair daqui, quatro.

— *Então ainda falta pelo menos um desafio e provavelmente dois* —

Batman disse. — *O Charada não vai roubar nas próprias charadas. Pelo menos ainda não.*

— Isso é confiar muito nele — Robin comentou.

— *Se você tiver uma ideia melhor, estou ouvindo.*

A sala estava parecida com uma sauna agora. Se ficasse mais muito tempo ali, Robin iria se esquivar da ameaça de congelamento apenas para se deparar com um ataque cardíaco. Então foi até o outro arranjo de esferas penduradas.

— Qual é a combinação de chumbo-ácido?

— *Tanto chumbo quanto óxido de chumbo, mantidos separados, interagem com ácido sulfúrico. Íons migram de um lado pro outro e o resultado é sulfato de chumbo nos dois lados, com água no meio. A reação de carregamento se baseia em quebrar esse sulfato de chumbo e reconstruir o ácido sulfúrico, mas a sobrecarga acontece quando se quebra ligações químicas diferentes, causando a liberação de gases de hidrogênio e oxigênio.*

— Óxido de chumbo — Robin disse. — Pb_3O_4. Duas esferas, uma delas com um dois escrito. Ok. Entendi.

— *Já no outro lado, um átomo solitário de chumbo. No meio, ácido sulfúrico e água.*

— H_2SO_4 e H_2O, entendido. Espera. — Robin encontrou um trilho que se estendia até um pouco mais longe do que os outros. Puxou uma esfera para deixá-la dependurada no final desse trilho. Aquele era o átomo solitário de chumbo. Depois foi para o outro lado do arranjo e encontrou uma esfera com um dois escrito. Puxou essa para longe do centro do arranjo, e depois puxou uma esfera sem nada escrito para perto dela em um trilho paralelo.

— Coloquei o chumbo e o óxido de chumbo no lugar.

A sala havia esquentado tanto que ele estava encharcado de suor. Era desconfortável a ponto de sentir a pele queimar sempre que se movia na direção do centro da sala, mais perto do calor crescente do arranjo de lítio-íon.

— A gente tem certeza de que fez isso na ordem certa? — Robin perguntou, limpando o suor dos olhos. As gotas estavam se juntando no fundo das aberturas para os olhos da máscara.

— *O seu palpite vale tanto quanto o meu* — Batman disse. — *Quando você colocar o ácido sulfúrico no lugar, é melhor sair correndo.*

Robin se posicionou no centro do arranjo de chumbo-ácido. Ainda restavam seis esferas. Quatro delas estavam marcadas com o número 2.

Ah, merda.

— Tem algum problema — ele informou. — Eu preciso de quatro esferas pro H_2SO_4, mas aqui tem seis. Quando eu posicionar o ácido sulfúrico, vai sobrar uma esfera sem nada escrito e uma com um dois.

— *Água* — Batman respondeu. — *O Charada é muito meticuloso.*

— Muito engraçado — Robin disse. — Ok. Água. Vou ajeitar essa primeiro. Depois vou colocar o ácido sulfúrico no lugar, porque é isso que faz tudo acontecer, certo?

— *Eu diria que sim* — Batman concordou. — *Mas seja qual for que você arrumar primeiro, arrume o outro rápido.*

— Entendido — Robin respondeu. Estava tão quente na sala agora que correntes de calor estavam visíveis no ar. Ele arrastou duas das esferas até ficarem próximas uma da outra no lado mais perto do par de óxido de chumbo. Depois começou a puxar as quatro últimas esferas para o lugar.

— H_2 — disse. Tomou um pequeno banho de grafite enquanto colocava essa esfera no lugar. — S — continuou. Outro estalo. — Realmente seria muito bom se a porta abrisse. Ok... Primeiro O_2.

Outro estalo.

O piso começou a queimar os pés dele através das solas das botas.

— Segundo O_2 — disse, e prendeu-o no lugar.

De repente, eletricidade crepitou pelas correntes vindas do teto, cuspindo raios de corrente em corrente. Um deles atingiu as mãos de Robin no lugar em que ainda estavam encostando na corrente, e o choque o jogou ao chão. Rolou pelo piso, atordoado, mas o chão o estava queimando, então se enrolou na capa e continuou rolando, mirando na direção da porta. A capa ficou chamuscada no lugar em que havia encostado no chão.

Há uma hora, estava morrendo de hipotermia. Agora estava sendo assado vivo. A eletricidade continuava a saltar e chiar nas correntes. As esferas na configuração de chumbo-ácido começaram a esquentar com a corrente — e talvez dez segundos depois que Robin as havia posicionado de acordo com a combinação de átomos, todas as sete esferas se desfizeram.

Naquele momento, a porta abriu.

Robin a atravessou correndo como se fosse um morcego fugindo do inferno. A passagem à frente dele era absolutamente reta e inclinada levemente para cima. Viu uma ramificação adiante.

Se pelo menos conseguisse alcançá-la...

Escutou um estalo agudo por trás de si, e uma fração de segundo depois uma explosão trovejante. Quando o som o alcançou, também o fez o raio da explosão. Estava bem na interseção da passagem e se lançou para a direita, enrolando-se na capa e mergulhando na sala ao lado enquanto a bola de fogo da explosão tomava toda a passagem por trás dele. O calor era insuportável. Continuou rolando, apagando quaisquer chamas que houvessem atingido a capa.

As chamas se dissiparam e Robin parou, respirando profundamente e sentindo cheiro de fumaça, inclusive das partes chamuscadas da roupa e da capa. Ele se sentou e se apoiou contra a parede, olhando de volta para a passagem principal. Pedaços de lixo e destroços estavam queimando no chão. Se ainda houvesse estado lá quando o fogo passou, não estaria respirando agora.

Por quanto tempo conseguiria continuar fazendo aquilo?

Calou aquela pergunta e cancelou toda aquela linha de pensamento. A dúvida o mataria tanto quanto os desafios do Charada. Reativando o comunicador, chamou Batman.

— Saí — disse. — Me esquentei também; ou melhor, diria que me queimei por fora e ainda estou congelando por dentro. Minha homeostase está bem acabada.

— *O Alfred vai fazer um chá pra você quando chegar em casa* — Batman respondeu. — *O que vem em seguida?*

— Estou voltando pro tabuleiro de xadrez — Robin disse. — Pelo menos acho que estou fazendo isso. Vou contar pra você quando souber. — Na verdade, não estava certo de que ramificação da sala deveria tomar. Via que o caminho pela lateral parecia um beco sem saída, mas a passagem principal ainda estava repleta de destroços flamejantes. Pelo som que vinha de lá, um incêndio estava tomando o local além da interseção.

Robin seguiu pelo caminho lateral até onde conseguiu ir, e percebeu rapidamente que aquela era a decisão errada. A fumaça do incêndio lá de baixo estava espessa ali, e ele não conseguia ver nem sentir uma saída. Voltou pelo caminho em direção à passagem principal, virou à direita — para longe da fonte da explosão — e descobriu que o Charada havia lhe deixado outra mensagem.

Além da interseção, o corredor se expandia até se transformar em uma sala, e no centro dela havia uma moldura de madeira no formato de um ponto de interrogação. A explosão havia ateado fogo à interrogação, que lançava chamas brilhantes, iluminando a câmara inteira. No lado oposto, havia uma escada.

— Ok — Robin disse. — Tenho que admitir, isso demonstrou bastante habilidade. — Não sabia se o Charada estava escutando ou não, mas nunca fazia mal afagar o ego de um megalomaníaco. Com frequência, era a melhor forma de desarmá-lo, ou fazê-lo mostrar uma fraqueza. E *havia* sido bastante habilidoso colocar uma escultura inflamável para que fosse acesa pela explosão.

Dava um novo sentido à expressão "pergunta bombástica".

Aquilo o encorajou, já que o Charada não se daria ao trabalho de construir aquilo caso não tivesse a intenção de que alguém o visse. Então ainda estava preparando os desafios com a expectativa de que Robin sobreviveria a eles.

Acho que afagar o ego dele funciona dos dois jeitos, Robin pensou. *Mas ainda tenho as portas cinco e sete à minha frente.* E a número sete era a que dava para a saída. Se o padrão fosse mantido, enfrentaria outro quebra-cabeça do outro lado da porta número cinco, e então — assumindo que sobrevivesse até lá — voltaria pela número seis.

Então sete era... o quê? O número da sorte? Para quem?

Talvez *essa* fosse a pergunta bombástica.

Um vento poderoso veio soprando de algum lugar em cima da escada, empurrando a fumaça para longe dele e oferecendo um alívio momentâneo. Robin chegou ao último degrau e seguiu por um corredor curto que se voltava num ângulo de dez horas. Isso levaria a...

Com certeza. Chegou a uma porta, abriu-a, e viu que as peças de xadrez haviam mudado de posição de novo. Só para garantir que não estivesse deixando nada de lado, Robin checou as possibilidades com o cavalo e o bispo antes de descartá-los, apesar de já tê-los usado. O bispo estava de fora, já que ele se encontrava em um quadrado preto e a porta número cinco ficava junto a uma casa branca. Não tinha nenhum jeito de executar quatro movimentos com o cavalo sem cair em uma casa ocupada pelas peças.

Assim, restava a torre. A ausência de uma quarta opção incomodou mais Robin agora — o desafio por trás da porta número sete estava se tornando enlouquecedor. Mesmo assim, não havia nada que pudesse fazer, então não fazia sentido ficar quebrando a cabeça com aquilo.

Primeiro tinha que voltar pela porta número seis. Então avançou quatro casas pela sala, virou para a direita e andou diretamente até a porta número cinco.

Duas jogadas com a torre.

Não tinha motivos para adiar o que vinha em seguida.

Como Batman havia dito, o tempo estava correndo. Então Robin abriu a porta e a atravessou.

RyderReport.com
Postado por JKB
Quarta-feira, 1:55 p.m.

Tic, tac, tic, tac...

A menos que o Batman tenha pegado o atirador que está aterrorizando as ruas de Gotham, vai haver um quarto assassinato cerca de cinco minutos depois da postagem dessa reportagem — não da hora em que estou de fato escrevendo essas palavras. Vocês sabem como funciona, certo? Nada disso acontece em tempo real.

Têm havido muitas especulações sobre a identidade do atirador. Um informante que ligou para o programa de Duane Trask alegou ter escutado o Batman falar sobre o Pistoleiro, ou pelo menos foi isso que Duane disse ter acontecido. Não sabemos ao certo, porque não ouvimos o programa de Duane.

Até onde sabemos, ninguém ouve.

O Pistoleiro, vocês se lembram, saiu em uma empreitada assassina depois de se ***infiltrar*** (vocês leram isso certo) em Arkham City. Estava prestes a ir atrás do nosso amigo Jack Ryder quando o Batman interferiu, o que foi a melhor coisa que o Batman fez em toda a sua vida. Embora, por tudo que saibamos, Jack pudesse dar conta do Pistoleiro sozinho.

Enfim, estamos lembrando isso, pois se o Pistoleiro estiver em outra empreitada assassina, então isso parece ser um pouco... bem, sabe quando uma banda faz uma turnê a mais do que devia? É, isso.

Ah, e Duane parece estar pensando que o Charada ligou para ele também. Aparentemente, ele é o cara ao qual recorrem assassinos depravados. Boa, Duane! A não ser que o Charada fosse um trote, nesse caso, ***Uén uén uén***, Duane!

Tic, tac, tic, tac.

O tempo passa para todos nós. O Pistoleiro pode estar numa turnê de "maiores sucessos", mas para nós são a mesma música e dança de sempre. Essa cidade está sitiada por lunáticos, e nós estamos contando com outro lunático para nos proteger deles. Não é de se estranhar que sejamos todos malucos.

Falando em maluquice, Vicki Vale — lembram-se dela? A que era desesperada para fazer parte de todas as reportagens? Bem, ela está convencida de que está conversando com o Charada, e na última vez em que ouvimos falar dela estava indo em direção a Arkham City. Somos muito a favor de rivalidades profissionais, mas esperamos que nada de ruim aconteça a Vicki lá. Quem sabe, talvez ela apareça com uma reportagem que já não foi feita por nós...

O Jack vai fazer um resumo geral de toda a situação de Arkham em cerca de uma hora, no ***Midday Gotham***.

ATUALIZAÇÃO ATUALIZAÇÃO ATUALIZAÇÃO: Logo antes de eu pressionar "Postar" nesse *post*, recebi a notícia de que ocorreu uma explosão gigantesca na parte subterrânea de Arkham City. Nada muito específico, mas parece que foi em algum lugar próximo à antiga siderúrgica. Há relatos conflitantes.

A única coisa em que todos concordam é que foi uma explosão enorme. Fumaça foi vista pairando sobre Arkham City, aparentemente vinda das grades do esgoto. O Crocodilo não vai gostar disso.

Certifique-se de assistir o Jack em ***Midday Gotham*** para saber de mais detalhes.

15

Assim que Batman terminou de conversar com Robin, uma mensagem automática da Oráculo apitou no ouvido dele.

"*Restam cinco minutos na contagem atual*".

Enquanto estava se aproximando do Batmóvel, rearrumou as peças do quebra-cabeça na mente. Na verdade, havia muito poucas delas. Primeiro fator — as salas da morte, cada uma delas temática e de alguma forma ligada a um vilão que o Charada havia angariado como parceiro. Segundo fator — os assassinatos das pessoas que pareciam ter sido buscadas para prover *expertise* profissional à construção das armadilhas. Terceiro fator...

A galeria de degenerados?

A velha siderúrgica?

Maravilla?

Esse era o problema. Na verdade, *não havia* um terceiro fator — ou, se houvesse, era elusivo a ponto da loucura. As salas da morte estavam levando a alguma coisa. Tinham que estar. Esse era o *modus operandi* do Charada, para usar uma expressão velha e gasta. Ele tinha alguma espécie de plano grande e insidioso, que ainda estava mantendo longe do alcance deles.

Ele os estava arrastando por vários dos mesmos locais em que haviam perseguido o Coringa e seus associados durante a violência final do Protocolo 10. Essa parte, pelo menos, parecia clara. Mas por quê? Como isso se relacionava ao fim do jogo dele, ao seu objetivo final?

Será possível que o Coringa ainda esteja vivo? Isso explicaria os ecos deliberados dos acontecimentos passados. Mas era impensável. Batman havia visto o corpo do Coringa. Gordon o havia visto ser queimado, e ajudou a descartar as cinzas.

Ele se fora.

A menos que houvesse utilizado um disfarce, ou um sósia...

Não, Batman pensou. *Não dessa vez. Havia evidências demais.* Haviam confirmado aquilo de todas as formas possíveis. *Então por que é que ainda estou me agarrando à chance de que talvez tenha sobrevivido?* Havia lutado com o Coringa por anos e chegado bem perto da morte em mais ocasiões do que podia contar. Deveria estar alegre pelo fim daquilo, mas ainda assim se sentia como se houvesse perdido alguém terrivelmente próximo.

Talvez houvesse. Era isso que Alfred e Robin estavam insinuando antes da chegada do pacote. Por mais bizarro que parecesse, por mais que odiasse admitir, Batman sabia que, de alguma forma estranha, o Coringa ainda fazia parte dele.

A grandeza de um homem pode ser medida por seus inimigos. Eles haviam definido um ao outro por tanto tempo. Tanto da identidade do Batman, da história dele, estava imbricada na batalha aparentemente infinita com o seu oposto. Batman era a favor da ordem, o Coringa, do caos, mas era mais que isso. Eram adversários dignos. Suas mentes eram bem equiparadas, e através dos horrores que ele tinha perpetrado ao longo dos anos, o Coringa havia forçado Batman a ser *melhor*.

Se o Coringa realmente havia morrido, será que isso significava que os melhores dias do Batman tinham passado?

Não, não "se", pensou. *O Coringa está morto, e eu era o Batman antes de ele aparecer, e ainda sou o Batman sem ele. Gotham City é o que me define, não os lunáticos homicidas que a infestam que nem uma praga.*

Do ponto de observação em que havia estacionado, junto à Ace Chemical, Batman viu um par de viaturas do Departamento de Polícia de Gotham navegar pelas ruas cheias de destroços, seguido por uma van de Operações Especiais feita para lidar com o Senhor Frio. O primeiro carro parou ao lado do Batmóvel, e o próprio Gordon saiu do banco do carona.

— Como eles estão se virando com aquele incêndio? — Gordon perguntou, olhando além de Batman para a pluma de fumaça que surgia no Gotham Merchant's Bank e se alongava contra a correnteza do West River.

— Não estou acompanhando — Batman respondeu. — Muitas outras coisas pra fazer. — Apontou para a fábrica. — O Senhor Frio e outros seis homens estão lá dentro. Alguns deles precisam de cuidados médicos.

— Vamos providenciar isso — Gordon disse.

— O que você descobriu sobre os outros números de telefone ligados à Soluções Conundrum?

— Tem dois. Um pertence a um homem chamado Pierre Ouellette, que é responsável por uma companhia de suprimentos químicos. Colocamos ele num lugar seguro. Não conseguimos rastrear o outro. É um celular descartável, provavelmente já está no rio. Estamos tentando identificar quais outros números podem ter ligado, mas esse tipo de rastreamento é mais demorado.

— Onde é esse lugar seguro? — Batman perguntou.

— Eu não devia dizer pra você — Gordon respondeu. — Você...

O aparelho de comunicação de Batman apitou.

— *Um minuto* — disse a Oráculo.

— Comissário, onde quer que você tenha colocado Pierre Ouellette, o Charada colocou alguém pra vigiar. Podemos ter certeza disso. Ele está controlando o campo de jogo desde quando esse joguinho começou. Se você não me disser essa localização, vai ter outro corpo nas suas mãos.

— Nas minhas mãos? — Gordon respondeu bruscamente. — Eles não estão vindo atrás de mim, Batman. Estão vindo atrás de você.

Isso era verdade. O Charada e outros como ele não perdiam tempo armando esquemas para pegar policiais em uma armadilha. Para eles, o policial comum na ativa era pouco mais do que um dano colateral.

— *Quarenta e cinco segundos.*

— Tudo bem — Batman admitiu —, mas se você não me der essa informação, não vou poder fazer nada pra proteger Ouellette.

— E se você estiver errado? — Gordon desafiou. — Ou se o próximo alvo for o outro número?

— Leve em consideração como as coisas funcionaram até agora — Batman disse. — O Charada guiou cada passo nosso. Ele fez com que cada um de nós seguisse um padrão pré-ordenado como se fôssemos escravos, e não fizemos nada pra fugir desse padrão. Ele não quer que eu fique correndo por Gotham caçando uma pessoa desaparecida, isso não faz parte dos planos dele.

— *Trinta segundos.*

Viu que Gordon estava se esforçando para decidir entre impulsos contraditórios. Queria salvar vidas, queria acreditar no Batman, mas também precisava seguir os procedimentos pelos quais vivia e respirava, e mostrar fé nas habilidades do próprio departamento para proteger os cidadãos de Gotham.

— Essa é a oportunidade de fugir do padrão e forçar o Charada a ceder o controle — Batman acrescentou, insistindo naquela ideia. — A menos que façamos isso, vamos continuar dançando conforme a música dele.

— *Quinze segundos.*

— Eu não vou dar a localização do abrigo pra você — Gordon disse. — Eu não posso. De qualquer jeito, você não conseguiria chegar lá a tempo. Você não é o único que está de olho na contagem.

— Então alguém vai morrer.

— Estou dizendo pra você, não tem como chegar lá a tempo! — Gordon vociferou. — Estamos fazendo tudo que podemos. Você está perseguindo um lunático vestido de verde, Robin está Deus sabe onde, e eu sou o que está lidando com um assassino solto na minha cidade. Você cuida da sua parte do problema e eu cuido da minha.

— *Zero* — Oráculo disse.

— Tudo bem — Batman aceitou. Estava se sentindo cansado. Estava perseguindo, sempre perseguindo, com o Charada e seus comparsas sempre um passo à frente... e agora outra pessoa estava morta. Tudo que podiam fazer era esperar pela notícia.

— Comissário! — um dos policiais no carro mais próximo gritou. Gordon se virou. — Aconteceu outro. — O policial estava escutando o rádio e repetindo o que escutava. — Foi a Theresa Gray.

Gordon pareceu chocado.

— Quem é Theresa Gray? — Batman perguntou.

Uma estranha combinação de vergonha, raiva e tristeza assolou o rosto de Gordon.

— Ela cuida dos envios e entregas do quartel-general da polícia de Gotham — respondeu. Tirou os óculos e esfregou o nariz entre os olhos. — Ou cuidava. Ela era... quando eu falei com você hoje de manhã e disse que tinha colocado a gerente pra entrevistar a equipe, era ela. Aquela era a Theresa. Agora sabemos como a entrega do Charada chegou lá, não sabemos? — acrescentou com amargura.

Também sabemos outra coisa, Batman pensou. *Sabemos que o Charada tem uma hora para planejar como chegar a Pierre Ouellette dentro do abrigo.* Porém, não disse aquilo. Tinha que dar alguns minutos a Gordon para que se ajustasse à perda e ao pensamento de que o Charada havia se infiltrado na polícia de Gotham.

"*Ela é uma boa pessoa*", Gordon havia dito naquela manhã. Aquilo era uma traição pessoal e o assassinato de uma colega. Não seria leve para Gordon... mas não havia tempo para lamentar nem permitir que duvidasse do próprio discernimento.

Tinham uma hora. Uma hora para que o Charada pensasse em seu esquema, mas também era uma hora para que Batman planejasse, para compreender o funcionamento interno da artimanha do Charada e entender como tudo se encaixava.

— Você estava certo, Batman — Gordon disse. — Esse está nas minhas mãos. Eu confiava nela.

— Não, comissário . Você estava certo. Era o outro número. Mesmo se eu tivesse ido ao abrigo, Ouellette não era o alvo da vez.

— Isso significa que ele é o próximo — Gordon acrescentou.

Batman concordou com a cabeça.

— Temos uma hora. Eu tenho que fazer algumas coisas. Tenho certeza que você também.

<click>

"Aqui é Vicki Vale. Estou numa espécie de labirinto no subsolo de Arkham City. Tem pontos de interrogação em todos os lugares, e, acredite, em todos os lugares. Como se o Charada quisesse dizer a cada segundo quem está cuidando disso.

O Phil foi embora e o único jeito que tenho de gravar vídeos é com o celular. Estou poupando a bateria pra uma entrevista de verdade com o Charada. Vou ficar usando a câmera da frente e de trás dele e vai parecer com *60 Minutes* ou algo do tipo.

Falando comigo mesma, *lalalala*.

Gastando minha bateria".

<click>

"Aqui é Vicki Vale. Cheguei ao lugar onde supostamente devia encontrar o Charada. Desci pela estação de metrô, segui pelos trilhos, depois entrei no que parecia ser um túnel de manutenção. Pontos de interrogação verdes e brilhantes mostraram um caminho até algo que parece ser uma sala de controle.

Tem monitores mostrando salas diferentes. Um deles parece com uma espécie de tanque d'água subterrâneo, outro, um tabuleiro de xadrez, enquanto outro parece... um salão? Uma sala de jantar? Depois tem... não sei dizer o que é isso.

Ali está o Robin. É ele. Ele está em uma dessas salas.

Isso é Wonder City?

Espero que Phil esteja bem.

Eu acho que é Wonder City. Será que isso significa

que o Charada está lá embaixo? Será que esse é o ponto central de todo o plano dele? Isso é... ele construiu alguma coisa lá? Sem dúvida parece que sim.

Fotos. Preciso tirar fotos.

Aquele idiota do Phil".

<click>

"Aqui é Vicki Vale. Estou em um túnel lateral, ele está fazendo uma curva pra baixo e está frio. Eu devia encontrar o Charada naquela sala de controle, mas não conseguia ficar lá. Escutei um barulho vindo de baixo do corredor e não era o Charada. Era... bem, não parecia ser um som feito por um humano.

O Crocodilo vive aqui. Quem sabe quais outros monstros podem estar aqui também? O Pinguim talvez..."

Barulho – possivelmente uma voz humana.

"Vicki Vale. Quem é você?

Eu achei que você estivesse... como posso dizer isso? Junto com o Coringa?"

Barulho – possivelmente uma voz humana.

"Espera um minuto, eu tinha uma *hora marcada...*"

<click>

16

A porta número cinco dava em um corredor longo e encurvado, agora iluminado por familiares pontos de interrogação até o final. Lá, ao invés de levar a uma escada ou a uma porta, o corredor descia em espiral numa curva e ia ficando cada vez mais estreito, até se transformar em um tobogã.

Robin parou no ponto em que a largura do túnel passava por pouco de um metro e o declive estava tão íngreme que ele tinha que se apoiar na parede e manter o centro de gravidade baixo para evitar escorregar para a frente. Conseguia ver uma luz vindo de lá de baixo, mas não estava escutando nenhum barulho. Firmando-se contra as duas paredes, inclinou-se por cima do tobogã.

Havia uma sala, bem iluminada e com o chão coberto por um tapete estampado que parecia caro. O piso por baixo dele era de madeira polida. Inclinando-se um pouco mais para mudar o ponto de vista, Robin viu um espelho pendurado numa parede que parecia coberta por um papel de parede de flor-de-lis. Depois de todo o concreto e aço das últimas horas, a sala parecia agradável aos olhos.

Curioso, inclinou-se para trás e se deixou escorregar até o fim da passagem. Quando aterrissou sobre o tapete, caiu agachado e escutou um barulho de tilintar por perto, simultaneamente ao impacto. Sacou o bastão de bo e girou num círculo completo, preparado para enfrentar um oponente, embora não achasse que o Charada estivesse especialmente interessado em vê-lo lutar.

Olhando pelo buraco em forma de círculo no teto, viu a espiral estreita do tobogã. Não havia mudado com a entrada dele, e o buraco não havia se fechado. Talvez isso significasse que deveria descobrir alguma forma de subir ali de novo, depois de passar por qualquer que fosse o teste daquela sala.

Voltando a atenção para a sala ao redor, viu que o tilintar havia sido produzido por uma mesa de carvalho que tomava o meio da sala. Devia ter balançado quando aterrissou. Ele estava com uma sensação apreensiva de que sabia o que estava por vir.

A mesa estava preparada para um chá.

Vapor subia em espiral do bico de uma chaleira chinesa refinada. Ao lado dela, havia um pão de fôrma fresco com três fatias já cortadas. A faca de pão estava sobre uma travessa ao lado dele. Um pote de manteiga com uma faca estava colocado entre a chaleira e o pão, e, saindo de baixo da travessa do pão, havia um envelope.

Robin se aproximou da mesa e a observou. Nada parecia fora do comum, dentro do contexto de uma mesa posta para chá ao estilo vitoriano em uma câmara entalhada na base rochosa embaixo de Arkham City. No envelope, havia a imagem de um pássaro. Olhou mais de perto para ela.

Era um robin-americano.

O envelope era feito com um papel bom, pesado e texturizado. Estava selado com cera, e pressionado na cera havia um ponto de interrogação. Robin rasgou o selo e desdobrou a carta que estava dentro do envelope.

Não gostaria que você ficasse enfraquecido cedo demais!

Não há nada como um chá refrescante para energizar e dar foco aos pensamentos das pessoas. Sacuda esse frio (ah, não, como sou bobo! Você já deve estar aquecido!), faça um lanche, tire um momento para relaxar...

Mas não demore muito.

O tempo é importantíssimo!

O Charada estava lhe oferecendo um lanche. *Bonitinho*, Robin pensou. Podia apenas imaginar que espécie de alucinógenos ou toxinas estranhos estariam contidos na comida. Mas estava com sede — não queria chá, mas mesmo depois de quase se afogar, estava louco por um copo d'água. Quase ser assado causava esse efeito nas pessoas.

O tobogã que descia em espiral até a sala fazia mais sentido agora — devia ter sido colocado para evocar a toca de coelho. Entretanto, por mais que quisesse, não tocou em nada. Era mais do que provável que esse fosse o primeiro teste da sala.

Me coma, meditou. *Me beba*. Deveria fazer isso? Teria que comer e beber para seguir adiante? O que aconteceria se fizesse isso? Como isso se relacionava ao que o Charada queria que o Batman fizesse lá na superfície? A mesa de chá parecia um cumprimento óbvio a *Alice no País das Maravilhas*, o que por sua vez significava que o Charada estava envolvido com ainda mais um membro da galeria de degenerados criminosos. Robin conhecia o livro — Batman havia feito disso uma parte essencial do treinamento dele, mas não o havia memorizado.

Poderia facilmente estar deixando passar alguma coisa. Robin tentou se lembrar dos detalhes. Alice cresceu em algum momento, encolheu em outro... havia um coelho com um relógio, e a Rainha de Copas cortando a cabeça de todo mundo...

Merda! Balançou a cabeça, frustrado. Não estava vendo o que deveria ver. Irritado consigo mesmo, ligou de novo para Batman.

— Eu atravessei a porta número cinco, e se você pudesse ver essa sala também pensaria que eu estou viajando no tempo — disse. — É toda em estilo vitoriano, do jogo de chá ao papel de parede chique.

— *O Chapeleiro Louco* — Batman respondeu sem hesitar.

— Certo — Robin concordou, embora não tivesse visto nenhum sinal do homem ainda. — Mas isso é fácil demais, não é? Foi mais difícil ligar os pontos com o Crocodilo e o Senhor Frio. Isso parece ser direto.

— *Bem pensado. Então, o que mais você está vendo? Vire pra uma parede e comece a descrever. Me diga tudo. Se eu vou precisar encontrar o Chapeleiro Louco, preciso chegar lá com mais do que um monte de citações concisas do livro.*

— Ok, me dê um segundo. — Robin se virou de costas para a mesa e olhou para a parede dos fundos. — Tem papel de parede, com uma estampa de flores-de-lis verdes com um fundo dourado. Uma mesinha de canto chique com candelabros e uma tigela vazia. Essa é a parede mais próxima do tobogã pelo qual eu desci. Tem um espelho retangular na parede, com uma moldura folheada a ouro. — Deu um passo para o lado. — Está empenado, que nem numa casa de espelhos.

— *Mais alguma coisa?*

— Não, estou me virando agora. Essa parede é toda revestida de painéis, com um tipo de madeira com manchas escuras. Tem um anteparo de quadros a cerca de vinte centímetros do teto, e um rodapé na base dela. Os painéis parecem ser de pinho, se é que isso importa.

— *Tudo pode importar.*

— Não tem nenhuma obra de arte nem móveis nessa parede, exceto por uma cadeira estofada no canto. O estofamento da cadeira é bem estampado, naquele estilo irlandês, verde-escuro. — Robin olhou mais de perto. — Esquece isso. Não é daquele estilo irlandês. É um padrão de interrogações entrecruzadas. Isso é tudo nessa parede.

— *Vira de novo* — Batman disse. Robin obedeceu, e agora estava olhando para a parede do outro lado da mesa.

— A parede é coberta com papel de parede, no mesmo padrão. Flores-de-lis. Dois candeeiros com velas acesas. Nenhuma foto nem obra de arte. Tem um... como se chamam aqueles sofás que só têm um braço?

— *Uma* chaise longue?

— Alguma coisa do tipo. Serve. Uma *chaise longue*. Combina com a cadeira no outro canto. No meio da sala tem uma mesa redonda de pedestal, com cerca de um metro e meio de diâmetro e seis cadeiras. O pano da mesa é branco, provavelmente de linho? Tem uma chaleira com chá quente na mesa e um prato com pão fresco, ao lado da manteiga. Tinha uma carta pra mim na mesa. — Robin a leu para Batman e acrescentou: — Tem muito mais xícaras na mesa do que cadeiras.

— *Isso se encaixa na história* — Batman disse. — *Quando a Alice toma chá com o Marmota e o resto deles, ela não fala que a mesa está posta pra mais pessoas do que tem ali?*

— Se você está dizendo — Robin disse, apesar de ter soado certo. — Você conhece o livro melhor do que eu. — Virou-se, deixando a mesa à sua esquerda. — Última parede. Mais papel de parede. Uma pintura de uma lagarta e uma borboleta, realista, não como as ilustrações do livro. Uma espécie de daguerreótipo de uma família, cinco pessoas, todas vestindo ternos cheios de interrogações que nem o Charada. E um relógio de pêndulo.

— *A lagarta é de Lewis Carroll. Ela fuma um narguilé. Borboleta... tem alguma borboleta em* Alice no País das Maravilhas?

— Eu não me lembro. Mas lagartas se transformam em borboletas. Talvez seja algum tipo de pista.

— *Hmm* — Batman disse. — *Qual é a hora marcada no relógio?*

— Quatro e quarenta e quatro — Robin respondeu. — Tem o logotipo do produtor no lugar do seis, nos números do relógio. Hroll Gem, e um número de série.

— *Hroll Gem*[1] — Batman repetiu. — *Nenhum "e companhia" ou alguma outra identificação?*

— Não — Robin disse. — Só isso.

— *A resposta está aí em algum lugar* — Batman continuou. — *Nunca ouvi falar do prenome Hroll, mas não é incomum para joalheiros entrar no ramo de relógios. É você que está vendo a sala. Como ela se parece no geral? Se essa câmara seguir o padrão das outras, estamos numa contagem regressiva pra uma ameaça a sua vida.*

— É. Eu estou curioso quanto a quando vamos chegar a essa parte também — Robin respondeu. — E como usamos essas informações pra encontrar o Chapeleiro Louco?

— *Lewis Carroll adorava quebra-cabeças de matemática...* — Batman disse, e algo sobre quatros e doze, ou quatro vezes quatro dando sessenta e quatro; mas Robin estava distraído com um pedaço de papel que caiu levemente do teto dentro do seu campo de visão. Pegou-o e viu duas palavras.

ME COMA.

Depois parte da parede com os painéis se abriu, com um som irritante, fazendo-o virar e congelar onde estava, ainda segurando o bastão de bo. Do tamanho de uma porta, a abertura expôs uma sala escondida grande o bastante para abrigar um bloco de madeira, uma mulher loira deitada com a cabeça apoiada sobre ele, virada para o outro lado... e uma outra pessoa parada sobre ela com a fantasia inconfundível da Rainha de Copas de Lewis Carroll.

— Olá!

---

[1] N. T.: *Gem*, em português, pode ser traduzido por "joia" ou "pedra preciosa".

Não.

Sim. Era a Arlequina vestida de Rainha de Copas. A roupa de retalhos normal dela havia sido modificada, e agora era um maiô coberto de corações — exceto que todos eles estavam anatomicamente corretos, e a fantasia parecia estar encharcada de sangue real. *Então aí está a rainha*, Robin pensou. Logo restava apenas o rei, a não ser que o Charada fosse encher o tabuleiro de peões.

— Corte a cabeça delaaaaaaaaaaaaa! — Arlequina guinchou, compensando em volume o que lhe faltava de seriedade. Para misturar ainda mais o ar ameaçador com os trejeitos de garota adolescente, ela jogou as tranças para trás e levantou um calcanhar, parecendo uma boneca *pin up* da época da Segunda Guerra Mundial.

A mulher com a cabeça sobre o bloco de madeira se virou na direção de Robin, e ele reconheceu a repórter Vicki Vale. As mãos dela estavam amarradas atrás das costas com *zip ties*, e um dos pés da Arlequina estava apoiado sobre as pernas dela, logo abaixo dos joelhos.

— *Robin* — Batman disse. — *Quem está aí?*

— Você estava certo. Tem mais coisas do que parecia. Preciso ir — Robin respondeu. — Vou falar com você de novo daqui a um minuto.

Desligou o aparelho de comunicação.

Midday Gotham
com Jack Ryder
GNN CABLE NEWS NETWORK

WGTU Gotham City Radio

<*Jack Ryder entra ao som da música tema de rock and roll, semelhante a uma música famosa, mas não parecida o bastante para que fosse processado.*>

"Oláááááááááááá, Gotham! Esse é o Midday Gotham e nós estamos acompanhando uma história que está esquentando por toda a cidade. O Batman está de volta!"

<*Uma mistura de aplausos e vaias. Ryder se senta junto a um microfone de rádio preparado em frente de uma plateia. Coloca os fones de ouvido. A música é cortada.*>

"Estou escutando opiniões conflitantes sobre o Batman? Acho que estou! Vejam só, eu mesmo tenho opiniões conflitantes sobre o cara. Todos nós sabemos que ele apareceu na hora exata há alguns meses, quando o Pistoleiro tinha me colocado na mira dele... ou será que sabemos? Quanto mais penso sobre isso, mas começo a me perguntar se o próprio Batman não armou a coisa toda.

Vocês sabem, ele tem recursos pra isso. Ele tem contatos. Quem pode dizer que ele não faria isso só pra colocar a voz mais poderosa de Gotham em dívida com ele?"

<*Sobressaltos e murmúrios na plateia.*>

"É isso mesmo. Do contrário... quero dizer, no meio de tudo que estava acontecendo em Arkham City, com o Coringa, o Pinguim, Hugo Strange e todos os habitantes da Terra com planos pessoais de amontoar alguns corpos, o Batman simplesmente acontece de estar no lugar certo na hora certa pra impedir o Pistoleiro de me matar?"

<*Vaias e gritos de raiva da plateia.*>

"É isso mesmo. Mas é também isso que nos traz até hoje... porque hoje, meus amigos, o Batman voltou à ativa, e se vocês não sabem, também voltaram algumas das aberrações fantasiadas que ele sempre faz um espetáculo pra apreender. Se você está me escutando pelo rádio, não viu as aspas que coloquei em 'apreender' e em 'me matar' antes. Todos vocês deviam vir e assistir o meu programa.

"A entrada é gratuita!"

<*Aplausos vorazes.*>

"Todo dia, de graça! Quem chega primeiro, entra primeiro! Entrem cedo na fila e escutem todos os furos jornalísticos sobre o que está acontecendo na cidade, da boca do único homem corajoso o bastante pra dizer as coisas como são.

E quem é esse homem?

<*"JACK RYDER!"*>

É isso mesmo. Eu vou ser a pessoa que vai dizer pra vocês o que está acontecendo entre o comissário Gordon e o Batman. Você acha que é uma coincidência o fato de termos uma onda de assassinatos que começou logo depois de o Batman visitar o QG da polícia? Não? Eu também não.

Eles sabem de alguma coisa que não estão contando pra gente. Por outras fontes, inclusive através da minha colega Vicki Vale, ficamos sabendo que o Charada está armando alguma coisa. Por que o comissário Gordon não está abrindo o jogo com a população de Gotham? Nós estamos bem aqui. Estamos escutando. Estamos esperando, comissário . Queremos saber que tipo de acordo você fez com o Batman, e por que essa cidade parece cair no caos todas as vezes que o Batmóvel começa a rugir pelas ruas daqui.

O Batman está combatendo o crime, ou o está trazendo com ele? Estávamos em um bom período de paz e silêncio antes de ele reaparecer. Pelo que sabemos de tudo isso, toda a carreira do Batman é uma armação — assim como foi uma armação quando ele 'salvou minha vida'.

Meu *site*, o *Ryder Report* — você pode checá-lo em todas as redes sociais através dos *links* que está vendo na tela, e se você está escutando pelo rádio digo pra entrar em RyderReport-ponto-com e checar todas as colunas sociais de lá. Você quer saber as últimas notícias sobre o Charada? O Pistoleiro? O Senhor Frio? Temos todas elas, e também estamos de olho no nosso herói de preto, o próprio Batman.

O *Ryder Report* vai ficar bem em cima dessa história que ainda está se desdobrando de minuto a minuto. Só posso fazer um programa por dia, mas a internet nunca para, e a equipe de furos investigativos do *Ryder Report* também não.

Voltamos em breve".

17

Batman escutou um estalo suave quando Robin terminou a ligação. Uma mulher estava gritando no fundo da conversa, e a voz estridente soou para ele como mil unhas sendo arrastadas em um quadro negro — soou como da Arlequina, e isso não podia ser bom.

Por reflexo, começou a ligar de novo para Robin, mas parou. Se Tim havia desligado, significava que tinha sentido a necessidade de focar no que estava fazendo. Ligar-lhe de novo não o ajudaria, e talvez acabasse por matá-lo. O tempo do Batman seria mais bem gasto se o usasse para descobrir como encontrar o Chapeleiro Louco.

Quatro e quarenta e quatro. Uma lagarta. Um retrato de família. Velas. Repassou os vários itens aleatoriamente na cabeça, na esperança de que mostrassem alguma espécie de padrão discernível. Mas, se havia algum, continuava elusivo para ele.

Hroll Gem.

Não havia nada de estranho sobre a parte das joias — isso se encaixava com a história de relógios de pêndulo, já que alguns deles haviam sido vendidos por lojas como a Tiffany & Company e Bailey Banks and Biddle. Mas Hroll...

Espera. Estava procurando pelo Chapeleiro Louco. Lewis Carroll havia criado o personagem usando um estereótipo vitoriano, porque muitos chapeleiros haviam ficado doentes ou mesmo loucos devido aos produtos químicos utilizados na manufatura de chapéus. O maior culpado era o mercúrio na forma de nitrato de mercúrio, que acelerava o processo de feltragem. Os perigos do mercúrio eram conhecidos desde o século XVII, e o ditado "louco como um chapeleiro" havia surgido não muito depois disso.

De fato, os chapeleiros americanos haviam usado processos com mercúrio até a Segunda Guerra Mundial, quando então o mercúrio foi necessário para detonadores ao invés disso. Os sintomas reais incluíam volatilidade emocional, timidez patológica e tremores físicos. Dentre esses, o Chapeleiro Louco de Gotham havia se especializado na volatilidade.

Batman parou antes que fosse longe demais por essa tangente. Às vezes, a mente dele voava assim quando estava se aproximando de um salto intuitivo — e mais recentemente, embora não houvesse contado a Alfred nem Robin, voava por nenhum motivo que pudesse discernir. Mercúrio... o símbolo químico do mercúrio na tabela periódica era Hg. As mesmas iniciais do manufatureiro do relógio. Mas o que acontecia se removesse o H e o G? O que restava?

ROLL EM

Roll 'Em. O cassino.

Seria lá que o Batman encontraria o Chapeleiro Louco.

Robin deu dois passos na direção da Arlequina antes que ela o interrompesse mostrando um machado de duas lâminas — bem distante do taco de beisebol personalizado que normalmente levava consigo.

— Não fique muito apressado pra vir aqui — ela disse, balançando um dedo com a mão livre. — Eu posso ficar excitada demais, deixar o machado cair e aí... — gargalhou — cortar a cabeça dela!

Robin parou.

Vicki Vale estava olhando para ele.

— Sabe — ela disse. — Eu já fiz muitas coisas pra conseguir um furo, mas essa é a primeira vez que me ameaçam com a decapitação. — Apesar da situação em que se achava, a voz estava soando firme.

— Ela não é demais? — Arlequina comentou. — Eu estou prestes a cortar-lhe a cabeça, e ela está normal, como se nada estivesse acontecendo. — Inclinou a parte de cima do corpo para baixo enquanto ainda levantava o machado, lembrando a Robin como era fisicamente forte. Era fácil esquecer isso quando se estava assistindo à atuação dela, que misturava flerte e zombaria. — Vicki, você tem audácia, você sabe disso! Não é à toa que você não conseguiu resistir a uma pistazinha que trouxe você até a velha e má

Arkham City.

Arlequina olhou de novo para Robin.

— Abaixa o seu bastão — ela disse. — Está me deixando um pouco nervosa. Quando fico nervosa, as palmas das minhas mãos ficam suadas e eu deixo escorregar coisas, como cabos de machados.

— Você está usando luvas — Robin comentou.

Por apenas uma fração de segundo, ela deixou a máscara escorregar e ele viu uma fúria fria. Depois a Arlequina a colocou de novo no lugar, rindo e gargalhando de novo.

— Tão literal! — disse. — Não estamos num lugar literal. Aqui é um lugar louco! *Qualquer coisa* pode acontecer aqui.

— Vamos recomeçar — Robin sugeriu.

— Ok... olá! — ela cumprimentou de novo, sorridente, ainda segurando o machado. Depois sua expressão ficou séria. — Eu sei, eu sei, não se preocupe; você acha que eu ainda estou brava pela doença do meu pudinzinho... mas você não fez isso. Eu sei que você não fez. O Batman fez. E é por isso que você tem que morrer.

— Eu não estou entendendo o que você quer dizer — Robin disse, embora estivesse entendendo. Tinha que ganhar tempo.

— O Batman tirou o meu senhor C. de mim — Arlequina disse. — A gente ia ter uma... uma f-f-família... — Precisou de um momento para dominar as próprias emoções. — Mas isso nunca vai acontecer agora. Assim como você nunca vai sair daqui vivo, e então, é. Aí o Batman vai saber como é perder alguém que ele ama.

— Ele já perdeu — Robin acrescentou.

Ela virou a cabeça e sorriu para ele.

— Me conte mais sobre isso.

— Não.

Ela fez beicinho, depois mostrou um amplo sorriso.

— Ah, é um segredo? Eu amo segredos.

— Eu também — Vale se intrometeu. — Arlequina, você e o Coringa eram...?

— Isso mesmo, a gente era. — Arlequina fungou. — Ia ser tão bonito. A gente ia ficar junto pra sempre. Ele era mau às vezes, um pouco, mas nunca fazia de propósito. Ele me amava. Um filho, um pacotinho saltitante de alegria, isso teria feito ele se acalmar. Aí a gente seria a Primeira Família de Gotham... exceto... pelo fato de ele ter ficado doente.

— Isso é terrível — Vale comentou. Ela lançou um olhar furtivo para Robin enquanto dizia aquilo, e ele lhe respondeu com um gesto suave com a cabeça.

Faça-a continuar falando. Ele colocou o bastão sobre a mesa e levantou as mãos, mostrando as palmas.

— Está vendo? — ele disse em voz alta. — Estamos só conversando.

— Não estamos, não! — Arlequina guinchou. — Estamos cortando a cabeça das pessoas, começando com a dela!

— A gente não tem que fazer isso — Vale sugeriu. Robin estava maravilhado com sua calma. Deixou as mãos caírem pelas laterais do corpo e viu os olhos dela as acompanharem. *Bom*, pensou. Agitou os dedos da mão direita. O olhar dela pousou ali.

— Arlequina — disse da forma mais calma que conseguia. — A gente está num lugar louco, certo? Então a gente pode fazer coisas loucas.

— Isso você entendeu — ela respondeu com um sorriso provocativo. — As coisas vão ficar superloucas aqui.

Robin esticou os últimos três dedos da mão direita, mantendo-a baixa na lateral do corpo. Vale ainda estava observando. Fechou o dedo do meio na palma da mão.

— Se você cortar a cabeça dela, isso seria bem louco, não seria? — disse.

— Superlouco. Maluco. Ultra-alucinado — ela concordou. Robin fechou o dedo anelar. Vale se manteve absolutamente parada e observou.

— Mas se você cortar a cabeça dela primeiro, Arlequina, tipo agora, como você vai deixar as coisas mais loucas que isso? — perguntou.

Ela parou. Robin fechou o mindinho na palma da mão, chegando ao fim da contagem.

Vale se jogou para a esquerda do bloco de madeira. Com uma velocidade incrível, Arlequina afundou o machado, errando por pouco a cabeça e cravando a lâmina alguns centímetros na madeira. Um cacho grosso do cabelo loiro de Vale, tosado, ficou sobre o bloco. O movimento do corpo dela deslocou o pé da Arlequina para o lado, tirando-lhe o equilíbrio por um segundo crítico. Era tudo o que Robin precisava para firmar os pés e pular sobre ela.

Ela tentava puxar o machado do bloco de madeira, mas ele estava cravado fundo demais na superfície. Então, ao invés disso, ela levantou o bloco inteiro e atacou Robin com ele, soltando um guincho selvagem. Ele apenas levantou o braço esquerdo para se proteger. O bloco o atingiu com força o bastante para tombá-lo de lado sobre a poltrona. O braço dele ficou dormente do cotovelo para baixo.

O machado se partiu logo abaixo da lâmina, quebrado pelo torque incrível do golpe da Arlequina e o impacto no braço e no ombro dele. Saltou da poltrona em direção ao bastão e ela veio atrás dele brandindo o machado quebrado como se fosse uma lança. Assim que ele conseguiu pegar o bastão, o golpe dela o atingiu pela capa, tirando-lhe o equilíbrio. Ele caiu estirado no chão e rolou, puxando o cabo quebrado da mão dela.

No mesmo movimento, girou o bastão para atingi-la nos calcanhares. Ela caiu no chão e Robin foi atrás dela, prendendo-a ao piso com o bastão contra a clavícula e segurando-lhe as pernas entre as suas.

Por trás dele, na câmara de execução, Vale estava se esforçando para ficar de pé.

Um dos pés de Robin se chocou contra o bloco de madeira enquanto se esforçava para segurar a Arlequina contra o chão. Ela era forte, mas ele também era, e quando ele apertou o bastão contra o pescoço dela, a oponente sufocou e se rendeu.

— Ok, bonitinho — ela disse, com a voz estrangulada. — Você me pegou de jeito. Eu desisto. — Ele sentiu o corpo dela relaxar por baixo de si, mas só diminuiu a pressão no pescoço dela o bastante para que pudesse respirar e falar com clareza. Manteve as pernas presas.

— Fale — disse. — Qual é o jogo com a sua amiga repórter?

— Ah, ela? O senhor Ponto de Interrogação está se sentindo um pouco negligenciado. Ele está com esse plano maravilhoso e ninguém sabe dele, então ele pensou que talvez alguém devesse, você sabe, cuidar um pouco das relações públicas. Espalhar a notícia.

Com as mãos ainda amarradas atrás das costas, Vale se aproximou de Robin.

— E como exatamente eu deveria fazer isso sem a minha cabeça?

— Eu disse pra você, aqui é um lugar louco! — Arlequina soltou uma risadinha. — Além disso, você seria a clássica repórter bonitinha, mas sem cabeça! — Com isso, riu tanto que começou a tossir. Por baixo da maquiagem preta e branca manchada, o rosto dela começou a ficar num tom de vermelho vivo, e lágrimas fizeram com que a maquiagem em volta dos olhos ficasse manchada. Estava grotesca.

Robin não a soltou. Por tudo que sabia, ela estava fingindo aquilo. O que fez foi virar levemente a cabeça para o lado, para que ela não ficasse tossindo bem no rosto dele.

Era tudo o que ela precisava.

Quando ele se deu conta de novo, estava com as costas no chão, vendo estrelas produzidas por uma cotovelada no queixo. Quando ficou em pé de novo, Arlequina estava com o bastão apontado contra a garganta de Vale.

— Não faça nenhum movimento brusco, Garoto Maravilha — ela disse. — Eu posso matar essa aspirante a Lois Lane tão facilmente com um bastão quanto poderia com um machado.

— Sério? — Vale perguntou. — Eu saio do bloco de degola, você acaba com o meu penteado, e agora vamos fazer isso tudo de novo?

Arlequina apertou-lhe a bochecha.

— Tantas vezes quanto for necessário, queridinha.

— Não é necessário — Robin disse. — Se você quer me matar, então me mate. Tudo o que você vai ganhar matando ela é mais um risco no seu cinto, ou como quer que seja que você marca quantas pessoas já matou.

— Parece um motivo suficiente pra mim — Arlequina respondeu. — Mas você está certo, espertalhão. Eu não preciso. O senhor Ponto de Interrogação quer que você faça uma coisa. Se você fizer, eu solto ela e você pode continuar a seguir o seu caminho alegremente.

— O que é?

— Você se lembra daquele papel que distraiu você da sua conversa importantíssima com... o desgraçado que matou o meu pudim? — Arlequina examinou o chão. — Está bem ali. Pega ele.

Robin obedeceu. Ainda não passava de um pedaço de papel com as palavras ME COMA impressas.

— Faz o que está escrito aí — ela ordenou.

Robin olhou para a mesa. Tentou descobrir o que o Charada estava planejando. O pão podia estar envenenado, certamente. Isso daria início a outra corrida contra o tempo, enquanto a toxina produzia seus efeitos e o matava lentamente, deixando Batman pressionado para encontrar um antídoto. Também se encaixaria com a temática de *Alice no País das Maravilhas*, já que Alice estava sempre comendo e bebendo coisas que a mudavam.

Pelo menos ele não *achava* que o veneno o mataria na hora, mas isso era confiar na moderação do Charada. Será que a terceira sala de morte seria o charme — onde o Charada provaria que estava falando sério?

Robin achava que não. O Charada iria querer que Batman estivesse por perto para testemunhar o ato final, e embora Vicki Vale fosse voltar correndo para o jornal com uma exclusiva de tirar o fôlego, isso não lhe proveria satisfação suficiente.

O fim real ainda estava à frente deles.

— Ok — ele concordou, e se aproximou da mesa para pegar uma fatia de pão, esticando o braço na direção da faca de manteiga.

— Não, bobinho! — Arlequina disse, com desdém. — Deus, como é que vocês, tão idiotas assim, conseguem solucionar um crime que seja? Vocês são tão... argh! Come o papel! Come a porra do papel!

— Come o papel — Robin repetiu.

— É! É isso que ele está dizendo — ela continuou. — Você não conseguiu entender? O chá e o pão só estão aí pra serem olhados. Come. O. Papel!

— Ok — Robin respondeu. Rasgou um pedaço do papel, colocou-o na boca e começou a mastigar. Ele se dissolveu rapidamente... muito mais rápido do que papel deveria dissolver. Lembrou-lhe o papel comestível de arroz feito na Ásia, de amido desidratado.

— Ok, eu comi — disse, continuando a mastigar o lanche improvisado. — Então agora você pode me dizer o que ele era de verdade. Veneno? Uma droga alucinógena?

— Você tem segredos, eu tenho segredos — ela respondeu. — Sabe quem mais tem segredos? O Charada. Ele deixa as pessoas saberem deles aos poucos, bem como ele quer... e bem quando você acha que sabe de tudo, sabe o que você sabe de verdade? Que você vai morrer. Você sabe o que é um bobo da corte?

— Por que você não me conta?

— Os bobos da corte antigos costumavam andar com o rei e sussurrar no ouvido dele, coisas como "Você é só um homem, você vai morrer". Eles eram os únicos que podiam falar com o rei como se ele fosse uma pessoa comum, um mortal comum. É isso que eu estou dizendo pra você, Robin, e eu sei que você vai dizer isso pro Batman também. Vocês são pessoas comuns, vocês vão morrer. Vocês não são diferentes de ninguém. Isso se chama *memento mori*, e é isso que eu sou. Agora que o senhor C. está morto, vou me certificar de que, logo, logo, vocês também estejam.

Ela se iluminou, e a voz dela se transformou em um gorjeio.

— Oooook? Bom! Agora mastiga isso ou então o Charada vai...

— Quase terminei — Robin respondeu. Enquanto engolia o último pedaço de papel ou o que quer que fosse de verdade, pensou que, se existiam duas pessoas em Gotham que não precisavam de um *memento mori*, essas duas pessoas eram ele e Batman.

— Então acho que estamos preparados. — Ela soltou o pescoço de Vicki e deixou que o bastão de Robin caísse no chão. — Esse é o meu discurso. Você gostou?

— Já escutei melhores — Robin respondeu.

Ela fez um beicinho. Depois, na mesma velocidade, iluminou-se de novo.

— Ah, espera, caramba! Esqueci de uma parte! — ela disse.

Enquanto falava, sacou uma arma e atirou.

ÚLTIMAS NOTÍCIAS

DE OLHO EM GOTHAM
CINEGRAFISTA ENCONTRADO MORTO
Equipe do Globe

GOTHAM: o cinegrafista e editor *freelance* do Gotham Globe, Philip Chester, foi encontrado morto próximo ao limite sul do Bowery, em Arkham City. A causa da morte ainda está sendo investigada, mas relatórios do local indicam que o corpo foi encontrado cortado em diversas partes. O Departamento de Polícia de Gotham está tratando o caso como um homicídio.

Chester estava trabalhando em uma matéria com a repórter Vicki Vale, do *De olho em Gotham*, cujo paradeiro ainda é desconhecido. Detetives do DPGC e policiais uniformizados estão vasculhando a região onde o corpo de Chester foi encontrado em busca de Vale, que relatou ser procurada pelo Charada pouco antes de seu desaparecimento.

A vítima foi vista pela última vez em um vídeo enviado dos arredores da siderúrgica Sionis, onde havia filmado Vale relatando o encontro planejado com o líder criminoso. A câmera e os outros equipamentos de Chester não estavam junto ao corpo, e não foram recuperados. Detetives estão em busca deles, e acreditam que a câmera conterá imagens que lançarão luz tanto à localização de Vale quanto aos acontecimentos que levaram ao assassinato.

A área de busca foi ampliada e agora inclui a maior parte de Arkham City. Um helicóptero do *De olho em Gotham* se juntou à aeronave do DPGC, mas a polícia pediu para que cidadãos não formem grupos de busca, devido à periculosidade da região.

"Não podemos ficar de olho em cidadãos voluntários enquanto estamos tentando conduzir uma busca e manter nosso pessoal seguro", disse um porta-voz da polícia. “Todos precisam ter um pouco de paciência enquanto processamos a cena do crime”.

Antes de se juntar à equipe do *De olho em Gotham*, Philip Chester foi cinegrafista de alguns pequenos estúdios de produção televisiva em Gotham. Ele é um veterano da Marinha dos Estados Unidos, na qual escreveu e dirigiu documentários curtos sobre a vida a bordo durante missões longas. Deixa uma esposa e três filhos, com idades de nove, sete e quatro anos.

18

Batman levou aproximadamente dois minutos para ir da fábrica da Ace Chemical, passar pelo Park Row e pela parte bloqueada da rodovia Old Gotham, e chegar ao Amusement Mile, onde ficava o Gotham Casino, próximo ao velho quartel-general da polícia, abandonado desde o começo do mandato do comissário Gillian B. Loeb.

Antes, o cassino havia sido a mansão de Oswald Cobblepot, mas Batman não havia visto nem escutado nada sobre o Pinguim desde o fim do Protocolo 10. Será que agora ele havia se unido ao Chapeleiro Louco — e, consequentemente, ao Charada? Não estava fora de questão.

Empoleirado sobre a pequena torre da caixa d'água próxima ao edifício outrora luxuoso, Batman olhou para a parte frontal dele. A vistosa fachada estava agora velha e negligenciada, com muitas das luzes de néon destruídas. Os únicos carros que havia na rua estavam abandonados — havia deixado o Batmóvel na rua de acesso à rodovia próxima à ala sudoeste do Gotham City Olympus. Não se via nenhuma luz pelas janelas do cassino, mas isso não significava nada. Como todos os empreendimentos do tipo, a área de jogos do Gotham Casino ficava reclusa de todo o resto do mundo. A gerência gostava de manter os apostadores longe de janelas e relógios, para que fosse mais fácil que eles se perdessem na busca pelo grande resultado, sempre fugidio.

Desceu até a rua e se aproximou da porta de entrada. Abrindo a fechadura com facilidade, entrou no cassino e passou pelo enorme saguão de entrada, escuro e com candelabros dependurados. Os cristais que se balançavam neles captavam a luz vinda da porta aberta, dando ao teto do saguão um efeito de céu estrelado. Batman escutou o som de catracas e metal ressoando das máquinas de caça-níqueis. Atravessou a porta e olhou a região.

O piso estava repleto de atividade, toda confinada a uma única área. Uma longa fileira de pessoas, todas vestindo fraques e ternos de seda, formais até nas coberturas brancas sobre os sapatos, moviam-se de máquina em máquina, todos puxando a alavanca e seguindo adiante depois de ver o resultado. Por trás deles vinham outros, usando orelhas de coelho e uniformes decorados com os quatro naipes do baralho. Escreviam com canetas bico de pena em folhas longas de papel que se arrastavam pelo chão, anotando os resultados de cada jogada e correndo para se juntar aos parceiros vestidos formalmente.

Alguns deles levantaram a cabeça e viram Batman, mas a presença dele não afetou o que estavam fazendo. Olhavam para ele, olhavam por cima do ombro como se alguém os estivesse vigiando, depois seguiam adiante com pressa.

— Jervis Tetch!

A voz de Batman se espalhou por cima do barulho das máquinas, mas mesmo assim todos do cassino continuaram a ignorá-lo. Caminhou ao longo das fileiras de caça-níqueis, examinando o lugar em busca do Chapeleiro Louco, mas sem encontrá-lo. Quando o jogador seguinte passou correndo por ele sem notá-lo, Batman estendeu o braço e o agarrou pelo colarinho do paletó.

— Onde está o Chapeleiro Louco? — rosnou.

— Tire as mãos de mim! — gritou o homem. Os olhos dele estavam arregalados de medo, mas Batman não parecia ser a fonte daquilo. — Estou terrivelmente atrasado! — Mesmo assim o combatente do crime continuou segurando-o; se alguma coisa havia mudado, foi que ele havia passado a segurá-lo com mais firmeza.

— Onde está o Chapeleiro Louco? — Batman repetiu. Balançou o homem.

— Eu imploro ao senhor, eu não sei quem é essa pessoa. Me deixe ir embora! Tenho alavancas pra puxar e números pra ver. Cálculos precisam ser feitos!

Batman deixou que ele fosse. Com um suspiro de alívio, o homem foi correndo até o caça-níqueis mais próximo e puxou a alavanca. As rodas giraram e pararam mostrando um limão, uma cereja e um número 7. A mulher com orelhas de coelho que estava seguindo o cliente anotou o resultado como devia, e então seguiram até a próxima máquina.

A área do cassino tinha talvez duzentas máquinas de caça-níqueis, e nem todas elas estavam sendo usadas em sequência. Havia um padrão ali, e Batman sabia que para compreendê-lo, teria que observar aquela movimentação de cima — se é que compreender aquilo valia o esforço. Conhecendo Tetch, seria alguma referência lunática ao livro de Carroll. O lugar inteiro cheirava a medo.

Quem pensa que medo não tem cheiro nunca esteve na presença dele.

— Tem números no ar aqui — o Chapeleiro Louco disse, de perto. Batman se virou e o viu dando as cartas em uma mesa de *blackjack*, com o cabelo pegajoso e liso saindo por baixo da cartola ridiculamente grande. O Cavaleiro das Trevas caminhou até a mesa, e o Chapeleiro lhe deu duas cartas.

Batman olhou para as cartas. Ás de espadas, ás de paus. Olhou de novo para o Chapeleiro Louco, que sorriu para ele.

— Você não deve agir precipitadamente — advertiu.

— Divide — Batman disse, virando os ases e alinhando-os um ao lado do outro.

— Eu realmente amo um ás — o Chapeleiro Louco comentou. — Pode significar um, pode significar onze. Essas outras cartas, são prisioneiras das letras e dos números que têm. Só o ás é livre!

De algum lugar próximo, um sino áspero badalou em volume alto. Batman olhou para a fonte do barulho e viu um rio de moedas jorrando da bandeja de pagamento de uma das máquinas de caça-níqueis.

— O prêmio acumulado! — exultou o Chapeleiro Louco. O grupo inteiro de apostadores e escreventes com orelhas de coelho convergiu em direção à máquina. O homem que havia ganhado o prêmio caiu de joelhos e cobriu o rosto enquanto as moedas continuavam a cair em volta dele. Os escreventes estavam anotando nos rolos de papel e os outros jogadores estavam sacando facas de dentro das roupas luxuosas.

— É algo que acontece uma vez na vida! — o Chapeleiro Louco bramiu enquanto os jogadores caíam sobre o colega. Antes que Batman pudesse mover um músculo que fosse, as facas sangrentas deles estavam reluzindo sob as luzes das máquinas. Quando terminaram o trabalho, o Chapeleiro Louco ergueu os dois braços.

— Agora vão! — gritou. — Não devemos nos atrasar! — A clientela e os escreventes correram em todas as direções, voltando às máquinas em que estavam quando o sino do prêmio acumulado havia tocado.

— Você vai acabar sem jogadores — Batman disse, sombriamente. Observou enquanto a escrevente que tinha a função de acompanhar o condenado tirou as orelhas de coelho e se aproximou da mesa de *blackjack*. O Chapeleiro Louco lhe deu duas cartas.

Ela olhou para as cartas.

— Mais uma.

Ele deu outra carta, um sete de copas.

Ela virou as duas outras cartas. Oito e nove de copas.

— Extrapolou — disse o Chapeleiro Louco. Tirou uma faca do bolso do casaco. A escrevente inclinou a cabeça para trás, deixando a garganta exposta. — Batman — o Chapeleiro continuou —, o Charada queria que eu ensinasse a ele o segredo do controle de mentes humanas. Você pode ver que eu faço isso excepcionalmente. O segredo é simples. Você deve fazer a pessoa temer você mais do que ele, ou, nesse caso, ela, teme a morte. A loucura é bem útil nesse aspecto.

Batman se manteve imóvel, mas se o Chapeleiro Louco movesse a faca, a luta iria começar. Não iria ficar parado ali enquanto Tetch cortava a garganta de uma escrava que havia sofrido lavagem cerebral, só por diversão.

— Sabe o que eu amo num cassino? — o Chapeleiro perguntou. — A aleatoriedade. Nada é racional aqui. As pessoas tentam superar as chances. É bobo, até mesmo estúpido, mas tem seu charme, porque é possível observar o otimismo e o desespero humano trabalhando juntos, intimamente. Você sabe, os números que estamos criando aqui vão me levar até a minha Alice.

— Como? — Batman perguntou, para que ele continuasse falando.

— Porque eu também sou um desesperado otimista. Assim como você.

— Eu estou mais pra realista — Batman discordou.

— Essa é uma palavra feia. Você luta e luta e luta e não ganha nunca, mas você continua lutando. Se isso se qualifica como realismo, você está mais perto da loucura do que até eu tinha esperanças.

— Você estava me falando sobre controle mental. — Alguma coisa mudou nos sons do ambiente, mas foi sutil, e não pareceu ser uma causa de alarme.

— Eu realmente amo que não tenha relógios aqui — o Chapeleiro Louco disse, ignorando-o. — Isso permite que eu convença os meus camaradas de que eles estejam sempre à beira do atraso; e atraso, *tsc tsc*, é estritamente proibido. Sem relógios — continuou —, eu determino o horário! É sempre seis horas! — Recompôs-se e olhou para Batman. — Me diga, o Robin gostou do chá e do pão que preparei para ele?

— Você fez aquilo? — Batman respondeu. — Se isso for verdade, você chegou aqui num tempo recorde. Ele disse que o chá ainda estava quente quando ele entrou na sala.

— Fiz isso, mandei que fizessem, é tudo questão de palavrório. Palavras! Nós falamos elas. "Calu, calé, os borogoves eram todos mimsi, e os rates momes levarufora". Logo, logo, os números vão revelar para onde foi a minha Alice, e nós vamos ficar juntos de novo. — Um sorriso sonhador surgiu no rosto dele, e se inclinou na direção da escrevente, que ainda estava esperando com a garganta exposta para a lâmina.

Já foi o bastante. Batman se esticou, pegou o pulso do Chapeleiro Louco, e com a outra mão o estapeou no rosto com força suficiente para fazer o chapéu dele cair. Um olhar de choque consternado tomou a expressão de Tetch.

— Isso foi desnecessário, ó, Cavaleiro das Trevas — disse o Chapeleiro. O olhar se desfez e foi substituído por uma expressão triste. Olhou para a mão da faca, aprisionada pelo punho de Batman. — Posso colocar o meu chapéu de volta?

— Me fale sobre controle mental e o Charada.

O Chapeleiro Louco deixou a faca cair. Ela caiu com o cabo contra o feltro verde da mesa de *blackjack*. Tetch levou a mão livre até o baralho e deu duas cartas a Batman, uma para cada ás voltado para cima. Ainda segurando o pulso do Chapeleiro Louco, Batman virou as cartas.

Oito de paus, oito de espadas.

Estava com a mão do homem morto, como na história.

— Quem poderia prever isso? — exclamou o Chapeleiro Louco.

Subitamente, Batman percebeu que não estava escutando o barulho das máquinas de caça-níqueis. Olhou por cima do ombro e entendeu o porquê. Os jogadores estavam todos reunidos em volta da mesa de *blackjack*, e todos eles estavam com as facas na mão.

Quando o primeiro deles o atacou, Batman puxou o braço do Chapeleiro para baixo, usando a massa dele como contrapeso e se lançando em uma cambalhota para trás sobre a mesa, em direção ao lugar do crupiê. Aterrissou com o Chapeleiro entre ele e as facas. Tetch pulou em cima de Batman, que girou utilizando um golpe de judô e jogou o oponente no chão.

Os jogadores começaram a atravessar a mesa correndo para chegar até ele. Nocauteou o primeiro com um direto de direita, fez outro se dobrar com um chute giratório, depois sentiu o movimento de uma lâmina cortando a capa e a dor aguda e enérgica de uma faca cortando a parte de trás do ombro.

Um dos jogadores o pegou por trás. Batman revidou com uma cotovelada que bloqueou o golpe com a faca e em seguida se chocou ruidosamente contra a lateral do rosto do jogador. Olhou rapidamente para baixo e viu o Chapeleiro Louco de quatro, pegando a faca de novo. Ao mesmo tempo, outro jogador pulou de cima da mesa com a faca levantada e apontada na direção do rosto de Batman.

Ele deu um passo à frente, abaixando a cabeça e pegando com as duas mãos a camisa e a gravata do jogador armado. Girando, jogou o homem sobre as costas do Chapeleiro usando tanto a força do próprio braço quanto a do ímpeto do jogador. O ar escapou fazendo barulho dos pulmões do Chapeleiro e ele rolou pelo chão, esforçando-se para respirar enquanto Batman batia o calcanhar contra a cabeça do jogador caído. Ele se recuperou bem a tempo de se desviar de outro golpe de faca.

Quatro já eram, mas havia muito mais de onde haviam vindo. Naquele espaço confinado, números concentrados cedo ou tarde o superariam. Todos estavam na mesa agora, espalhados uniformemente em semicírculo. Os olhos deles estavam completamente vazios de consciência, como se não estivessem cientes do que estavam fazendo. O contraste com a extravagância maníaca do Chapeleiro era ainda mais desconcertante que a sede de sangue evidente.

Um deles pulou sobre o lugar do crupiê. Batman o nocauteou assim que os pés dele tocaram no chão, mas, ao se virar para fazer isso, expôs-se aos outros. Uma faca cortou a pele sobre as costelas dele, desacelerada mas sem ser impedida pelo material de proteção da roupa. Ele girou e deixou o agressor sem ar com um chute, pegou outros dois e bateu a cabeça de um contra o outro, depois recebeu outro corte na coxa quando um deles o atacou em pleno ar.

Oito já eram.

Uma ideia lhe ocorreu.

— Agora são oito, Tetch — Batman disse. — Metade da minha mão. Você é o ás. — Com uma das mãos, disparou a corda com o gancho na direção do mezanino. Com a outra mão pegou o Chapeleiro pela cintura. Ainda se esforçando para recuperar o fôlego, o vilão não resistiu enquanto Batman acionava o mecanismo de carretel da arma e saía do meio da multidão.

Ele e o Chapeleiro Louco subiram até o piso do mezanino, onde Batman o pegou pelos pés e o ergueu por cima do parapeito, deixando-o dependurado do andar superior.

— Eu realmente aprecio a simetria disso — Tetch disse, arfando. — Pensou rápido.

Batman bateu nele com força, duas vezes. Os olhos de Tetch giraram nas órbitas, depois retomaram o foco lentamente. Olhando para o piso abaixo, Batman viu os jogadores observando os arredores. Os escreventes estavam esperando pacientemente enquanto procuravam Batman pelo piso do cassino, e quando não o encontraram, simplesmente voltaram a fazer o que estavam fazendo.

Alguns deles precisaram de um tempo para se recuperar dos punhos e pés de Batman, mas logo o cassino estava produzindo os mesmos sons de antes com as máquinas de caça-níqueis. Durante toda a luta, a escrevente que havia sido designada para acompanhar o ganhador do prêmio acumulado não havia se mexido. Ainda estava com a cabeça inclinada para trás e os olhos fechados.

— Bem, isso é que é dedicação — disse o Chapeleiro, arquejando alto.

— É essa dedicação que eu sinto pela minha Alice. Você é a minha Alice, querida? — gritou.

— Sim — ela disse, com a voz mal conseguindo completar os dez metros de distância que os separavam. — Eu sou a sua Alice. Você me encontrou.

— Você não é a Alice! — ele gritou com uma fúria súbita, com a voz tão aguda que parecia um guincho. Fez força contra Batman, que ainda o estava segurando, como se fosse pular do mezanino atrás dela. Mesmo assim, ela não se mexeu.

Batman puxou o Chapeleiro de novo e quicou a cabeça dele contra o chão algumas vezes para que focasse novamente no assunto do momento.

— Controle mental — insistiu prontamente.

— Ah, sim, controle mental. Corte a cabeça deles! Ou melhor, coloque o que está na minha cabeça na cabeça deles, o que no final é a mesma coisa, não diria? — Ele ainda estava arquejando.

— O Charada me contou onde você estaria — Batman disse. — Ele entregou você, você, o Senhor Frio e o Crocodilo. O que é que ele está tentando esconder?

— Bem, eu fiz um favorzinho pra ele envolvendo os diários de Ra's al Ghul, mas isso dificilmente pareceria um motivo que valesse a minha morte — o Chapeleiro respondeu. Um sino de prêmio acumulado soou no cassino. O Chapeleiro se sacudiu e começou a gritar outra chamada ao assassinato. Batman o socou no estômago e ele se encurvou, passando mais ou menos o minuto seguinte tossindo e engasgando.

Olhando para o cassino, Batman viu que os jogadores e escreventes estavam apenas parados. Não faziam nada sem as instruções do Chapeleiro. Isso era bom — significava que poderia mantê-los vivos simplesmente mantendo o Chapeleiro quieto.

Agachou-se ao lado do oponente, que não parecia estar muito preparado para se levantar ainda. Batman não se importava com isso — ergueu-o para deixá-lo em pé.

— Os diários do Ra's al Ghul — rosnou. — Continue.

— Bem, eu tinha que conseguir informações de algum lugar — o Chapeleiro respondeu. — E pensei, quem sabia desse tipo de coisa? Quem sabia os segredos? Quem tinha conseguido ir mais longe nesse... bem, buraco de coelho em particular? (Se puder perdoar a expressão, e sei que vai.) Ora, seria Ra's al Ghul, com o seu Poço de Lázaro maravilhosamente nomeado! Tudo o que tinha de fazer era rastrear os diários que ele havia deixado pra trás quando você o dispensou do seu corpo mortal.

O Chapeleiro parou por um momento.

— Ou... você não dispensou? Com certeza não. Mas você estava presente na hora, e certamente foi cúmplice.

— Ra's se matou enquanto estava tentando me matar — Batman respondeu. — Morreu por culpa dele mesmo. Não fico triste que tenha acontecido, mas não fui eu quem o matou.

— É uma distinção que não faz nenhuma diferença — o Chapeleiro comentou alegremente. — Em todo caso, eu precisava daqueles diários. Então peregrinei pelas ruínas de Arkham City, enfrentando os resquícios da TYGER e outras ameaças mais assustadoras. Então encontrei outra pessoa que me informou que poderia conseguir o que queria — parou por um momento e a expressão dele registrou a memória de uma experiência dolorosa —, por um preço.

— Eu não estou interessado no preço — Batman respondeu.

— Ah, acho que você está, sim. Fui eu que tive a ganância suja de convencer o Crocodilo a ir ao dentista. Cada um tem o que merece, eu sempre digo. E quando consegui fazer isso, encontrei os diários escondidos em uma caixinha. Um homem incrível, esse Ra's al Ghul, se é que era um homem. — Tetch parou para recuperar o fôlego, depois continuou.

— O Charada queria que eu ensinasse a ele como controlar máquinas com a mente, e Ra's sabia como fazer isso! Não tenho nem certeza se ele sabia o que tinha, mas tudo o que precisava estava nos diários dele: técnicas brilhantes que podia combinar com as minhas próprias. Eu construí o dispositivo do Charada, bem aqui nesse prédio. Componentes de computador, de câmeras de alta definição, até mesmo peças sobressalentes de máquinas caça-níqueis. Um cassino é um mundo maravilhoso de surpresas. Quando se junta elas — o rosto do Chapeleiro pareceu sonhador de novo —, mágicas acontecem.

Controle mental sobre máquinas. Lucas Angelo, um programador de *softwares* especializado em robótica e sistemas de controle. Rosalyn Mateosian, uma engenheira eletrônica. As peças finalmente começavam a se encaixar. O problema era que ele não sabia o *motivo*. Havia conseguido alcançar o presente, mas não fazia ideia de como Nigma planejava que o futuro se parecesse. Que máquinas? E quando ele conseguisse conquistar a maestria sobre esses assuntos — se, de fato, pudesse fazê-lo —, o que iria fazer com isso?

Batman ficou parado e colocou o Chapeleiro Louco de pé. Enquanto Tetch tentava se recompor, lançou um olhar estranho para Batman.

— Quando eu perguntei se você tinha ou não dispensado Ra's al Ghul desse vale mortal de lágrimas — disse —, eu não estava questionando os seus motivos, mas o... como posso dizer, *o caráter definitivo*, do ato. — A declaração fez um arrepio percorrer a espinha de Batman.

— O que você quer dizer com isso? — exigiu saber. — Você está dizendo que ele está *vivo*?

— Estou dizendo que, no fim das contas, um corvo é que nem uma escrivaninha. Nada mais importa. — Com isso, lançou-se em uma torrente de besteiras, e, por mais que Batman tentasse, não conseguiu tirar mais nada dele.

RyderReport.com
Postado por JKB
Quarta-feira, 2:38 p.m.

Vicki Vale está perdida em Arkham City

É, você leu isso certo. Já foi amplamente divulgado que ela iria se encontrar com o Charada. Se isso era a) verdade; b) o que ela achava que era verdade; ou c) a história de fachada dela para o que quer que estivesse fazendo de verdade, não importa. Ela foi às ruas atrás de uma reportagem, e agora está perdida, e o cinegrafista dela, um profissional consolidado e um cara que se impunha, Phil Chester, está morto. Esse é o tipo de reportagem que temos que escrever com frequência demais aqui no ***Ryder Report***.

O que o Jack disse no programa também se aplica aqui. O Batman aparece e tudo em Gotham fica fora de controle. Isso foi um acidente? Eu acho que não.

Como dizemos há anos, essa cidade ficaria melhor sem o Batman, e não somos os únicos que pensam assim. O Rafael del Toro, entre outros, pensa do mesmo jeito, e ele está em Gotham há até mais tempo que o Jack.

E houve um quarto assassinato, bem na hora, como os três primeiros. Dessa vez, a vítima foi Theresa Gray, a gerente de correspondências e faz-tudo do QG da polícia de Gotham. Ela é a primeira vítima que não trabalhava em alguma área de tecnologia, e a morte dela lança uma luz completamente nova sobre a visita do Batman ao comissário Gordon. Por que ele foi lá? Poderia ser para dar uma olhada em algo que apareceu entre as correspondências, que passou pelo domínio de Theresa Gray? Será que o Pistoleiro a matou para garantir que ficasse em silêncio?

Está começando a fazer sentido, não está?

Se é que se pode chamar isso de sentido.

Continuando por essa linha de pensamento, quer dizer que o comissário Gordon e o Batman sabem do que tudo isso se trata desde o começo. Eles não contaram para vocês, e agora pessoas estão mortas. É assim que se cuida de uma cidade? É assim que se deixa as pessoas dessa cidade em segurança?

Sejam vocês os juízes.

Agora, Vicki Vale é outra vítima do sigilo do Batman e da cumplicidade do comissário Gordon. Ela está com problemas, e tudo o que estava tentando fazer era trabalhar — relatar a verdade como a enxergava. Tivemos nossas desavenças com a Vicki ao longo dos anos, e ainda achamos que ela é uma bobona liberal de cabeça fraca, que nunca passou um dia no mundo real — mas isso não quer dizer que lhe desejemos mal.

Ela não merecia o que quer que tenha lhe acontecido, assim como Phil Chester não merecia o que aconteceu com ele, e a culpa disso está inteiramente nas mãos do comissário Gordon. E do Batman também. Pense nisso na próxima vez em que sentir vontade de aclamá-los como heróis.

19

Robin já estava em movimento quando a mão da Arlequina desceu até o cinto, e o tiro destruiu o retrato de família na parede oposta ao invés de abrir um buraco no rosto dele. Robin deu uma cambalhota para a direita e se levantou com o bastão de bo preparado.

Ela jogou a arma fora e sacou outra.

— Pronto pro jogo?

— Você fica sempre mudando as regras — Robin respondeu.

— Esse é o jogo, bobinho! — ela disse. Mirou com a nova arma, depois fez um espetáculo cômico ao fechar um olho e observar pelo cano da arma. A arma era minúscula. Nas suas mãos pequenas, parecia de brinquedo. Mesmo assim, Robin apostaria a própria vida que ela disparava balas de verdade.

— E, nesse jogo, eu sempre ganho — Arlequina acrescentou.

Ela estava começando a apertar o gatilho, quando a parede de trás da câmara de execução se abriu e um humanoide gigante atravessou os destroços. Um *flash* ofuscante iluminou a sala, e Arlequina foi lançada aos ares por um raio de energia disparado por uma arma colocada no ombro do robô. Quando ela se sentou e sacudiu a cabeça, o humanoide se arrastou para dentro da sala e se colocou entre ela e Robin.

Os olhos dele estavam lançando um brilho verde maligno.

Ela levantou a cabeça e olhou para o robô.

— Uau — Arlequina disse, apontando comicamente. — Corte a cabeça dele também! — Então caiu em uma gargalhada incontrolável. Era um dos famosos guardiões mecânicos de Wonder City, construídos por Ra's al Ghul décadas atrás. Robin os havia visto antes, mas nunca em funcionamento.

— Eu achei que você queria me manter vivo tempo o bastante pra ver o grande espetáculo do Charada — disse para Arlequina, com os olhos ainda virados para o robô recém-chegado.

— Seu bobinho, era nisso que eu *queria* que você acreditasse — ela respondeu com uma risada. — Eu não ligo pro que o Charada quer, ele nunca ligou pro senhor C. Você vai ver. — Levantou-se apressada, depois de se recuperar do disparo do robô com uma velocidade surpreendente. — Acho que é hora de ir embora. — Pulou para a borda do buraco na parede. — Espero que o Charada não mate você, queridinho — disse por cima do ombro. — Isso seria tããããão decepcionante.

Soprou um beijo para ele e foi embora.

O robô permaneceu onde estava, congelado.

Ela estava do lado dele ou não? Robin balançou a cabeça. *Sempre que encontramos ela, eu acabo com uma dor de cabeça. É muita best...*

— Ai! — disse Vicki Vale. Ele se virou e a viu escondida por trás do sofá (*chaise longue*, corrigiu-se), olhando para a parte de dentro do próprio braço. Uma listra de sangue estava escorrendo do pulso dela e pingando pelo polegar. — Essa lâmina é afiada.

Ela havia cortado os *zip ties* com a lâmina do machado.

— Quando foi que você fez isso? — Robin perguntou.

— Quando vocês estavam conversando sobre *mento moris*, ou *mementos moris*... tanto faz — respondeu. — Essas coisas.

— Desculpe — Robin disse. — Se você tivesse esperado um segundo...

— Eu não sou boa em esperar — Vale o interrompeu. — Especialmente quando alguém acabou de tentar arrancar a minha cabeça. Agora eu preciso sair daqui e arquivar essa reportagem. — Ela se levantou, envolvendo-se por um momento com o braço bom.

— Eu não iria ainda — Robin disse. Atravessou a câmara de execução e olhou pelo buraco na parede. Um túnel bruto, que parecia quase uma caverna natural, levava à direção que ele pensava ser a norte, descendo até ficar imerso na escuridão. *Uma olhadela por trás das cortinas do Charada*, Robin pensou. *Ele criou medidas de emergência pra garantir que ninguém interferisse com o jogo dele.* E tinha o controle de pelo menos um dos guardiões mecânicos.

— Eu não achava que essas coisas existiam de verdade — Vale disse. Aproximou-se do robô e o observou. Era muito mais alto que ela, na verdade muito mais alto que qualquer ser humano.

— Bem, eles existem — Robin respondeu. — Esse foi personalizado, eu acho. Não se parece com os outros que eu vi. — Os guardiões mecânicos que havia encontrado antes pareciam esqueletos, exceto pelo torso, que tinha que ser maior para abrigar os suprimentos de energia. Lembravam-lhe alguns robôs que havia visto num desenho animado antigo do *Super-homem*. As cabeças deles tinham mais ou menos o mesmo formato de uma cabeça humana.

Onde ficariam os olhos de um humano, os guardiões mecânicos tinham duas lentes brilhantes. Também tinham diversas armas acopladas, ou pelo menos esse tinha. Enquanto os guardiões originais tinham filigranas de estilo vitoriano esculpidas, com uma estética de Jules Verne, esse tinha pontos de interrogação gravados no exoesqueleto blindado.

— Quantos outros você viu?

Robin encolheu os ombros.

— Alguns, lá em Wonder City.

— Você já foi em Wonder City?

Virou-se para encará-la quando percebeu que estava sendo entrevistado.

— Senhorita Vale, agora não é uma boa hora...

— Você está falando sério? *Toda* hora é uma boa hora, quando se trata de conseguir uma reportagem. É isso que eu faço, garoto. Mas podemos conversar sobre Wonder City outra hora, vamos voltar àquilo que você disse sobre o Batman ter perdido alguém que ama.

Ai.

— Você escutou isso, né?

Ela sorriu.

— Com certeza.

— Bem, você escutou tudo o que vai escutar — disse, fazendo aquilo soar como final. — Quanto a isso, pelo menos. Se você quiser conversar sobre o Charada, podemos fazer isso, *se* formos rápidos. Eu tenho que sair daqui, e pelo que sei acabei de comer alguma coisa realmente ruim.

— Você acha que foi envenenado? — Havia algo além de interesse na voz de Vicki.

Quase... alegria, Robin pensou. *Isso é estranho*. Talvez fosse a ideia de que estava em uma situação de vida ou morte, aqui nas ruínas de Arkham City, que a fazia soar tão esperançosa.

— Não, se o Charada quisesse só me matar — ele respondeu —, ele já teve mais do que a cota necessária de chances.

— Mais quantas chances você vai dar pra ele? — Vale perguntou. — Você e o Batman não deveriam estar desempenhando um papel mais ativo aqui, ao invés de deixar o Charada guiar vocês pela rédea?

Isso doeu.

— Olha — ele disse, com a mandíbula apertada —, não muito tempo atrás, Batman tirou você dos destroços de um helicóptero. Bem agora, eu impedi a Arlequina de dar ao Charada a sua cabeça como lembrança. Eu acho que talvez você devesse nos dar um pouco de privacidade.

— Eu não sou muito boa em dar privacidade aos outros, boneco — Vale respondeu. — Mas eu realmente aprecio o que você fez. — Ela quase soou sincera.

— Aprecie o bastante para não botar em risco mais vidas quando sair daqui — Robin pediu. — Ok? — Olhou diretamente para ela, na esperança de que houvesse entendido a mensagem.

Ela manteve o olhar fixo nele por um longo tempo.

Depois fez que sim com a cabeça.

— Ok. — Ela pegou o telefone em um bolso e tirou algumas fotos, pegando imagens do guardião mecânico e de vários ângulos da sala, inclusive da lâmina do machado quebrado, enterrada no bloco de madeira. — Então, como é que nós vamos sair daqui?

— Esse é o problema — Robin respondeu. — O caminho que vou seguir pra ir embora daqui vai levar a uma situação ainda mais perigosa que essa. Eu não posso ficar responsável pela sua segurança.

— Não me trate que nem uma criança — ela disse.

— Eu não estou tratando você que nem uma criança, estou *dizendo* pra você. Se você estivesse na última sala em que o Charada criou uma armadilha pra mim, você estaria morta. Então ou você fica aqui, ou descobre um outro jeito de ir embora.

— Está bem — Vale aceitou. Entrou na sala e parou embaixo do buraco no teto, espreitando por ele. — Pra onde que isso aqui leva?

— Foi por aí que eu vim — Robin respondeu. — Não vai levar pra saída, não você.

— Então acho que só me resta uma opção — ela disse, voltando para a câmara de execução. Ela parou junto ao buraco na parede do fundo. — Então, 'cê acha que, hã...?

— Se eu acho que a Arlequina ainda está aí? — Robin completou. — Provavelmente não. O Charada não está feliz com ela por não ter terminado o trabalho, e ela sabe disso, então o meu palpite é que ela está abrindo caminho pra algum lugar bem longe dele. Mas você viu ela. Não tem como ter certeza do *que* ela vai fazer.

— É, você está certo quanto a isso — Vale concordou. Ela permaneceu ali por um longo tempo enquanto Robin voltava a examinar a sala em busca de uma pista. — Bem, essa é uma reportagem do cacete. Vale arriscar um pouco. — Mas ela não se mexeu. — O que você acha que vai acontecer se eu ficar aqui?

— Não faço a menor ideia — Robin respondeu, honestamente.

— Ok — ela disse. — Bem, obrigada de novo por salvar a minha vida.

— De nada.

Ela tocou na tela do celular.

— Como é que eu não consigo nenhum sinal aqui embaixo? — reclamou, mais para si mesma. — Idiota. — Encostou na tela e ligou o *flash* da câmera para usá-lo como uma lanterna. — Bem, lá vou eu — disse e desapareceu pela passagem.

Robin esperou e escutou. Não ouviu nenhum grito, nem sinais de confusão.

Vicki sabe tomar conta dela mesma, decidiu. Era o dever dele voltar ao tabuleiro de xadrez e encontrar o Charada.

Levando-os ao Trask

Duane Trask, Gotham Globe Radio

"Estamos aceitando as suas ligações. Lonnie, no Heights".

"*Você viu o que acabou de acontecer? Eu vi o Pistoleiro! Ele passou bem na frente da minha janela e, tipo, apontou pra mim e fez uma arma com o dedo. Bang!*"

"Lonnie, eu consigo escutar as risadas no fundo da ligação. Você e os seus amigos maconheiros podem ir dar uma longa caminhada em um píer curto. Matilda, você está no *Levando-os ao Trask*".

"*Duane, eu acho que você tem uma perspectiva muito boa do que está acontecendo aqui*".

"Bem, fico feliz de escutar isso, Matilda. Obrigado. No que você está pensando?"

"*Onde está o Robin no meio disso tudo? Você acha que alguma coisa aconteceu com ele? Eu não sei se gosto do Batman ou não, mas realmente gosto do garoto, o Robin*".

"Tenho certeza que ele está bem, Matilda. Ele é bastante engenhoso. Obrigado pela ligação. Ivan, do outro lado do rio, olhando pra nós do Palisades. O que você está pensando, Ivan?"

"*Tem alguma coisa estranha acontecendo no rio*".

"O que você quer dizer com isso?" "*Bem, eu olho pra mesma parte do rio todo dia, da janela do meu escritório. Tem uma parte que parece diferente agora. As correntezas estão todas diferentes e tem tipo um — não sei a palavra pra isso. Como se a água estivesse borbulhando de lá de baixo*".

"Você tem certeza, Ivan? Quando foi que isso aconteceu?"

"*Há algumas horas. Eu estava almoçando e, você sabe, olhando pro rio e pra cidade. Então, de repente, começam a brotar essas bolhas e tal. Você devia dar uma olhada*".

"Nós vamos. Vamos dar uma olhada. Obrigado pela ligação, Ivan.

Hã. Hoje de manhã, o Batman foi visto na Instalação de Controle de Inundações, e agora, aparentemente, as correntezas mudaram no West River, logo além de Arkham City. Será que o Batman fez alguma coisa com os dutos de escoamento? Tem um monte deles naquela região da beira-rio.

Alguns deles podem ter mudado a correnteza — ou ei, agora eu realmente vou partir pra especulação. Quando a antiga siderúrgica estava funcionando, ela despejava muita água naquela parte do leito do rio. Água residual de operações de resfriamento, na maior parte. Estamos escutando rumores sobre atividade naquela região, e talvez explosões também. Ivan talvez esteja a ponto de descobrir alguma coisa.

Vamos checar isso e contar pra vocês assim que soubermos de algo. Otto, você está no ar".

"*Quem era aquele último cara que ligou? Correntezas estranhas no rio? O que vai vir agora? Alguém vai alegar que o Batman está lutando com OVNIs?*"

20

Então o Charada tinha planos para caso Robin — ou, como foi o caso, a Arlequina — saísse do roteiro. Essa informação era crucial.

Significava que Nigma não tinha certeza absoluta quanto ao próprio planejamento. Para a maior parte das pessoas, aquilo seria uma medida de precaução louvável, mas para o Charada era quase uma admissão de fracasso antes de o jogo ter sequer começado. Ou...

E se tudo isso foi encenado?

Isso fazia mais sentido para Robin do que a intrusão "acidental" da Arlequina. Ela havia encenado tudo aquilo, junto com o Charada. Então se a Arlequina era a Rainha de Copas, isso significaria que o rei estaria esperando lá no tabuleiro de xadrez? E Vicki Vale não havia simplesmente aparecido em Arkham City. Não, ela foi ali depois de receber uma pista.

Parte da jogada do Charada era puro ego. Ele queria publicidade para o que estava fazendo, e se Vale conseguisse encontrar o caminho de volta para a superfície, ele conseguiria isso. Isso fazia com que fosse provável que ela conseguisse sair dali viva, sem dúvida através de uma passagem esquecida há tempos que a levaria de volta para a superfície.

Robin poderia tentar sair pelo mesmo caminho, mas duvidava que o Charada fosse permitir que saísse ileso disso. Isso seria sair demais do roteiro, e provavelmente causaria a morte instantânea dele. Poderia levar à morte de Vale também.

Então voltou-se de novo para a mesa de chá. Esperava que pudesse descobrir do que se tratava aquilo rapidamente. Cedo ou tarde, começaria a sentir os efeitos do que quer que a Arlequina o tivesse feito comer, e queria estar fora daquela sala antes que isso acontecesse.

Contou as xícaras. Havia doze delas posicionadas ao longo da borda da mesa. A chaleira estava no meio, e a longa travessa com o pão criava uma linha entre a chaleira e uma das xícaras.

Então se lembrou da mensagem do Charada.

"*O tempo é importantíssimo!*"

O jogo de chá estava arrumado como se fosse um relógio. O que o Chapeleiro Louco havia dito, em *Alice nos Pais das Maravilhas*?

"*Agora é sempre seis horas*".

Então uma ideia brilhante surgiu na mente dele. Robin foi até o relógio de pêndulo e abriu a porta de vidro que o protegia. Cuidadosamente, girou o ponteiro dos minutos até que os ponteiros formassem uma linha reta. Seis horas. Ficou tenso, esperando para ver...

Nada aconteceu.

Robin olhou ao redor para garantir que não estava perdendo nada. Mas nada havia mudado. Tudo parecia exatamente o mesmo de antes.

O que ele não estava vendo?

De repente, deu-se conta. *Era sempre seis horas*. Sempre. Olhando de novo para o relógio, parou o pêndulo, que estava balançando como de costume. O ponteiro dos minutos já havia se movido adiante um pouco, então o posicionou mais uma vez para que marcasse precisamente seis horas se novo.

Dessa vez escutou um barulho vindo do teto, e um zumbido mais alto de maquinaria. Uma pequena escada desceu pelo buraco pelo qual Robin havia entrado ali, embora não tenha chegado até o chão. Medindo a própria altura, Robin achou que poderia pular e alcançar a barra mais baixa com facilidade.

Antes de fazer isso, entretanto, Robin levou em consideração mais uma vez sair pelo buraco na parede, como Vicki Vale havia feito. Será que isso lhe permitiria completar o quebra-cabeça sem ter que enfrentar a porta número sete? Voltou até a câmara de execução e examinou a abertura.

Com o som de engrenagens rangendo, o guardião começou a se mover de novo. Robin recuou do buraco, preparado para lutar com ele caso fosse necessário. Mas o monstro mecânico simplesmente o ignorou. Voltou para o buraco por onde havia entrado, virou-se para ficar de frente para a sala, e manteve aquela posição.

Isso responde à minha dúvida, Robin pensou. *Ninguém irá passar.* O Charada tinha que estar observando cada movimento dele. Nigma havia usado o robô para mostrar-lhe a seriedade dos seus planos. Qualquer oportunidade que tivesse de jogar uma pedra nas engrenagens do Charada já era agora.

Mesmo assim, se a Arlequina podia trapacear...

— Ei, Charada — chamou. — O quê, você está perdendo o controle, só um pouquinho talvez? Será que as pessoas não estão se comportando do jeito que você queria que se comportassem? — Com isso, esperou para ver o que acontecia.

Um ponto de interrogação se iluminou no teto, próximo à abertura. Isso confirmou o que suspeitava. O Charada não estava apenas observando o progresso dele pelas salas da morte. Também estava escutando e garantindo que as coisas corressem de acordo com os planos.

O comunicador apitou. Robin atendeu.

— Antes de dizermos qualquer coisa — disse —, você devia saber que o Charada está escutando.

— *É claro que ele está* — Batman respondeu. — *Isso não é nenhuma surpresa.*

— Não é uma suposição — Robin insistiu. — É certo.

— *Você falou com ele?*

— De certa forma, sim — Robin respondeu. — A Arlequina apareceu aqui, interpretando a Rainha de Copas, com Vicki Vale no bloco de decapitação. As duas foram embora agora. O Charada enviou um guardião mecânico pra impedir que a Arlequina bagunçasse o roteiro, mas ela saiu ilesa.

— *Interessante* — Batman comentou. — *Então ele tem planos pra emergências.*

— Ou isso, ou foi tudo encenado — Robin disse. — Eu não acho que foi uma coincidência ela estar usando uma fantasia de Rainha de Copas. Você acha?

— *Talvez não. Como foi que ele conseguiu pegar a Vicki Vale como refém? Ela não teria simplesmente entrado à toa no labirinto do Charada.*

— Pelo que ela disse, recebeu uma indicação de que tinha uma reportagem pra ser feita aqui, sobre você. Ela foi procurar onde o informante disse pra ela ir, e ao invés de uma reportagem encontrou a Arlequina. Divertido, não é? Vale foi embora pelo lugar que o robô usou pra entrar. Quando tentei fazer o mesmo, o valentão de metal deixou claro que isso não era uma opção. Mas fique preparado pra matéria principal de Vale — acrescentou. — Você provavelmente vai ocupar uma posição de destaque.

— *Na próxima vez em que o helicóptero dela cair no meio de uma zona de guerra, ela que saia de lá sozinha* — Batman rosnou. — *Mas estou um pouco surpreso pelo Charada não ter enviado o guardião atrás da Arlequina. Ele não aceita bem quando as pessoas interferem nos planos dele.*

— Como eu disse, isso me faz pensar que foi tudo encenado. A prioridade do Charada é me manter na linha — Robin disse. — Ele armou esse espetáculo em particular pra que Vale transmitisse uma matéria bem dramática sobre ele na TV. Mas esse não é o assunto do momento — continuou. — A questão é: devo dizer ao Charada onde ele pode enfiar esse jogo e aproveitar essa outra saída?

— *Parece que você vai ter que passar pelo guardião pra fazer isso* — Batman respondeu. — *É uma tarefa difícil.*

— Eu posso lidar com o guardião — Robin disse, esperando ter soado convincente. — Mas o que o Charada vai fazer se dermos o fora do jogo?

— *Você está perguntando pra mim ou pra ele?*

— Eu só estou cumprindo o meu papel — Robin respondeu. — Se ele não quisesse que eu fizesse perguntas, teria conduzido essa situação de uma forma diferente.

O ponto de interrogação começou a piscar.

— *Você acha que ele consegue me escutar?* — Batman perguntou.

— Às vezes nem *eu* consigo escutar você direito — Robin respondeu. — Mas não, estou escutando você pelo fone. A menos que ele tenha conseguido invadir o nosso sistema, ele está dependendo inteiramente da minha voz.

— *Boa jogada* — Batman disse. — *O tempo está passando no contador de novo, e eu tenho um palpite sobre quem vai ser a próxima vítima.*

— Quem é? Como foi que você descobriu?

— *A Oráculo encontrou um elemento comum no histórico recente de cada uma das vítimas. Todas elas fizeram ligações pra um número que levava (através de becos sem saída e evidências pra despistar) até uma companhia chamada Soluções Conundrum. Tinha caixas com esse nome na fábrica da Ace Chemical, onde o Senhor Frio estava trabalhando.*

— Bem esperto — Robin disse. — Soluções Conundrum.

— *Que bom que estamos mantendo isso em segredo* — Batman comentou.

Merda!

— Eu queria que o Charada escutasse isso — Robin respondeu. Olhou em volta na sala, perguntando-se onde estariam a câmera e o microfone.

— *Certo* — Batman disse, depois continuou. — *A Oráculo encontrou mais dois números que tinham feito múltiplos contatos com a Conundrum durante o período de tempo relevante. Um desses números levava a Theresa Gray, embora não tenhamos ficado sabendo disso até ser tarde demais. Ela trabalhava pra polícia de Gotham, no departamento de expedições.*

— Ih... — Robin respondeu. — Então o Charada tinha uma pessoa infiltrada.

— *Ou isso, ou ele coagiu Gray a passar o pacote com o pen drive pelo sistema. O comissário Gordon, como você pode imaginar, não está lidando muito bem com isso.*

— Quantas queimas de arquivo o Charada ainda planeja fazer? Já estamos na quarta.

— *A quinta é Pierre Ouellette, que é dono de uma companhia de suprimentos químicos. O comissário Gordon está mantendo ele escondido em um lugar seguro. Ele não quer dizer nem pra mim onde é, senão eu mesmo interrogaria Ouellette.*

— Um fornecedor de produtos químicos — Robin disse. — Isso explica de onde vieram o hidrogênio e o oxigênio da sala com o quebra-cabeça molecular.

— *Exatamente. E essa é a última pessoa do grupo* — Batman informou. — *O Charada está prestes a terminar a queima de arquivo.* — Robin escutou o motor do Batmóvel ligando.

— Então, você encontrou o Chapeleiro Louco?

— *Encontrei, e consegui algumas informações dele* — Batman respondeu —, *embora não tenham sido tantas quanto esperava. Ele desenvolveu um dispositivo que permite que o Charada controle os guardiões mecânicos remotamente. Os detalhes não ficaram claros, mas Tetch disse que era uma forma de controle mental. Mas não tenho certeza do quanto esse jeito de colocar seja preciso, vindo dele.*

Na saída, o ponto de interrogação começou a piscar mais rápido. O painel do rosto do guardião mecânico se acendeu de novo, e ele levantou os braços.

— Tenho que ir — Robin disse. — Acho que o Charada está ficando impaciente. Se ele está controlando mentalmente esse guardião, então ele está me dizendo que é hora de seguir adiante.

— *Me mantenha informado sobre a porta número sete* — Batman pediu. — *E fique atento a mais robôs* — acrescentou. Depois desligou.

O guardião mecânico estendeu o braço.

Na ponta dele havia uma lente que estava começando a brilhar.

O ponto de interrogação estava piscando muito rápido.

— Tudo bem, entendi — Robin disse. Pulou e pegou na barra de baixo da escada que levava de volta para o tobogã no teto.

Quando entrou pela porta número seis, o tabuleiro estava vazio. Sem peões, sem rei. As três peças originais não estavam mais lá. A porta número sete estava diretamente do outro lado do tabuleiro.

Essa era a última coisa que Robin esperava.

Onde estava o rei? Deu um passo à frente, indo para a casa seguinte, preparado para qualquer coisa — mas nada aconteceu. Continuou sem nada acontecer quando ele passou para a segunda casa, e a terceira, até atravessar todo o tabuleiro e chegar na porta número sete.

Aquele era o fim do jogo. Tudo estava dando a volta completa. A conversa com Batman havia reforçado aquilo. As vítimas dos assassinatos tinham uma ligação em comum, e cada quebra-cabeça que haviam resolvido estava relacionado ao *pen drive* e ao material lá contido.

Tirou um momento para examinar a sala de novo, para ver se havia deixado de notar alguma coisa, mas as outras portas estavam trancadas. A câmara já parecia ter sido esquecida. O Charada seguiu adiante. Era hora de Robin fazer o mesmo.

Assim como era hora de encontrar o rei e de desvendar o significado de I AM LARVAL. Tinha a sensação de que a resposta desses dois enigmas devia estar esperando no outro lado da porta.

Na mosca

de **Rafael del Toro**, GothamGazette.com

O número de corpos está crescendo, as pessoas estão assustadas, partes de Arkham City parecem estar explodindo por motivos desconhecidos... espera. Deixa eu adivinhar.

O Batman voltou, não voltou?

Escutei pessoas dizerem que Gotham é uma cidade doente, que gera criminosos e psicopatas da forma como as outras cidades geram empresas de tecnologia e jogadores de basquete. Eu não acredito nisso. Nada em Gotham foi predestinado. Nós escolhemos o tipo de cidade em que queríamos viver, e por algum motivo decidimos que devia ser uma cidade sem lei. Escolhemos a luz solitária do Batman para nos salvar de todas as coisas que decidimos coletivamente que não tínhamos capacidade de consertar por nós mesmos.

Em outras palavras, criamos o Batman porque ele facilita as coisas para nós. Se o Batman existe, isso significa que não precisamos fazer nada para tornar Gotham um lugar melhor. Se o Batman existe, temos a quem culpar quando as coisas dão errado — como em "nunca tem um Batman por perto quando se precisa dele".

Ele é alguém por quem torcer quando a torcida faz nos sentirmos melhor quanto à nossa própria apatia. E isso é um problema.

Não é um problema do Batman, é um problema nosso. Ninguém está nos forçando a ter uma cidade cheia de vilões fantasiados e um vigilante forte ocasional. Poderíamos ter uma cidade normal, com problemas normais e questões normais. Ao invés disso, temos Gotham.

O que vamos fazer quanto a isso?

Hoje, aparentemente, nada. O Batman está perseguindo o Charada e alguém — possivelmente o Pistoleiro — está explodindo cabeças de pessoas aleatórias nas ruas. E tudo pelo quê? Se o Batman não existisse, o que o Charada, o Pistoleiro, o Cara de Barro e qualquer outro fariam? Com quem iriam lutar?

Às vezes penso que, se o Batman decidisse se mudar para Miami, o resto dos lunáticos o seguiria. Quem quer começar uma petição? Podíamos chamá-la de "Apelo dos Cidadãos por uma Gotham Normal". Alguém assinaria? Quem sabe? Não somos conhecidos por nosso senso de engajamento cívico.

Aqui está o problema. Todo mundo está sempre falando sobre como precisamos do Batman. Ok. Vamos levar essa ideia adiante por um minuto. Nós precisamos do Batman.

Mas por quê?

Isso é algo que apenas nós mesmos podemos responder, e pelo menos hoje, enquanto estamos todos colados às TVs e rádios, esperando pelas últimas notícias sobre os assassinatos... hoje nós não vamos responder essa pergunta.

Aparentemente, temos coisas melhores para fazer.

21

Ele abriu a porta... e não viu nada.

Literalmente nada. Apenas um espaço vazio. Robin pegou a lanterna e iluminou o lugar da entrada. Percebeu que estava olhando para o interior de um poço vertical, com paredes pintadas de preto fosco. O topo ficava cerca de três metros e meio acima do nível do piso da sala de xadrez, mas quando iluminou para baixo, viu que a luz se perdia em meio às profundezas sem revelar um fundo.

Cerca de dois metros abaixo do nível do piso havia armações antigas de metal, com uma caixa elétrica queimada logo acima delas. Parecia que as armações, um dia, haviam sustentado um ventilador, o que faria do lugar um poço de ventilação, agora tapado.

Até onde ia para baixo?

A única forma de descobrir era começar a descer de rapel, então ele fixou uma corda em uma das dobradiças da própria porta e começou a descer. Tinha trinta metros de corda no carretel que estava usando. Se o poço descesse mais que isso, ele o levaria muito abaixo do lençol freático. Nada naquele lugar havia sido escavado tão fundo quando Arkham City — ou, aliás, Wonder City — havia sido construída originalmente.

Precisou apenas de cerca de vinte metros da corda para chegar ao fundo do poço. Não era tão fundo quanto estava imaginando, e a lanterna deveria ter revelado alguma coisa lá de cima. Alguma coisa na tinta devia ter absorvido a luz.

Ligou a lanterna de novo assim que encostou no chão sólido — concreto úmido coberto por peças enferrujadas de metal provenientes de quais fossem os ventiladores e aparelhos elétricos que haviam sido arrancados durante a renovação do lugar. Uma pequena porta de metal junto ao chão era a única saída de lá. Robin a abriu, guardou a lanterna no bolso e se arrastou pelo espaço apertado, saindo rapidamente em uma sala totalmente escura que devia ser enorme, julgando pelos ecos produzidos pelo arrastar das botas no chão enquanto se levantava.

Foi pegar a lanterna de novo, mas quando encostou a mão nela a sala inteira se iluminou sob o som de estalos suaves. Levantou a cabeça e se deu conta de que havia entrado em Wonder City, e ainda melhor...

... na oficina do Charada.

Lâmpadas a gás brilhavam em intervalos de seis metros ao longo das paredes do lugar, que era pelo menos do tamanho da Batcaverna. O teto era arqueado e alto, feito de tijolos e ferro fundido. Havia placas e *banners* espalhados pelas paredes, anunciando Wonder City e suas várias atrações. Algumas das paredes de fato incluíam vitrines, e a maior parte do piso estava ocupada por máquinas e mesas de trabalho.

Pedaços de guardiões mecânicos estavam amontoados perto de uma mesa. Parecia não haver nenhum deles intacto ou ativo.

Maravilhado por um momento, caminhou pelo lugar, observando a gênese de todas as salas da morte do Charada. Plantas da siderúrgica Sionis e da Instalação de Controle de Inundações estavam estiradas sobre uma mesa ao lado de um ponto de interrogação quebrado feito com um tubo de néon. Diagramas químicos e baterias desmontadas estavam empilhadas em outra mesa, perto de prateleiras de equipamentos químicos. Béqueres e tubos, centrífugas, potes de produtos químicos, tanques grandes de hidrogênio e oxigênio puros com o logotipo da Soluções Conundrum tapando em parte a palavra INFLAMÁVEL pintada nas laterais. Mais à frente, Robin chegou a um laboratório anexo construído por trás de uma vitrine.

ALMOÇO DO LEANDRO, dizia o letreiro sobre a porta.

Por dentro, o laboratório era esterilizado e branco — em forte contraste com o estilo *steampunk* antiquado da parte maior. Prateleiras brilhantes de aço inoxidável continham computadores e instrumentos. Uma pequena câmara de manufatura vedada abrigava uma maquinaria para imprimir circuitos, assim como outras máquinas que Robin não reconheceu.

Pensou nas pessoas que o Charada havia assassinado, ou que havia mandado assassinarem. Um especialista em eletrônica, uma pesquisadora de nanotecnologia, um programador de *softwares*... o trabalho deles estava visível ali, embora os resultados não estivessem.

De novo na parte principal, Robin lembrou-se do que conseguira da última vez em que esteve em Wonder City. Era um lugar com várias entradas e saídas, ou pelo menos havia sido. O Charada podia muito bem tê-las fechado ou colocado armadilhas nelas.

Tem que ter alguma coisa que eu não estou vendo, Robin meditou. *Ele não me fez passar por todas aquelas armadilhas mortais só pra me deixar voltar passeando pra superfície*. Tinha que haver outro desafio ali... em algum lugar.

Explorou uma vitrine de cada vez. A maior parte delas estava vazia e caindo aos pedaços, povoadas por ratos ocasionais e uma ampla variedade de insetos e aracnídeos. Em uma das lojas, havia uma pequena fornalha alta elétrica e equipamento metalúrgico, enquanto outra estava envolta em sombras e completamente vazia, exceto por um traje robótico pendurado em um cavalete e mantido no lugar por uma série de braços mecânicos.

O traje tinha aproximadamente três metros de altura. O torso era formado por duas partes, uma da frente e uma de trás, penduradas juntas. Os membros estavam separados e suspensos em posições que faziam o traje inteiro parecer o diagrama de um corpo durante uma explosão. Sobre tudo isso, havia o capacete, uma cúpula de aço com a face transparente. Os segmentos pareciam ter sido reaproveitados, usando peças de alguns guardiões mecânicos e embelezados pelos toques habituais do Charada.

Um painel de controle em forma de interrogação havia sido construído no chão, junto ao cavalete, e tinha apenas um botão — o ponto na parte de baixo da curva reversa do ponto de interrogação. Estava piscando num tom brilhante de verde.

Não é exatamente sutil, não que eu deva me surpreender.

Da parte escurecida no fundo da sala, vinha o som de água correndo. Passou pelo cavalete e viu que o piso acabava abruptamente depois de cerca de dois metros e meio. Além dele, havia água corrente, um rio subterrâneo com aproximadamente quatro metros de largura, vindo de uma grade na parede à esquerda dele. Não tinha como saber a profundidade do rio, ou para onde ia depois de passar pela parede à direita, mas percebeu que não havia grade alguma nesse lado.

No lado de fora, alguma coisa explodiu.

Robin saiu correndo da loja e viu o fogo engolindo a vitrine mais afastada no lado oposto do lugar. Tijolos choviam do teto e os *banners* mais próximos à explosão estavam pegando fogo.

Outra explosão, na vitrine virada de frente para a anterior, fez com que mais tijolos caíssem do teto e criou um novo incêndio no lado mais próximo dele do lugar. Uma terceira detonação aniquilou o Almoço do Leandro e fez parte do teto desabar. Junto com tijolos e vigas de ferro, pedaços enormes de concreto e pedras caíram sobre as áreas de trabalho do Charada. A mesa de química foi destruída por uma viga de ferro, e hidrogênio que estava escapando de um tanque quebrado começou a pegar fogo. A detonação secundária dos reservatórios químicos destruiu a prateleira de computadores e ferramentas.

Outra explosão, a apenas duas vitrines à direita de onde Robin estava, deixou-o atordoado. Voltou para dentro da loja para se proteger quando um pedaço de concreto do tamanho de um carro caiu no chão e se despedaçou. Estilhaços lançados por ele destruíram a vitrine da loja.

— *Realmente* não é sutil, Charada — disse, esperando que o lunático pudesse escutá-lo. Uma quinta explosão espalhou uma pilha de guardiões mecânicos descartados e começou um incêndio perto do canto que levava de volta para o poço de ventilação.

Naquele ponto, todas as opções dele haviam desaparecido — exceto a mais óbvia. Se Robin não vestisse o traje robótico, Wonder City iria desabar sobre ele. Não fazia sentido hesitar ou tentar descobrir outra coisa a fazer.

Virou-se e correu até o cavalete. Havia marcas em forma de pés no piso do traje. Robin apertou o botão verde que estava piscando e montou na estrutura, girando para colocar os pés exatamente sobre as marcas. Levantou os braços na posição que parecia ser a certa. Com um gemido mecânico, as máquinas se ativaram. Um braço posicionou a parte da frente do torso, e Robin levou um empurrão nas costas quando a parte de trás se chocou contra ele. Com isso, encolheu os ombros para ficar na posição certa. Escutou uma série de estalos e apitos enquanto as peças se juntavam.

Em seguida, os braços e pernas dele foram envolvidos, sob um coro de barulhos contínuos de trancas. Outra explosão fez desabar a maior parte do teto do lado de fora, mergulhando o lugar na escuridão. A única coisa que Robin podia ver era o arranjo de luzes nos braços mecânicos e o brilho firme do botão no painel de controle. Sentiu luvas sendo colocadas sobre as mãos, e quando flexionou os dedos escutou o barulho de metal se arrastando. Então foi erguido no ar e botas pesadas foram colocadas bruscamente nos seus pés.

Olhou para cima e teve que suprimir um momento de pânico enquanto o contorno escuro do capacete descia. O capacete posicionou-se sobre um anel em volta do pescoço das peças do torso, girando trinta graus e travando no lugar.

Do lado de fora, o fogo havia atingido a vitrine da loja em que estava. Isso forneceu luz, e agora podia enxergar de novo, mas também significava que logo seria assado dentro do traje, ou esmagado quando o teto acabasse de desabar. Em breve, essa parte de Wonder City se transformaria em escombros.

Imaginou se parte de Arkham City acima dele estaria caindo por um ralo gigantesco. Se conseguisse sobreviver à próxima hora, talvez passasse por lá para checar.

Ar entrou assoviando dentro do traje, e os ouvidos de Robin estalaram. O aparelho estava sendo pressurizado, e ele escutou dezenas de pequenos ruídos enquanto as travas e junções se alinhavam. O cavalete o colocou no chão e quase imediatamente o chão começou a tremer. Soava como se um desabamento maior estivesse acontecendo no lado de fora, mas não podia ver nada pelas janelas bloqueadas.

Virou-se. O traje se movia lentamente, com cuidado. Robin ergueu os braços da peça e viu que tinha armas de energia acopladas como as do guardião que havia ameaçado Arlequina.

O Charada o havia armado?

Isso não parecia certo.

Não conseguia localizar nenhum mecanismo de controle ou de disparo.

Por trás dele, a fachada da loja desabou. Um pedaço do teto atingiu o traje no ombro, com força o bastante para matá-lo caso não estivesse com a armadura.

Era hora de ir embora.

Robin foi até a margem da água. Parou uma última vez, pensando furiosamente, tentando encontrar uma solução melhor.

O chão tremeu com outro desabamento.

— Lá vamos nós — Robin disse. Avançou sobre a água e se deixou cair.

RyderReport.com
Postado por JKB
Quarta-feira, 2:59 p.m.

Contagem regressiva... estaremos próximos de um quinto assassinato? Ou o Batman vai finalmente controlar a situação?

Ele foi visto há poucos minutos indo em direção a Burnley. Não é uma área de muita criminalidade, está mais para o tipo de lugar onde moraria um profissional de tecnologia. Ou alguém que trabalhe com *design* e talvez tenha escolhido o cliente errado.

Isso soa familiar?

O Batman saiu depois de se encontrar com o comissário Gordon no lado de fora do Gotham Casino. O que pode ter ocorrido lá dentro, nós não sabemos, mas os policiais ficaram para trás depois da partida do vigilante. Em uma demonstração bizarra de força, eles invadiram o cassino com várias unidades da SWAT e uso liberado de gás lacrimogêneo. Falaremos mais sobre isso quando recebermos imagens dos repórteres na área.

Um repórter na região do cassino tentou seguir o Batman, mas não teve cavalos de força o bastante para acompanhá-lo. De acordo com relatos da internet, entretanto, ele deixou o Batmóvel e desapareceu por cima de um terraço. Estamos pedindo a qualquer um na região de Burnley para olhar pela janela e, caso consiga ver o Batman, tirar uma foto e nos enviar na mesma hora.

Por favor, por favor?

Jornalismo civil!

O que o Batman está aprontando?

As melhores fotos ganham entradas para o programa do Jack!

Levando em conta o tempo, ele deve estar na cola do assassino, que talvez seja o Pistoleiro, talvez não, dependendo de a quem for feita a pergunta. Alguns relatos estão dizendo que é o Exterminador, e outros ainda alegam que é um novo vilão na parada que pretende continuar o trabalho do Coringa.

Um novo vilão. É tudo o que Gotham precisa.

Vamos continuar a acompanhar todas essas histórias enquanto surgem, e quando tivermos alguma que alcance os padrões de evidências do ***Ryder Report's***, vamos repassá-las imediatamente para vocês. Enquanto isso...

Olhe pela sua janela e, se vir o Batman, tire uma foto e nos envie na mesma hora.

Vocês podem fazer isso por nós?

22

00:12:58

O comissário Gordon e alguns de seus policiais estavam em espera, aguardando que Batman lhes entregasse os restos de vilões que encontrasse, então quando Batman ligou para Gordon da rua em frente ao cassino, não teve que esperar muito tempo para que chegassem.

— O Chapeleiro Louco está lá dentro, no mezanino — ele disse enquanto Gordon saía do carro que liderava o comboio.

— Ele está só parado lá, ou tem alguma coisa que você queira acrescentar?

— Ele não vai resistir à prisão, ele já foi longe demais — Batman respondeu. — Além disso, fique atento à área do cassino. Apesar de o Chapeleiro Louco não ser uma ameaça agora, ele tem um grupo de lacaios armados com facas que sofreram lavagem cerebral.

— A gente vai cuidar deles — Gordon disse. Acenou e equipes da SWAT começaram a sair de dois veículos de transporte de pessoal que haviam sido estacionados do outro lado da rua.

— Alguns deles vão precisar de cuidados médicos — Batman acrescentou enquanto os preparativos estavam sendo feitos. Ficou com medo de que Gordon talvez usasse mais força que o necessário, talvez para provar que estava com a situação sob o *seu* controle.

— Eu disse que vamos cuidar deles — Gordon respondeu com firmeza, lançando um olhar para Batman. — Só encontre o Charada. — Olhou ao redor. — Cadê o Robin?

— Ele ainda está tentando escapar. Onde está Pierre Ouellette?

Gordon tirou os óculos e esfregou o nariz.

— A gente já conversou sobre isso — disse. — Ouellette está seguro, e ele vai continuar exatamente onde está até que...

— Comissário, com todo o respeito, você acha que Pierre Ouellette está seguro mesmo sabendo que tem um infiltrado na sua equipe? — Ficava triste por ter que dizer aquilo, mas não conseguia ver nenhum outro jeito de seguir adiante. Antes, Gordon estava protegendo Ouellette e arriscando com as probabilidades. Agora, não havia probabilidades. O homem era o próximo alvo do Pistoleiro, e Gordon estava impedindo Batman de entrar em confronto com o assassino.

Gordon olhou para Batman rangendo os dentes e com fogo nos olhos.

— Não me diga como fazer o meu trabalho — disse.

Batman segurou a língua para se impedir de dar uma resposta atravessada enquanto policiais uniformizados liderados por equipes da SWAT estavam invadindo o cassino pela porta da frente. Escutaram um estampido, e logo em seguida o odor forte e inconfundível de gás lacrimogêneo sendo soprado pela entrada arrombada.

O problema, Batman pensou, *não é que eu esteja falando pra Gordon como fazer o próprio trabalho. É que ele é irritadiço e defensivo demais pra sair do meu caminho.* Isso era comportamento arraigado de policial. Eles eram ensinados a suspeitarem quando trabalhavam com outras agências — ou indivíduos. Se alguém encerrasse o caso e prendesse os responsáveis, aquilo não era bem visto pela imprensa, e não caía bem quando chegava a hora de analisarem o orçamento.

— Não, eu não vou dizer pra você como fazer o que você faz — disse enquanto o barulho de armas automáticas sendo disparadas ecoava lá de dentro. Um helicóptero da imprensa estava voando em círculos sobre eles, e pelo menos dois repórteres observavam a conversa dele com Gordon. — O que eu *estou* dizendo pra você é que faltam menos de dez minutos pra que o contador chegue a zero de novo. Você precisa confiar em mim.

Gordon pensou por um longo momento.

A contagem estava diminuindo.

Ele deu o endereço a Batman.

Esse é o último favor que vamos conseguir de Gordon, pelo menos por enquanto, Batman pensou enquanto saía em disparada com o Batmóvel da frente do cassino. *Se é que* foi *um favor. Pode ter sido uma medida de autopreservação.*

Afinal, se Batman fosse atrás do Pistoleiro e não conseguisse pegá-lo, Gordon continuaria com o moral elevado. Ele havia partilhado informações importantes e não era culpa dele se Batman não tinha conseguido o que queria.

Não podia culpar Gordon por uma manobra como essa — não de verdade. Ele tinha que controlar um departamento e lidar com as políticas da cidade. Batman não tinha que levar em consideração fatores como aqueles em suas tomadas de decisão.

Ele respondia às pessoas de Gotham.

00:04:07

Ele estacionou o Batmóvel em uma rua secundária silenciosa no bairro de Burnley, não muito longe do novo quartel-general da polícia de Gotham. Estava a um quarteirão do endereço que Gordon havia lhe dado. Naquela parte de Gotham, os cidadãos cuidavam de seus assuntos sem serem afetados pelos estratagemas do Charada e dos membros do submundo malevolente de Gotham... pelo menos na maior parte do tempo.

As ruas eram limpas e as fachadas de tijolos dos prédios bem cuidadas. A maior parte deles tinha pequenos jardins na frente, e os carros estacionados nas ruas eram melhores que os de outras partes da cidade. Ali moravam as pessoas que mais desconfiavam do Batman, porque estavam em sua maioria isolados das degradações diárias do crime e da pobreza. Mas ele as protegia mesmo assim.

Deslizou por um beco e subiu por uma escada de incêndio que passava por trás de um velho galpão que estava sendo transformado em um conjunto de *lofts*. O abrigo ficava no edifício ao lado, no quinto andar voltado para o beco. Batman parou em meio às sombras, olhando a região, observando cada detalhe. Não havia nada fora de ordem, mas, se o Pistoleiro estivesse envolvido, ele poderia achar uma posição a quarteirões de distância para atirar. Observou os terraços que poderiam fornecer uma visão da única janela do abrigo, mas não viu nada mais incomum que fileiras de pombos. Isso era bom. Se alguém estivesse naqueles terraços, os pombos não ficariam onde estavam.

— *Um minuto* — a Oráculo disse pelo fone.

A intenção do Batman era interceptar o Pistoleiro, ou quem quer que fosse o assassino do Charada, mas tinha pouco tempo e não estava vendo ninguém para interceptar. Então mudou de abordagem.

Esperou, empoleirado no corrimão da escada de incêndio.

Quarenta e cinco segundos.

Trinta.

Quinze... Dez.

Quando estavam faltando cinco segundos, ele se lançou do corrimão e invadiu o abrigo pela janela. Era um apartamento pequeno. Tinha uma pequena área de cozinha com um balcão que a insulava e um sofá-cama. Pierre Ouellette estava sentado no sofá-cama, com os olhos arregalados e aterrorizados, encarando a figura que pairava sobre ele.

Com uma pistola apontada para a sua cabeça.

O Pistoleiro não havia mudado muito desde a última vez em que Batman o havia visto. Ainda usava o mesmo monóculo com lente avermelhada, o mesmo figurino pseudomilitar, as mesmas armas acopladas no pulso, até tinha a mesma barba por fazer.

— Oi, o Charada disse que talvez você aparecesse por aqui — ele disse.

— Qual é o problema, Pistoleiro? — Batman respondeu. — Não confia mais na própria pontaria, pra ter que chegar perto da vítima?

— Por favor — Ouellette gemeu. — Não me mate. Eu não fiz na...

O Pistoleiro bateu nele com a coronha da arma.

— Você cala a boca! — Olhando para Batman, disse: — Você quer fazer piada comigo? Eu ainda estou devendo uma pra você, meu amigo. Você me fez errar aquele repórter... qualéonomedele?... Ryder. Agora eu tenho que escutar esse cara tagarelando no rádio vinte e quatro horas por dia, e se eu já não estivesse doido antes, isso teria dado conta do negócio.

— Todo mundo tem desculpas — Batman respondeu. — Só os fracos usam elas.

— Certo, doutor — o Pistoleiro disse.

— Qual é a dessa pistola? Por que você não usa as que estão presas no seu braço?

— É um cartão de visitas — o Pistoleiro respondeu, encolhendo os ombros. — Munição especial.

— Como as com as iniciais?

— Ei, quando você está trabalhando de *freelance*, você precisa de toda a publicidade que puder conseguir. Agora, quem é que eu vou matar aqui? — Virou a pistola de Ouellette para Batman e depois voltou. O movimento foi suave demais para proporcionar alguma oportunidade para Batman. — Será que eu devo matar vocês dois?

— Então você tem um problema — Batman respondeu. — Se você atirar nele, eu vou derrubar você. Mas se você vier pra cima de mim primeiro, eu ainda vou derrubar você, e ele vai fugir.

— Você vai me derrubar? — o Pistoleiro riu ironicamente. — Eu gostaria de um desafio, mas você está certo, eu tenho que garantir que esse cara não fuja. Hummmm. — Coçou a lateral da cabeça com o cano da arma. — Ah! Já sei.

Apontou a arma para baixo e atirou no pé de Ouellette.

O grito de Ouellette durou um pouco mais que o barulho do disparo. Também durou mais tempo do que Batman precisou para saltar da janela até o sofá-cama e tirar a arma da mão do Pistoleiro com um golpe. Ouellette estava rolando pelo chão, ainda gritando, quando o Pistoleiro bateu o antebraço esquerdo contra o nariz de Batman.

Ambos os antebraços do Pistoleiro estavam revestidos por proteções de aço para as armas do pulso. Batman sentiu alguma coisa se partir no nariz. Uma dor lancinante fez com que a visão dele ficasse branca por um momento, e os olhos lacrimejaram. Lançou-se para trás, atracando-se com o oponente.

Estava prendendo os dois pulsos do Pistoleiro com as mãos, para impedir que ele utilizasse as armas. Se tentasse usá-las, a explosão resultante provavelmente arrancaria as mãos do Pistoleiro. Então ele não atirou.

Ao invés disso, atacou com a cabeça. Batman se virou bem a tempo para evitar o golpe contra o nariz, que já estava sangrando.

— Eu disse pra você que a gente ainda tinha assuntos a resolver — rosnou o Pistoleiro.

O Pistoleiro soltou o braço esquerdo. Apontou a arma do pulso para Batman, que se lançou para a esquerda. A arma disparou, abrindo um buraco no piso. Batman impeliu o torso para a frente, jogando o Pistoleiro para trás. A arma do pulso continuou atirando enquanto ele cambaleava, atingindo as paredes e o teto do apartamento.

Batman continuou segurando o pulso direito do Pistoleiro, usando-o como apoio para fazê-lo girar. Colocou a cabeça por baixo do braço direito do Pistoleiro e o ergueu no ar, depois o bateu contra a bancada da cozinha com força suficiente para rachar o tampo de granito.

A arma do pulso parou de disparar, ou porque havia ficado sem munição ou porque o impacto contra a bancada havia interrompido o controle dos disparos do Pistoleiro. Batman o golpeou com o antebraço na garganta e em seguida lhe deu três socos como se fossem bate-estacas, bem no rosto. O último deles quebrou o monóculo e fez a cabeça do Pistoleiro quicar contra o granito com força o bastante para que o olho visível dele girasse na órbita por um longo momento antes de voltar preguiçosamente e focar no adversário.

— Você tem duas opções — Batman disse. — A gente pode conversar, ou eu posso continuar batendo em você.

— Você me fez errar de novo — o Pistoleiro respondeu, asperamente.

Ouellette não estava mais gritando, mas ainda gemia, agarrando o pé.

— Pelo menos você acertou o pé dele — Batman comentou. — Isso deve servir de consolo quando você acabar voltando pra Blackgate.

— Tanto faz — o Pistoleiro disse. — Eu só fico lá enquanto eu quiser. É que nem Arkham City, lembra?

— Me diz uma coisa — Batman mudou de assunto, ignorando o sarcasmo. — Por que o Charada mandou você em uma série de assassinatos cronometrados... exatamente como o Coringa fez quando ele e a TYGER estavam no comando aqui? O Nigma não consegue ter ideias próprias?

— Você é o melhor detetive do mundo, não é? Você vai descobrir o porquê, não tem nenhum motivo profundo ou complicado aqui. — A voz dele foi ficando mais clara enquanto se recuperava dos efeitos dos golpes de Batman na garganta. — O Charada está fazendo isso porque quer ser o novo Coringa. Ele quer mandar no espetáculo. O único jeito de ele conseguir isso é fazendo com que todo mundo saiba que ele pode dar conta de você e do Robin, dar conta do Gordon, e fazer vocês todos dançarem de acordo com a música dele. Como o Coringa costumava fazer.

A expressão no rosto do Pistoleiro demonstrava uma decepção real.

— Eu achava que você já tinha se dado conta de tudo isso. — Balançou a cabeça. — Você sai procurando numa tangente, procurando razões profundas, obscuras, quando a verdade simples está bem ali, olhando pra sua cara.

Ele estava certo.

A resposta estivera bem na frente deles o tempo inteiro, e ele havia se recusado a enxergá-la. Os paralelos estavam lá desde o começo — a bomba no cofre do Gotham Merchant's Bank, a caçada ao Crocodilo, a pesquisa do Senhor Frio. O quebra-cabeça não tinha sido tão difícil. Ele só havia se recusado a resolvê-lo.

Não conseguia admitir que o Charada estava almejando a posição do Coringa na hierarquia do submundo, porque admitir aquilo significava admitir que o Coringa se fora.

— Eu já vi esse olhar antes — o Pistoleiro disse. — Você estava pensando que o Charada estava só querendo fazer um joguinho perverso. Pensa de novo, meu amigo. Ele está querendo chegar ao topo, e é isso que ele está tentando dizer pra você o tempo todo. Cara, espera até essa notícia se espalhar!

Ele começou a rir. Batman puxou o braço e o nocauteou com apenas um soco, descontando toda a raiva e frustração — e sim, vergonha — que estava sentindo no golpe.

O Pistoleiro caiu no chão ali.

— *Agora* resolvemos os nossos assuntos — Batman disse.

Escutou soluços vindos do canto do apartamento.

— Você, hã... eu achei que você não fazia coisas assim — Ouellette disse. Batman se virou, e o homem não conseguia olhá-lo no olho.

— Você pensou errado — respondeu.

Depois abriu a janela com um chute e foi embora.

<click>

Aqui é Vicki Vale. Ainda estou em algum lugar nos túneis de acesso, acho que debaixo da siderúrgica. Definitivamente em Arkham City. Eu não vi o Phil. Não vi ninguém desde que saí da sala com o Robin e a Arlequina.

Tem coisas se mexendo na escuridão.

Talvez sejam mais daqueles robôs.

<click>

Anotações da reportagem. O Robin estava em uma sala com decoração vitoriana, com uma mesa posta e retratos nas paredes. Ele comeu um papel que tinha as palavras ME COMA escritas. Lutou com a Arlequina pra me libertar. Eu devo uma a ele por isso. Eu acho que ela realmente ia me matar.

Esse era o plano do Charada? Eu acho que não. Ele não teria me trazido até embaixo de Arkham City só pra me matar. Ele queria que eu conseguisse uma reportagem, e eu consegui uma. Se eu conseguir sair daqui.

<click>

Merda, queria que o meu celular tivesse sinal aqui embaixo. Não tem nenhuma torre aqui em Arkham City? Meu Deus.

Anotações da reportagem. A Arlequina e o Robin foram interrompidos por um guardião mecânico. Foi assim que Robin chamou. Um robô de Wonder City. Ele já foi lá. Quando eu sair daqui — se eu sair daqui —, essa vai ser a minha primeira entrevista. Encontrar o Robin, e saber sobre Wonder City, descobrir se as lendas sobre ela são verdadeiras.

Ele continuou por lá pra procurar o Charada, mas tinha que resolver uma espécie de quebra-cabeça na sala. Alguma coisa a ver com um relógio?

Eu nunca cheguei a ver o Charada. A Arlequina tinha ideias próprias. Eu não acho que ela seja fã do Charada. Ela ainda está presa ao Coringa — o "Pudim" dela —, e além disso ela é doida até dizer chega. Eu ainda consigo sentir a lâmina daquele machado se cravando no bloco de madeira ao lado da minha cabeça.

Nota: Vou precisar de um novo corte de cabelo antes de aparecer em frente às câmeras de novo. A Arlequina me deixou com um corte assimétrico, e isso nunca foi muito do meu estilo.

Phil. Espero mesmo que ele esteja bem.

<click>

Parece que tem uma luz mais à frente. Luz do sol, quero dizer. E também não estou mais vendo pontos de interrogação. Acho que essa é a saída.

<click>

23

Batman informou a Gordon que Pierre Ouellette ainda estava vivo e que o Pistoleiro estava esperando uma carona para Blackgate.

Estava furioso consigo mesmo por ter perdido o controle. O nariz estava doendo violentamente, e embora o sangramento houvesse parado, não seria capaz de colocá-lo no lugar até voltar à caverna.

No caminho de volta, no Batmóvel, ligou para a Oráculo.

— Tem mais algum outro nome na lista? Algum número que tenha feito múltiplos contatos com a Conundrum?

— *Não* — ela respondeu. — *Encontrei todos eles, e prestei conta de todos. Mas perdi o contato com o Robin. Durante um tempo, consegui encontrar um sinal bem forte do comunicador dele, mas ele foi cortado há cerca de vinte minutos. Além disso, tem outra coisa que você deveria saber. O aplicativo do contador acabou de se autodeletar.*

Havia duas razões possíveis para aquilo. Ou Ouellette era o último nome da lista, logo a razão para a existência do aplicativo havia desaparecido... ou o Charada havia inserido uma medida de segurança no programa e deletado o aplicativo quando Batman interrompeu o último ataque.

Estava inclinado a acreditar na primeira possibilidade, e a Oráculo concordava com ele.

— *Se tivesse mais alvos por aí, o Charada teria algum tipo de plano reserva pra lidar com a interrupção* — ela disse. — *Como o robô guardião que enviou pra interromper a Arlequina.*

— Se é que foi realmente isso o que aconteceu — Batman replicou. — Por tudo o que sabemos, os dois encenaram aquele pequeno espetáculo.

— *Mas a cena com o Pistoleiro não foi planejada* — Oráculo respondeu. — *Ele ia matar Ouellette.*

Batman quase escutou um estalo no próprio cérebro.

— É, ele *achou* que ia. Mas e se o Charada quisesse que eu parasse ele? Isso tira o Pistoleiro da jogada, queimando outro arquivo. — *Mas por que o Charada deixaria Ouellette vivo?*, perguntou-se. — Pierre Ouellette tem informações que o Charada quer que cheguem até mim.

— *O meu pai está chegando no abrigo agora, com uma ambulância* — informou a Oráculo. — *É melhor encontrar eles antes que a equipe de emergências médicas dope Ouellette e ele esqueça o que quer que seja que você precisa saber.*

Batman chegou a tempo, mas por pouco.

— Espera — disse para um paramédico que estava colocando Ouellette dentro da ambulância. — Vocês deram algum calmante pra ele?

— Não, não deram — Ouellette reclamou. — E eu queria pra cacete que eles me dessem.

— Bom — Batman disse. Subiu na parte de trás da ambulância e lançou um olhar para o paramédico.

— Vou precisar de um minuto aqui.

Sem dizer nenhuma palavra, o paramédico recuou, e Batman fechou a porta da ambulância.

— O que... o que está acontecendo? — Ouellette perguntou, com os olhos arregalados e vermelhos. — Eu estou com um buraco no pé. Preciso ir pro hospital.

— A maior parte das pessoas que atravessam o caminho do Pistoleiro acabam com buracos em lugares piores — Batman disse. — Mas nós podemos ser rápidos, contanto que você me dê algumas informações. O que você fez pro Charada?

— Não mesmo. Sem chances — Ouellette respondeu. — Eu já tomei um tiro. O que você acha que ele vai fazer se souber que eu falei com você?

— Ele vai assumir que você fez isso de qualquer jeito; se ele tem alguém de vigia, ele sabe que estou aqui — Batman disse. — Pelo outro lado, se você me ajudar, vou poder encontrar ele. Então ele não vai ser mais um problema seu.

— Se você encontrar ele, claro. — Ouellette estava entrando em pânico. — Mas você não encontrou ele a tempo de impedir que eu levasse um tiro, encontrou?

— Eu encontrei você a tempo de impedir que você fosse morto — Batman argumentou. — Encare isso, ele já decidiu que você tem que morrer. Você acha que ele vai mudar de ideia agora? A sua única chance é me dizer o que você sabe.

Ouellette olhou de cima da maca, aterrorizado e confuso. Apesar da ligação com o Charada, Batman sentia pena dele, mas não podia deixar que Ouellette visse isso. Não sairia da ambulância sem algumas respostas.

— Ele, hã... ele tinha um grande laboratório lá em Wonder City — Ouellette começou. — Eu nem sabia que Wonder City era real, mas ele veio, me pegou e me levou lá pra baixo. Ele me fez mexer numa armadura robótica antiga, trocar os fios dela pra que pudesse funcionar remotamente.

— Um dos guardiões mecânicos?

— É, acho que era assim que ele chamava os robôs. Tinha pôsteres lá embaixo com fotos deles. Coisas antigas. Fiquei surpreso pelo fato de qualquer um deles funcionar, mas ele, o Charada, disse que estava colocando alguns deles pra funcionar de novo. Disse que era pra um espetáculo, como se fosse ter um circo ou algo do tipo lá embaixo. Mas ele me fez jurar que ia manter isso em segredo. Quando ele fez isso, foi assustador: tinha alguma coisa nos olhos dele. — Ouellette começou a respirar com força. — Olha, Batman, eu não sabia...

— Me poupe — Batman disse. — Você não se importou, é isso que você quer dizer. Contanto que o cheque tivesse fundos. — Abriu a porta da ambulância. — Pessoas já morreram por causa do que você fez. Talvez mais ainda morram. Pense sobre isso quando estiver choramingando por causa do seu pé.

Saindo da ambulância, disse para o paramédico:

— Ele é todo seu.

O paramédico olhou para além dele, como se quisesse garantir que Batman não havia feito nada de horrível lá dentro. Vendo apenas Pierre Ouellette moroso e sofredor, entrou na ambulância, fechou as portas, e o veículo foi embora.

O comissário Gordon estava esperando.

— Qual foi o motivo disso?

— Eu descobri uma coisa, comissário — Batman disse. — Mas não tenho certeza absoluta do que seja.

— Se eu quisesse enigmas, compraria um jornal — Gordon respondeu.

— Temos enigmas pra resolver quer queiramos ou não, Jim, mas uma pequena peça de um deles acabou de se encaixar. Ouellette ajudou o Charada a trocar os cabos e possivelmente a fazer a programação de alguns dos antigos guardiões mecânicos, lá em Wonder City. — Batman informou.

— Por quê? Pra construir uma espécie de exército de robôs? Isso não é do estilo do Charada.

— Concordo — Batman disse. — É por isso que disse que não tenho certeza absoluta.

Saindo do alcance dos ouvidos dos outros, Batman ligou para a Oráculo para descobrir se ela havia conseguido localizar Robin. Ela não havia.

Dois ordenanças da polícia trouxeram o Pistoleiro de dentro do prédio, amarrado a uma maca. Haviam arrancado as armas do pulso, mas deixaram o monóculo. Enquanto passavam, ele virou a cabeça na direção de Batman.

— Você me fez errar duas vezes — disse. — Não vai acontecer de novo.

Ocorreu a Batman que talvez devesse ter deixado que o Pistoleiro eliminasse Jack Ryder. Isso teria causado duas coisas — ambas positivas. Primeiro, o Pistoleiro não teria guardado rancor e talvez ficasse mais feliz de ficar em Blackgate. Segundo, Jack Ryder não estaria poluindo o ar de Gotham com a egomania tóxica dele.

De repente, sentiu alguma coisa virar na cabeça dele, uma sensação quase física, e percebeu que estava pensando como um de seus inimigos — havia dedicado a própria vida a impedir pessoas como aquelas. Não era da espécie de homem que manipulava os inimigos um contra o outro, ou que sacrificava vidas para conquistar objetivos. Ele *não podia* ser assim. Defendia algo além disso. Mas a linha de pensamento havia surgido com facilidade na cabeça dele, havia sido tão sedutora... quase como se tivesse uma outra consciência.

Agitado, sentindo uma inquietação profunda, Batman articulou o pensamento.

É assim que o Coringa pensaria.

Será que era assim que se internalizava tão profundamente um inimigo a ponto de, quando o inimigo desaparecesse, mantê-lo vivo? Batman sabia que não tinha o tempo livre necessário para perseguir o fantasma do Coringa dentro da própria cabeça. Tinha que se manter focado — mas vez por outra, sentia a presença do Coringa. Um psiquiatra talvez chamasse aquilo de estresse pós-traumático, mas se fosse esse o caso, sofria de estresse pós-traumático desde a infância.

A vida inteira dele havia sido guiada pela presença dos mortos.

Mas agora Batman não tinha tempo para psiquiatria. O Pistoleiro ainda estava olhando para ele enquanto os ordenanças o empurravam até uma ambulância blindada para transportá-lo até o hospital de segurança de Blackgate.

— 'Tá pensando no quê? — o Pistoleiro perguntou, zombando dele de novo.

Com o canto do olho, Batman viu que Gordon os estava observando. Ele esperou até que a ambulância da prisão fosse embora, depois se aproximou.

— Aquilo era sobre o quê? — perguntou.

— O Pistoleiro teve um momento de perspicácia — Batman respondeu.

— Isso é tudo o que você vai me dizer? — Gordon parecia irritado. — Eu ganho um sermão sobre confiança, dou o endereço do lugar pra você... e você me diz "O Pistoleiro teve um momento de perspicácia".

— Eu ainda estou tentando entender, comissário — Batman disse.

— Bem, entenda rápido — Gordon respondeu. — Eu estou sem nenhuma ideia.

Eu estou deixando alguma coisa passar, Batman pensou. O Pistoleiro estava certo. O Charada o havia relembrado dos maiores sucessos do Coringa... mas qual era o grande final? Não havia mais nenhum quebra-cabeça, nenhum jeito de entrar em contato com Robin, ou de encontrar outra pessoa associada ao Charada.

Tudo havia ficado silencioso.

Isso, na experiência de Batman, significava que tudo estava prestes a ficar bem barulhento.

Levando-os ao Trask

Duane Trask, Gotham Globe Radio

"Interrompemos a nossa programação habitual para informar que Vicki Vale está viva e bem. Repito, Vicki Vale está saindo de Arkham City, e nós estamos com ela na linha, Vicki?

"*Duane! Passei por uma viagem e tanto nessas últimas horas, vou dizer pra você*".

"Aposto que foi. O que acha de inteirar a gente do assunto?"

"*Bem, eu estava lá, só uma repórter inocente a caminho de uma pequena entrevista com ninguém menos que o notório Charada. Estava com uma hora e um lugar, e um cinegrafista... ah. Phil. Alguém viu o Phil?*"

"Eu tenho más notícias, Vicki. São... bem, notícias terríveis. O Phil, bem... o Phil não sobreviveu".

"*Ah, não. Eu...*

Com licença... M-me desculpa".

"Não, não peça desculpas. Eu odeio ter que dizer isso pra você".

"*Eu... Ah, Phil. Quem...?*"

"A polícia ainda está investigando isso, Vicki. Isso é tudo o que sabemos. Escuta, quer fazer isso uma outra hora?"

"*Só me dá um segundo, Duane. Só... ok. Ok*".

"Sério, Vicki, se você..."

"*Me faça uma pergunta, Duane*".

"Ok, então. Você estava a caminho de uma entrevista com o Charada. O que aconteceu em seguida?"

"*Eu estava no metrô, na linha abaixo de Arkham City que foi fechada quando Hugo Strange construiu um muro na superfície. Eu olhei pra cima uma hora e o Phil simplesmente... desapareceu.*

Eu não sabia pra onde ele tinha ido, e não podia sair atrás dele porque tinha uma interseção de túneis e não sabia por qual deveria seguir. Então eu vi a Arlequina".

"A associada do Coringa? Encontrando com você como porta-voz do Charada?"

"*Eu acho que não. Ela... bem, ela estava falando muito. Se você já tiver visto alguma vez uma gravação dela, vai saber como é estranho o jeito como ela se comporta. Só que não estava vestindo o figurino normal dela. Estava vestida como a Rainha de Copas. Sabe, a de Alice*".

"Corte a cabeça dela!"

"*Isso não é engraçado, Duane*".

"Desculpa. Me desculpa. Ela disse isso?"

"*Hã-hã. Ela disse, sim. E ela estava com um machado, e ela... bem, ela teria me matado, mas o Robin me salvou*".

"Espera, espera. O Robin estava lá?"

"*Estava. Ainda está, por tudo o que sei. Ele estava passando por uma série de salas — todas elas eram desafios, eu acho, cada uma delas feita pra ser fatal. A Arlequina encontrou um jeito de entrar. Ela me arrastou pra uma com um tema vitoriano. Ela colocou a minha cabeça em cima de um bloco e ficou gritando, 'Corte a cabeça dela!' Tudo o que tem direito*".

"E o Robin salvou você?"

"*Hã-hã. Ele salvou. Então ele e a Arlequina lutaram, e — eu tenho umas fotos disso, na verdade, no meu celular*".

"Adoraríamos ver essas fotos".

"*Sem chance, Duane. Pelo menos não até o* De Olho em Gotham *pegar elas. Você sabe como isso funciona*".

"Com certeza, eu sei. Bem, então o Robin e a Arlequina lutaram, e...?"

"*Um guardião mecânico atravessou a parede e parou a luta. Entrou bem no meio deles.*"

"Espera, um guardião mecânico? Daqueles de Wonder City? Eles existem de verdade?"

"*Esse existia. Era operado remotamente, ou parecia que devia ser. O Robin parecia pensar que o Charada estava controlando ele. Estava meio convencido de que o Charada havia armado tudo aquilo, pra me usar por publicidade e mostrar o que está fazendo embaixo de Arkham City*".

"Bem, se esse for o caso, está funcionando. Parece uma história impressionante".

"*E foi. Já estive em muitos lugares estranhos cobrindo Gotham, mas nunca aconteceu de um personagem de baralho dar uma machadada contra a minha cabeça. Também não quero muito que aconteça de novo*".

"É um acontecimento pra colocar no livro de memórias. Talvez você se interesse por saber que o comissário Gordon acabou de arrastar o Chapeleiro Louco algemado pra fora do Gotham Casino".

"*Interessante. O Batman deve ter entrado em contato com o Robin de algum jeito, e os dois encaixaram as peças*".

"Talvez seja isso. Vamos todos esperar que seja o caso. Estamos perto do intervalo aqui, Vicki. Quais são os seus planos, agora que você está na superfície de novo?"

"*Eu vou encontrar uma carona e ir atrás dessa reportagem, Duane. Assim como você faria. Assim como o Phil faria... teria feito...*

Preciso ir. Obrigada por me colocarem no ar".

"Obrigado por ligar, Vicki. Vamos sair pra tomar uma bebida alguma hora. Eu não vou contar pro Jack".

"*Isso parece ótimo. Conversamos em breve*".

"Essa foi a Vicki Vale, pessoal. Ela sofreu uma emboscada armada pela Arlequina e aparentemente foi resgatada por ninguém menos que o parceiro do Batman, o Robin. Ela descreveu um labirinto subterrâneo de passagem embaixo de Arkham City, com armadilhas mortais e patrulhas dos lendários — vamos dizer míticos — guardiões mecânicos de Wonder City! Vocês conseguem acreditar? Ou será que a Vicki está fazendo o que a Vicki faz melhor, colocar-se no centro da reportagem?

Ih, caramba! Eu disse isso alto? Agora ela nunca vai tomar aquela bebida comigo".

24

Robin estava andando por baixo da superfície da água, ajudado pela correnteza. O rio subterrâneo trilhava um curso sinuoso por baixo das partes mais antigas de Gotham. O guardião mecânico era pressurizado e se movia tão facilmente debaixo d'água quanto no ar aberto — mais facilmente, na verdade, já que o empuxo diminuía o peso que devia carregar.

Enquanto caminhava, Robin viu partes da história da cidade presas na lama do chão do túnel. Ferramentas antigas, pedaços de maquinarias e aquisições mais recentes como sacolas plásticas e copos de isopor. Estava andando da forma como imaginava que um astronauta faria na lua, dando pequenos saltos com os braços abertos tanto para manter o equilíbrio quanto para se empurrar nas paredes encurvadas e se manter no centro do fluxo.

Perdeu a noção de quão longe havia ido, mas a noção de tempo ainda estava funcionando. Quando viu o que parecia ser a luz do dia à frente, estimou que devia ter se passado por volta de meia hora desde o momento em que havia saltado na água, ainda em Wonder City. Diminuiu o passo e se aproximou da abertura. De lá, a vista se abria em todas as direções.

Certamente, era o West River. Tinha que ser. O fundo estava repleto de todos os tipos de lixo que se imagina existir em um grande canal metropolitano — tudo desde detritos de construções a cascos afundados de barcos pequenos, passando por cabos grossos que se arrastavam da ilha de Gotham até a parte continental. A maior probabilidade era de que estivesse próximo aos túneis dos trens de passageiros que corriam por baixo da beira do rio, mas era difícil saber ao certo.

A correnteza do rio o empurrou para a frente e para fora da boca do túnel. Tentando evitar que afundasse demais na lama, escolheu com cuidado o caminho a seguir no fundo do rio, virando para a esquerda. Se o seu senso de direção estivesse intacto, era a direção em que Gotham devia estar. Cedo ou tarde veria as vigas dos píeres e poderia achar um caminho para subir pela beira do rio.

Tentou ligar para Batman, mas não conseguiu conexão. Algo na armadura devia estar comprometendo o sinal do comunicador. Será que isso fazia parte dos planos do Charada? Se fosse o caso, seria uma mudança tática — até então, ele estava feliz por manter Batman e Robin em constante contato.

Mas o problema no aparelho de comunicação não era acidental. *Nada* até então havia sido acidental — nem mesmo a aparição da Arlequina. Quanto mais pensava sobre aquilo, mais convencido ficava de que o Charada havia armado toda aquela situação. Fazia sentido por dois motivos. Primeiro, para fazer com que Vicki Vale desse a publicidade gratuita que o Charada tanto ansiava, especialmente se havia decidido ser o próximo manda chuva do crime em Gotham.

Segundo, porque havia focado a atenção de Robin nos guardiões mecânicos. Se não houvesse visto aquele na sala de chá, Robin pensou, talvez não houvesse notado a armadura reconstruída em Wonder City.

E, nesse caso, estaria morto.

O Charada não queria isso.

Pelo menos não ainda.

Um contorno escuro se elevou na água imunda. Aproximando-se, Robin viu que era o pilar de uma ponte — em sua maioria feito de pedra, ao estilo do começo do século XX. Isso o colocava mais ou menos no meio do caminho até a ilha. Teria que passar por ela e ir para a esquerda, seguindo em direção à antiga orla do rio. Ainda havia muitos píeres em atividade por lá, embora a maior parte do tráfego cargueiro de Gotham entrasse e saísse pelo lado leste da ilha.

Subiu em uma ensecadeira meio submersa, provavelmente abandonada quando a ponte estava sendo construída, e no outro lado dela encontrou uma empilhadeira, um emaranhado de vergalhões encurvados e um amontoado de tambores de duzentos litros corroídos, um deles com um esqueleto dentro.

Venha a Gotham pela história da cidade, pensou.

Alguns minutos depois encontrou as estacas do píer. O rio havia sido dragado naquela parte até chegar a cerca de dez metros de profundidade, para acomodar navios de carga. Olhando para cima, Robin não conseguia ver a superfície, mas conseguia ver luz. Agarrou-se em uma das estacas e começou a escalar aos poucos. A armadura era mais do que forte o bastante para conseguir erguer o próprio peso.

Logo viu uma escada que começava pouco acima da cabeça dele, cravada na madeira, e pegou a barra de baixo. Ela se partiu. Havia puxado com força demais. Então subiu mais além na estaca e se segurou na parte de fora da escada, que era feita de um aço mais forte que as barras. Ela se manteve firme, e ele a usou para subir o resto do caminho até a superfície.

Era uma tarde clara e ensolarada em Gotham.

Ótimo, pensou. *Finalmente um dia ensolarado, e eu estou preso aqui dentro.*

Robin piscou ao ver a luz do sol. Havia estado ou embaixo da terra ou embaixo da água o dia inteiro. Enquanto escalava a escada, sentia a armadura ficando mais pesada e atrapalhada em volta de si ao sair da água.

O píer estava vazio, exceto por rolos de cordas e uma pilha de contêineres alinhados na beira do rio, mais à frente da correnteza. Tentou ligar para Batman de novo, mas ainda não estava conseguindo fazer o comunicador funcionar. Olhou para a esquerda e viu Arkham City, que parecia exatamente igual a como estava de manhã. Toda a agitação e as explosões não haviam deixado marcas no nível do solo.

Virando-se mais, completou um círculo. O sol da tarde revelou algo que não havia visto quando a armadura estava sendo colocada em volta dele na escuridão de Wonder City. Gravada levemente na parte de dentro do painel do capacete, havia a palavra PUPA. Imediatamente, Robin se lembrou do quebra-cabeça I AM LARVAL.

Realmente haviam se passado apenas algumas horas desde quando o havia visto pela primeira vez, na Batcaverna?

Robin tentou se lembrar qual era o próximo estágio. Larva, pupa... não conseguia lembrar. Parecia que provavelmente era bastante importante, se o Charada havia se dado ao trabalho de colocar Robin em um casulo feito de guardião mecânico.

Qual era aquela palavra...?

Um caminhão estacionou na base do píer. Era um veículo da cidade, com dois homens na cabine, que provavelmente haviam vindo fazer algum trabalho. Viram Robin — ou melhor, viram o guardião mecânico — e o caminhão parou cantando pneu. O motorista fez a manobra para dar meia-volta com pressa e saiu correndo dali. Enquanto estava virando na pista de acesso à beira do rio, Robin viu o passageiro falando no celular.

Por um momento, isso o deixou preocupado, depois percebeu que a Oráculo sem dúvidas escutaria o conteúdo daquela ligação e entraria em contato com Batman. Então pronto! O problema de comunicação deles se resolveria assim que Bruce chegasse ao local.

Imago.

Era essa a palavra. Era isso, o terceiro estágio, adulto, depois de o inseto haver emergido do casulo para assumir sua forma final. Então Robin sairia da armadura de algum jeito. Isso completaria o desafio do Charada.

E é aí, querido Robin, que você vai encontrar o desafio mais difícil de todos, o Charada disse. Robin ficou tenso, e instintivamente lançou olhares para os lados. Mas estava sozinho no píer.

De algum jeito, Robin sabia que o Charada não havia dito aquilo em voz alta. Ele havia falado diretamente dentro da cabeça de Robin. Pela primeira vez desde que havia entrado no labirinto, Robin estava com medo.

— Qual é o seu jogo, Charada? — ele perguntou.

Você é o meu jogo. O Batman é o meu jogo. Gotham é o meu jogo, e simultaneamente o tabuleiro em que estou jogando. E quando eu jogo, eu ganho. Você sobreviveu aos testes que preparei pra você, mas cada um deles era só um prelúdio. A história começa agora; está sendo escrita dentro — não no, mas dentro — do pequeno pedaço de papel que você ingeriu tão amistosamente na sala de chá.

— Você não me colocou numa armadura robótica pra me envenenar — Robin disse. Começou a andar pelo píer, com o peso do traje fazendo um estrondo contra as tábuas a cada passo.

Envenenar você?, o Charada respondeu. *E como eu me divertiria com isso?*

Robin parou.

Mas não queria fazer isso.

Tentou dar outro passo, mas não conseguiu. As pernas não estavam lhe obedecendo.

Não era veneno, querido Robin. Era uma pequena inundação de máquinas, cada uma delas produzindo cópias de si mesmas ao longo das raízes dos nervos que saem da sua espinha. É a jogada final, e você se transformou no meu peão. Chegamos ao último quebra-cabeça que o Batman tem que resolver!

Robin tentou dizer alguma coisa, mas, assim como as pernas, também não conseguia controlar a própria boca. Uma onda de confusão — semelhante ao que sentia quando acordava de um sonho violento — ecoou pela mente dele. Será que aquilo realmente estava acontecendo?

— Qual é a semelhança entre um corvo e uma escrivaninha? — ele disse, mas não era isso que queria dizer.

Agora você está conseguindo ver?, o Charada perguntou. *Você é o meu casulo, Robin. Você é a minha pupa. Você faz o que eu quiser que você faça. Você é a chave pro fim do jogo da minha elegante criaçãozinha, e tudo que resta ao Batman é escolher entre desistir ou lutar até chegar ao xeque-mate inevitável.*

Todas as suas perguntas indicaram a solução, Robin, mas você não encontrou ela. Você, no seu traje poderoso e lento, é o rei... e em breve o rei vai estar morto.

Mais desesperadamente agora, Robin tentou falar, mas ainda não conseguia. Lutou para controlar os próprios músculos, mas não conseguia. Sob um controle mental do Charada, deu um passo à frente. Depois outro. Acelerou à frente pelo píer, na direção da rua e da cidade que se erguia por trás dela. Um zumbido grave ressoava pelo guardião mecânico enquanto as armas dele eram acionadas.

Vamos ver, o Charada disse, *se o Batman consegue resolver esse desafio.*

REPORTAGEM ESPECIAL

DE OLHO NAS NOTÍCIAS DE GOTHAM

Reportagem de **Vicki Vale**

"Acabamos de receber um relato de que um traje blindado e móvel apareceu no píer, saindo do West River. Aqui é Vicki Vale, e estamos a caminho, como vocês podem ver pelas imagens aéreas que estamos mostrando agora. Não sabemos se isso tem alguma coisa a ver com a série de assassinatos a tiros, ou com o ressurgimento do caos em Gotham inteira, mas é seguro imaginar que, assim como todo o resto que vimos acontecer nas últimas horas, isso também está relacionado com essa situação de alguma forma.

Eu posso confirmar o que o Robin me disse, que ele e o Batman estão trabalhando juntos em uma série de quebra-cabeças separados, porém, paralelos, criados pelo Charada especificamente para eles. Se esse traje blindado faz ou não parte de algum desses quebra-cabeças, vamos ter que esperar para ver. Ele...

Espere, Javier — você pode abaixar o helicóptero um pouco?

Temos uma confirmação visual da armadura, e parece muito que foi construída com partes de guardiões mecânicos que em outro momento faziam a guarda de Wonder City, a comunidade subterrânea que se manteve quase que esquecida por décadas abaixo de Gotham.

Agora, acabei de ver de perto um guardião mecânico, quando estava em Arkham City, menos de duas horas atrás, e sim, parece que alguém pegou um monte deles e decidiu fazê-los maiores. Além disso... esse traje fortificado — como vocês podem ver, estamos chegando um pouco mais perto — no lugar da cabeça robótica, esse traje recém-surgido tem uma redoma translúcida como capacete, e parece ter um ocupante humano.

Tem sol demais no visor do capacete para que possamos ver quem está lá dentro. Estamos tentando entrar em contato com o DP de Gotham em busca de comentários oficiais, mas como vocês podem imaginar, eles estão bem apertados no momento. Podemos ver — dê a volta, Javy — podemos ver que viaturas e veículos de resposta a rebeliões estão se aproximando de ambas as direções pelo West Waterfront Boulevard. Também há helicópteros do DPGC visíveis a caminho, vindo do aeródromo deles no outro lado da cidade.

O robô parou. Ele parou de se mover.

Ele estava andando pelo píer, e agora está mantendo a posição. Vamos voltar para o estúdio agora para uma recapitulação dos acontecimentos do dia até agora, mas esse novo desenlace deixa claro que os planos do Charada vão ainda mais longe — e provavelmente são mais perigosos — do que imaginamos anteriormente. E isso está vindo de alguém que estava com um machado sobre o pescoço há algumas horas.

Eu quero dizer rapidamente que sou muito grata por todos os desejos de melhoras que me enviaram pela emissora ou diretamente pelas mídias sociais. Eu estou bem, e só desejaria que o Phil Chester estivesse aqui também.

Aqui é Vicki Vale, ao vivo à beira do West River".

25

Oráculo alertou Batman de que Robin havia reaparecido, embora o sinal dele ainda não pudesse ser localizado. Ela lhe enviou uma imagem do traje fortificado saindo do rio junto a um dos píeres do West River.

— *Eu peguei isso das câmeras de segurança do DPGC* — ela disse. — *É o Robin ali dentro, mas ele não está atendendo as ligações. Tente você.*

Batman tentou.

Nada.

— Com quem você está falando? — Gordon perguntou.

— Com a Oráculo — ele respondeu. — Robin saiu de Arkham City. Ele está nas docas do West River, em uma espécie de traje construído a partir de peças de guardiões mecânicos. Eu não consigo entrar em contato com ele, nem a Oráculo.

— A situação aqui está sob controle — Gordon disse. — É melhor você ir ver o que está acontecendo com o Robin.

Batman concordou com a cabeça e correu até o Batmóvel. Enquanto se afastava, ativou o *link* com a Torre do Relógio. Oráculo abriu uma nova janela de vídeo na parte de dentro do parabrisas do Batmóvel. Robin estava andando pelo píer em direção à estrada que passava em frente à beira do rio.

— Por que ele não está respondendo? — Batman se perguntou em voz alta.

— *Eu acho que ele não está recebendo as nossas transmissões* — Oráculo respondeu. — *Normalmente, eu posso saber monitorando o sistema de comunicação onde ocorreu a interrupção, e nesse caso parece que alguma coisa no traje está acabando com a conexão. Eu não consigo ver nada.*

Batman acelerou o Batmóvel na direção oeste, cruzando a ilha. Então esse era o novo quebra-cabeça do Charada.

— Por que ele simplesmente não sai do traje? — Batman perguntou.

— *O meu palpite seria que ele não pode* — ela respondeu.

— O meu também — Batman concordou. Os cenários estavam se multiplicando na mente dele. Se Robin estivesse preso no traje, será que ele estava ficando sem ar? Será que havia algum tipo de armadilha que não permitia que ele saísse de lá? Quanto controle ele tinha sobre a armadura, se é que tinha algum?

Havia variáveis demais.

Chegou à estrada junto ao rio e quicou sobre os buracos dela até chegar à base do píer, onde viu a armadura de guardião parada. Robin não estava se movendo, e Batman saiu do Batmóvel, depois correu até a armadura, esperando que não fosse tarde demais.

— Robin! — gritou.

Quando chegou perto o bastante para observar os detalhes, viu que Robin mal parecia consciente. Os olhos dele estavam abertos, mas fora de foco, a boca aberta. O painel do rosto do traje era transparente e Batman não viu nenhuma mancha azulada ao redor da boca de Tim. O que quer que houvesse de errado com ele, parecia ter acesso a ar suficiente.

— *Batman!* — a armadura disse. Robin não se mexeu dentro dela. A voz saiu de um altofalante na base do capacete.

Batman parou.

— Charada — disse.

— *Isso! Edward Nigma aqui. Eu quero garantir que você entenda algumas coisas antes de seguirmos adiante, já que não tem graça nenhuma em contar uma charada pra alguém sem dar informações suficientes pra que ela seja resolvida. Qualquer um pode vomitar besteiras aleatórias. O mestre do jogo prova a sua superioridade desafiando o adversário, e dando a esse adversário todas as oportunidades de revidar. Você não concorda?*

— Me deixe falar com Robin — Batman exigiu.

Dentro do capacete do traje, os olhos de Robin tomaram foco bruscamente. Ele olhou para Batman, e Batman viu que ele sabia o que estava acontecendo.

— Batman! — ele disse, e depois a boca dele se fechou bruscamente. Os olhos se arregalaram. Depois de um momento, a boca se abriu de novo, e ele disse: — Eu evito tanto o céu quanto a terra, e todas as coisas verdes anseiam pelo toque de minhas lágrimas.

Uma charada.

— Nuvens — Batman respondeu.

— *Muito rápido!* — o Charada disse. — *Como você pode ver, o Robin está vivo e passa bem. Mas o seu desafio mais difícil ainda está pela frente. Você quer libertar o Robin, é claro que você quer, mas não posso deixar você abrir o traje, pois temo que as mesmas baterias que fornecem energia pra ela vão interagir e explodir se ele for violado. Tem um jeito, e* apenas *um jeito, de driblar esse mecanismo. A resposta está numa charada que eu fiz pra você... e só pra deixar as coisas mais interessantes, eu queria acrescentar outro elemento. Robin?*

A armadura de guardião levantou a mão esquerda e esticou os dedos. Da palma dela, foi lançado um raio de energia, destruindo completamente a cabine de um barco de patrulha vazio do DPGC ancorado no píer seguinte. O barco começou a ser consumido violentamente pelas chamas enquanto o Charada continuava.

— *Você pode ver que o jovem Robin está sob o meu controle* — disse. — *Ele fala apenas charadas, como eu gosto de fazer. Os membros dele se movem de acordo com os meus comandos, e o traje faz o que eu digo pra fazer. Ele vai continuar assim até que você resolva a minha charada final... ou escolha sacrificar o seu camarada em prol da segurança pública! Devemos começar?*

O barco explodiu quando o fogo atingiu os tanques de gás. O píer também pegou fogo, e Batman escutou alarmes soando.

— *Já entrei em contato com os bombeiros* — Oráculo informou pelo fone —, *mas eles vão precisar de proteção.*

— Vou falar com o seu pai — Batman respondeu, com a voz baixa para que os sensores do Charada não pegassem o que havia dito. — Comece a evacuar a região.

— *Isso está um pouco além da minha faixa salarial* — ela disse.

— Só comece a fazer os alarmes soarem, pelo menos nos maiores prédios, os que você conseguir acessar — Batman insistiu. — Coloque as pessoas em movimento. Quando o DPGC chegar aqui, eles vão começar a coordenar a retirada delas, mas se não começarmos isso agora, muitas pessoas vão morrer.

Sirenes soaram vindo de regiões próximas. Robin, servindo ao Charada, avançou dentro da armadura de guardião. Quando chegou à base do píer, atacou a estrada com as armas da mão, incinerando carros e ateando fogo a fachadas de lojas e galpões. Por sorte, aquela parte de Gotham era pouco povoada. A gentrificação ainda não havia alcançado as docas do West River. Mas era mais provável que Robin — e o Charada — não ficassem por ali.

A armadura foi andando na direção de Batman.

Ele se recusou a sair do caminho.

— Robin — disse. — Robin! Você tem que tomar o controle.

Robin o encarou pelo painel. Os olhos dele estavam indo de um lado para o outro — estava fazendo isso de uma forma constante demais para ser aleatória. *Uma mensagem*, Batman pensou. *Parece que ele está lendo...*

Olhou por cima do ombro, mas não havia nada lá. Onde mais Robin poderia estar vendo palavras? Ou seria o movimento ocular um efeito colateral do controle do Charada?

Não. Robin queria que ele lesse algo.

Pensando nos painéis digitais que havia inserido no parabrisas do Batmóvel, Batman se perguntou se algo não estaria sendo inscrito na parte de dentro do painel do rosto. Isso explicaria o sinal de Robin. Deu um passo para a direita, e enquanto a armadura de guardião passava por ele, Batman observou o painel cuidadosamente. Captou uma imagem brevemente luminescente enquanto os raios do sol de fim de tarde atingiam o painel em um ângulo em particular.

PUPA

PUPA.

Durante todo o dia, enquanto caçava os associados ao Charada e juntava soluções diferentes, Batman havia antecipado uma charada maior, um tema que abrangesse todo o esquema.

Agora havia encontrado.

IAMLARVAL havia levado a PUPA. O próximo estágio da vida de um inseto holometábolo era o de imago, a forma adulta completamente madura alcançada quando o inseto emergia do casulo.

Atentou então para as letras de *imago*, e outra peça do grande enigma do Charada se encaixou.

Isaacson.

Mateosian.

Angelo.

Gray.

Ouellette.

IMAGO.

O Charada havia lhe mostrado a resposta, mas não até ser tarde demais. As vidas de cinco pessoas haviam sido mescladas na dica final, e apenas uma delas ainda estava viva.

Para resolver esse último quebra-cabeça, Batman tinha que descobrir um jeito de permitir que Robin saísse do casulo mortal. Dentro da estrutura da charada, isso completaria o ciclo. Robin atingiria sua forma imago.

Mas o traje era feito para explodir — aquele era o resultado dos esforços de Victor Fries. A pista, vista em retrospectiva, havia estado completamente à mostra na sala da morte onde Robin havia movido as esferas. O Charada havia criado vários dos quebra-cabeças, ao que parece, para que tivessem duplos sentidos. Podiam ser resolvidos no momento, mas o papel deles no plano final só poderia ser compreendido quando fosse tarde demais para se fazer algo quanto àquilo.

Isso, por sua vez, significava que havia um elemento do quebra-cabeça imago que Batman ainda não havia decifrado. Em um gesto irônico, não deveria compreendê-lo até que houvesse testemunhado a morte de Robin.

Batman sacou a arma com o gancho e se içou para cima até o outro lado da estrada junto ao rio, com a capa ondulando devido às correntes de ar provocadas pelos incêndios abaixo. Quando estava sobre o terraço de um galpão vazio, olhou para trás. Robin havia virado na direção da mão da estrada. Ele destruiu uma torre de guindaste, depois um transformador e então um pequeno abrigo de vigias.

Outro elemento, de fato.

As sirenes estavam soando e se aproximando. A polícia havia colocado barricadas fechando a estrada junto ao rio tanto a norte quanto a sul de onde Robin estava. O comissário Gordon saiu de um dos carros com um megafone na mão.

— Aqui é o comissário Gordon do Departamento de Gotham! — gritou. — Robin, você precisa parar onde está. Vamos usar forças letais se for necessário, mas você sabe que não queremos fazer isso. — Parou e baixou o tom de voz de um bramido autoritário para um nível mais gentil. — Vamos lá, filho. O que quer que tenha acontecido com você lá embaixo, você não precisa fazer isso. Desliga o traje e vamos resolver isso.

Um helicóptero de polícia estava pairando logo além da barricada norte, com um atirador posicionado na porta lateral, que estava aberta. Batman correu na direção norte, pulando as lacunas entre os terraços até que estivesse perto o bastante da barricada para poder pular do telhado e planar até o chão com a ajuda da capa.

— Comissário! — gritou enquanto ainda estava no ar.

Ele não se aproximou mais.

Robin levantou as duas mãos. O atirador no helicóptero realizou um disparo. Foi um dos bons, atingindo o painel do rosto logo acima do centro. Se houvesse penetrado no vidro blindado, teria atingido Robin bem entre os olhos. Mas a armadura de guardião era projetada para lidar com fogo mais pesado que balas de rifle. O projétil deixou uma pequena marca cônica no painel e ricocheteou pelo ar.

Enquanto o som do disparo chegava até Batman, Robin estava ativando os raios da palma da armadura. A cabine do piloto do helicóptero se desintegrou, lançando fragmentos de vidro e aço. Duas das pás rotatórias se soltaram e caíram girando no rio. O atirador caiu pela porta aberta, ficando pendurado pelos arreios de proteção enquanto o helicóptero caía girando e se chocava contra um pátio de carga na base do píer, logo além da barricada.

Policiais correram para ajudar, enquanto outros abriram fogo contra a armadura de guardião. Um deles, em pânico, mirou em Batman enquanto ele planava em baixa altura em direção à barricada. Ele girou e, enrolando-

-se, deu uma cambalhota, atingindo o pavimento com mais força do que havia planejado e caindo em uma posição controlada diretamente em frente ao policial assustado.

— Não atire — disse calmamente. A arma do policial estava mirada bem para o esterno dele.

Depois de um momento, ele a baixou.

Batman olhou rapidamente para a armadura de guardião. Ainda estava com as duas mãos levantadas, mas os policiais haviam parado de atirar, pois aquilo não estava fazendo nenhuma diferença.

— Comissário — repetiu, correndo até Gordon. — Você tem que falar pros seus policiais recuarem e organizarem uma evacuação. — Sirenes ainda estavam soando de perto e de longe, enquanto a Oráculo disparava os sistemas de resposta a emergências.

— Eu tenho? — Gordon abaixou o megafone. — Por que exatamente eu tenho que fazer isso? O que é que está acontecendo aqui?

— O Charada mostrou as cartas dele — Batman respondeu. — Ele prendeu Robin naquele traje e está operando ele remotamente. Robin não está fazendo isso, comissário.

— Eu não tenho certeza de que isso importa — Gordon comentou.

— Importa. O traje é uma bomba ambulante. Se danificarmos ele antes de resolvermos o quebra-cabeça final do Charada, ele vai explodir, e Robin vai morrer.

— Outras pessoas já morreram — Gordon disse. — Eu tenho mais helicópteros a caminho, e eles estão trazendo mais do que atiradores de elite. Sinto muito, Batman, mas não podemos deixar isso continuar, não podemos deixar que ele alcance uma região povoada.

O barulho de pás rotatórias chegou aos ouvidos de Batman. Olhou para a posição sudeste, na direção do novo quartel-general da polícia, e viu três helicópteros, espalhados em alguns metros de distância, aproximando-se da posição desejada. Estavam pairando a cerca de quatrocentos metros de distância, um sobre o rio, um sobre a estrada e outro sobre a cidade.

Então escutou outro barulho. Virando-se, Batman viu mais três helicópteros ao norte, em posições que espelhavam os primeiros a chegar. Um estava pairando sobre Arkham City, outro sobre a estrada, e o terceiro próximo ao prédio da Wayne Industries.

— *Comissário.* — Uma voz crepitante disse através do rádio preso no cinto de Gordon. — *Estamos posicionados. Estamos aguardando ordens.*

— Não faça isso — Batman disse.

ATUALIZAÇÃO ESPECIAL DAS ÚLTIMAS NOTÍCIAS
Midday Gotham
com Jack Ryder
GNN CABLE NEWS NETWORK

WGTU Gotham Radio

"Aqui é Jack Ryder, na cena de um incrível confronto junto ao West River. Parece que o parceiro do Batman, ou ajudante, ou qualquer que seja o termo correto — parece que o Robin foi preso em um traje blindado operado remotamente pelo Charada.

Estamos acompanhando esses acontecimentos no *Ryder Report* durante todo o dia, e encaixamos as peças sobre o que está acontecendo. O Charada atraiu o Batman e o Robin para uma série de armadilhas mortais, cada uma delas ligada a um vilão diferente. O Batman já foi atrás do Crocodilo, do Senhor Frio, do Chapeleiro Louco e do Pistoleiro, até onde sabemos. Todos eles, com exceção do Crocodilo, estão atualmente na Penitenciária Blackgate, então pelo menos temos que agradecer a ele por isso.

Mas também temos que agradecer ao Batman pela cena que está se desenrolando aqui, na beira-rio industrial e arenosa do West River. Porque foi aqui que o traje blindado, tendo o Robin como passageiro aparentemente contra a própria vontade, saiu do rio e começou a bombardear a região com armas. Recebemos relatos de várias fatalidades, mas agora essas informações ainda são conflitantes e vamos esperar por números confiáveis antes de reportá-los.

O que *posso* dizer para vocês é que o traje contendo Robin está na estrada que corre paralela ao West River. Barricadas policiais estão mantendo o tráfego e os pedestres a distância. Houve uma troca de disparos, mas o Batman entrou em contato com o comissário Gordon e agora a polícia está esperando, pelo menos nesse momento. Não sabemos o que foi dito entre o Batman e o comissário Gordon. Com frequência, esse é o caso. Eles têm uma conexão que frequentemente exclui os cidadãos dessa cidade, o que é parte do que nos colocou nessa situação no começo de tudo.

Fontes anônimas nos disseram que o Charada preparou essa aventura após conduzir o Robin por um labirinto subterrâneo abaixo de Arkham City, e ao final dele o prendeu no traje. Ao mesmo tempo, o Batman estava investigando pistas na superfície. Nesse ponto, não sabemos qual é o objetivo final do Charada. Ele não fez exigências públicas, e parece que o único alvo dele é atacar o Batman através do Robin, mais jovem e inexperiente.

Isso pode parecer uma coisa estranha de ser dita, mas temos que admirar a ambição dele. Não estou dizendo que o Charada não é nenhum exemplo que as crianças devam seguir, mas esse é um plano surpreendentemente complexo e audacioso. Ele está guiando cada ação do Batman desde a chegada de uma entrega misteriosa no quartel-general da polícia de Gotham hoje pela manhã. Agora chegamos ao final esplendoroso, ao *crescendo* da sinfonia assassina do Charada.

O Batman está fazendo tudo o que pode para salvar a vida do Robin, mas foi relatado que o comissário Gordon não vai esperar muito tempo.

Um drama fascinante e os maiores riscos possíveis aqui na beira-rio. Vamos continuar em cima desse acontecimento até o final.

Jack Ryder, *Midday Gotham*, trazendo informações".

26

— Não *o quê*? — Gordon perguntou. — Não salvar a minha cidade? Esse é o meu trabalho! Não é isso que você deveria estar fazendo também, Batman? Ou o caso ficou um pouco pessoal demais pra você?

O robô havia parado por perto na estrada, provavelmente porque o Charada estava escutando a conversa deles. Batman suspeitava de que Robin também pudesse escutá-lo, mas no momento estava mais interessado em usar o senso de drama e superioridade do Charada.

— Eu coloquei o Robin nessa posição, Gordon — ele disse. — Eu mandei ele pra baixo de Arkham City pra investigar o que o Charada estava planejando. Era isso que o Charada queria o tempo todo. Ele armou pra gente, e eu não percebi até ser tarde demais. Agora, Robin está preso naquele traje, e eu coloquei ele lá. Se você destruir ele, o Charada ganha.

— Ganha? — Gordon respondeu. — Ninguém ganha nada aqui. Isso não é um jogo! Estamos falando sobre Gotham pegando fogo, Batman, ou você não percebeu isso?

— É claro que eu percebi, mas estou perto de solucionar o último enigma. Você quer que o Charada saia dessa sabendo que conseguiu exatamente o que queria? Ele vai começar o próximo plano assim que o Robin morrer, e vamos voltar pra estaca zero. Mas, agora, a gente tem uma chance de parar ele.

— Ah, a gente tem? — Gordon replicou. — Se esse é o caso, onde é que ele está agora?

— Não longe daqui — Batman disse. — Depois de gastar todo esse tempo e esforço, ele vai querer assistir o grande final.

— Bem, você vai me perdoar se eu não quiser participar de um show de horrores pra um lunático homicida — Gordon respondeu. — Com o Coringa morto, o Charada é o pior que a gente tem, e ele provou isso hoje. Mesmo assim, você quer que eu aja de acordo com o que ele quer.

— Exatamente. Ele está se impondo — Batman concordou. — Isso tudo se encaixa. Tudo o que ele fez até agora foi uma mensagem pra mim. Ele quer substituir o Coringa. Eu tenho que ser a pessoa que vai impedir ele.

— Escute o que você está dizendo, você não está pensando direito — Gordon respondeu, com a voz quase se transformando em um grito agora. — Você está perto demais disso tudo, você tem que olhar pro que está acontecendo como um todo. Eu também me importo com o Robin, mas ele é só uma vida. Uma. Uma vida preciosa, uma vida que merece continuar existindo, mas quantas pessoas vão morrer se aquele traje passar uma hora atirando desse jeito mais perto do centro da cidade? Quantas vidas você vai trocar pela do Robin?

— Só a minha — Batman disse.

— Isso não é uma opção.

— É, sim. Você está escutando as sirenes. A Oráculo começou a evacuação, e com a ajuda dos seus homens, a gente pode limpar a área. Ganhe um pouco de tempo pra que eu possa solucionar a charada. — Parou para que Gordon pensasse no que disse. — O Nigma sempre acaba indo longe demais no final, comissário . Nesse caso, ele provavelmente já foi, só que eu não estou vendo como ainda.

Está aí, pensou. *Agora dei um tapa de luva.*

A armadura de guardião começou a se mover de novo.

— Os helicópteros estão esperando a sua ordem, comissário — um policial disse. Ele estava parado junto à porta aberta do carro de Gordon, segurando o aparelho de comunicação do carro. Um barulho baixo de estática estava sendo produzido pelo altofalante.

Batman não disse mais nada. Gordon teria que tomar uma decisão. Cinco segundos se passaram.

Dez.

— Se aquele traje chegar dentro de um raio de cem metros de qualquer um dos helicópteros, eles vão atirar — o comissário finalmente disse. — É melhor que você saiba o que está fazendo.

Concordando com a cabeça, Batman girou e pressionou um botão na luva que colocava o Batmóvel sob o seu controle. O motor ligou rugindo e Batman firmou o olhar sobre a armadura de guardião. O veículo estava seguindo em direção à Henry Avenue, que cortava a parte central de Gotham de leste a oeste.

Sensores no capacete rastrearam o ponto focal da visão dele e o enviaram para o piloto automático do Batmóvel. O carro se lançou à frente e fez uma curva derrapando, colidindo com a armadura de guardião e derrubando-o meio quarteirão à frente na direção sul. Ela deslizou pelo pavimento, depois tombou, arrancando um poste de luz e parando deitada de costas na frente de uma garagem de táxis.

Batman inseriu outro comando e o Batmóvel rugiu de novo, seguindo em frente e diminuindo a velocidade ao se aproximar da armadura. Robin levantou um braço, mas era tarde demais. O veículo se chocou contra ele violentamente, derrubando-o de lado, e logo depois subiu sobre a armadura, prendendo-a contra o chão.

Ela era pesada demais para se mexer, e não encontrou nenhum apoio.

Batman correu para alcançar o carro e conseguir dar uma olhada no traje. Tinha que haver uma pista em algum lugar — uma que ainda não houvesse visto. "PUPA" havia revelado o tema geral... mas a solução imago ainda estava fora do alcance dele.

Enquanto Batman estava se aproximando, Robin enfiou o braço livre do traje embaixo da roda esquerda dianteira do Batmóvel. Uma explosão de energia fez o veículo capotar de lado. Batman se esquivou do caminho dele, passando pela traseira para se aproximar. Robin se levantou e chutou o Batmóvel, que completou a volta até ficar de cabeça para baixo, com o motor ainda ligado. Batman aproveitou a oportunidade e pulou sobre as costas do traje. Julgando pelo que havia visto dos movimentos dele até então, não achava que a armadura teria agilidade o bastante para fazê-lo cair dali, nem flexibilidade para alcançar as próprias costas e pegá-lo.

Ao invés disso, no momento em que colocou todo o próprio peso sobre as costas do traje, ele se jogou de costas.

O impacto tirou o ar dos pulmões de Batman. Ele viu pontos pretos e se soltou enquanto o traje se levantava de novo e continuava a fazer o que estava fazendo antes. Mas, enquanto fazia isso, Batman viu algo no desenho nas costas do torso da armadura: a face de um relógio, cercada por três círculos concêntricos. Espaçadas no entorno do círculo externo, havia letras. Ainda estava recuperando o fôlego e a visão, então não pegou imediatamente todos os detalhes, mas tinha certeza de que era a chave para o que estava procurando.

— *Você viu isso, não viu?* — Oráculo perguntou.

— Eu vi — Batman respondeu. — Agora preciso olhar mais de perto.

Esse era o metaenigma.

27

A voz de Robin retumbou do altofalante do traje enquanto se afastava da beira-rio e virava na Henry Avenue.

— *Você está virado para duas portas. Atrás de uma está a tristeza, e da outra, a felicidade. Irmãos gêmeos estão parados em frente às portas. Um sempre mente e outro sempre fala a verdade. Você pode fazer uma pergunta para saber qual porta leva à felicidade. Qual é ela?* — perguntou.

Batman correu atrás do traje e lançou uma corda, enrolando-a na base do capacete da armadura e se puxando para perto o bastante para dar uma olhada no quebra-cabeça de novo. O traje era tão forte que mal virou enquanto ele se puxava para mais perto.

Era uma construção circular, de quatro camadas concêntricas. Em volta da camada externa havia letras, quatorze delas. As duas camadas seguintes estavam em branco. O círculo central era a face de um relógio, com números, indicando cinco e dez. O eixo de montagem que segurava os ponteiros do relógio era oco, e o buraco no centro dele era sulcado. Não parecia ser exatamente circular.

O traje tentou repeli-lo, mas ele se segurou. Havia quatorze letras. AAAAPPIMULRVGO. Eram em alto relevo, e parecia que podiam ser movidas. Cada "A" era cercado por uma forma geométrica diferente — um por um triângulo, outro por um hexágono, outro por um octógono e o último por um diamante. Cada "P" estava dentro de um quadrado, e o resto das letras — que não se repetiam, estavam dentro de círculos. LARVA PUPA IMAGO, isso era bem fácil de descobrir... mas como deveria arrumá-las? Era como o quebra-cabeça químico que Robin havia encarado embaixo da siderúrgica Sionis.

Na verdade, Batman percebeu, era *exatamente* como aquilo. Lembrou-se do quebra-cabeça e listou mentalmente os compostos ativos de cada tipo de bateria.

Óxido de lítio-cobalto. Quatro átomos.

Ácido sulfúrico. Sete átomos.

Óxido de chumbo. Três átomos.

Quatorze átomos, quatorze letras. Mas como elas deveriam ser arrumadas?

O guardião parou de tentar se livrar dele com sacolejos e ao invés disso colocou os dedos embaixo da corda enrolada em volta da base do capacete. A corda supostamente suportava noventa quilos, mas se partiu como se fosse um barbante vagabundo quando as mãos enluvadas a pegaram e puxaram. Metade da corda estava pendurada na mão direita do traje. Batman estava segurando a outra metade, assim como o guardião.

O robô jogou o braço esquerdo como se estivesse lançando um frisbee, e Batman foi arrancado das costas do traje. Chocou-se contra uma janela de vidro laminado que se estilhaçou com o impacto, depois caiu sobre uma mesa, espalhando papéis e materiais de escritório enquanto tombava no chão. Uma foto emoldurada de uma jovem mãe ao lado de duas crianças caiu ruidosamente no chão em frente a ele.

Pela janela quebrada, escutou a armadura de guardião se mover em direção às profundezas de Gotham. Ela disparou de novo, e o som das explosões ecoou pela rua.

Batman pulou de novo pela janela e voltou à perseguição. O som das pás dos helicópteros estava preenchendo o silêncio deixado após as explosões. À frente e à direita dele, um caminhão de entregas estava pegando fogo. No outro lado da rua, fumaça saía da fachada destruída de uma loja de roupas. Viu o helicóptero girando para chamar a sua atenção vários quarteirões à frente. Ainda estava a mais de cem metros de distância — provavelmente estava mais para duzentos e cinquenta metros —, mas Gordon estava enviando uma mensagem para Batman.

Ele não iria esperar para sempre.

Batman ativou o aparelho de comunicação.

— Comissário — disse —, tem um quebra-cabeça na parte de trás da armadura de guardião. Eu posso resolver ele, mas vou precisar de algum tempo.

— *Não estamos com muito tempo de sobra, Batman* — Gordon respondeu. — *Eu não posso simplesmente ficar parado aqui enquanto aquela coisa toca fogo na minha cidade.*

— É a minha cidade também, comissário . — Encerrou a chamada e foi atrás da armadura de novo.

Teve duas revelações ao mesmo tempo.

Duas portas, dois irmãos, uma pergunta. Então a charada forçava um dos irmãos a eliminar ambas as incertezas de uma vez só.

Sabia qual era a pergunta.

A outra revelação tinha a ver com o quebra-cabeça da palavra. Estava pensando nelas da forma errada, tentando fazer com que as letras correspondessem a átomos — mas elas não correspondiam. O quebra-cabeça tinha um passo a mais. Não eram as letras que contavam, mas os símbolos. Havia oito átomos de oxigênio nos três compostos, logo, oito círculos. Havia dois átomos de hidrogênio, e duas letras dentro de quadrados. Então havia quatro "As" dentro de quatro formatos diferentes, cada um deles representando um átomo que aparecia somente uma vez nos compostos.

Tinha que chegar perto do traje de novo.

Os prédios estavam ficando mais altos e menos espaçados entre si. As ruas ainda pareciam estar desertas, o que significava que Oráculo e a polícia haviam feito o trabalho deles. Mas o guardião estava seguindo em direção a regiões de povoamento mais denso, e em pouco tempo alguém acabaria machucado.

Tinha que haver algum motivo para o Charada estar usando Robin como porta-voz de charadas aparentemente aleatórias. Enquanto estava se aproximando do traje, ele levantou as armas da palma das mãos, e Batman testou a teoria dele.

— Qual porta o seu irmão vai me dizer que me levaria à felicidade? — perguntou. O traje congelou, e Batman saltou sobre as costas dele de novo. Ele segurou o colarinho do traje com uma das mãos e se inclinou levemente para trás, para que tivesse espaço para manipular os elementos do quebra-cabeça. Três círculos concêntricos, três compostos químicos. Todas as letras estavam no círculo externo, então ele teria que criar padrões correspondentes tirando letras da parte de fora.

Tinha a sensação de que só teria uma chance.

Batman deslizou as letras até anéis diferentes. Pelo fato de o ácido sulfúrico ter o maior número de átomos, ele o deixou do lado de fora, deslizando quatro das letras circuladas até o segundo anel, depois três dos "As". Deixou ambos os "Ps", pois pensava que, pelas formas geométricas em comum, correspondiam aos dois átomos de hidrogênio.

Então o anel externo ficou com PP A IMUL.

Na estrutura do quebra-cabeça, H_2SO_4.

O segundo anel tinha agora sete letras: AAARVGO.

O segundo maior composto era o óxido de lítio-cobalto. Este precisaria de dois dos "As", para os átomos solitários de lítio e cobalto, e depois de duas letras circuladas para representar os átomos de oxigênio. Então teria que mover um "A" e duas letras circuladas para o anel interno.

Feito isso, olhou para cada um dos três anéis.

PP A IMUL

A A RV

A GO

Escutou um estalo vindo de dentro do quebra-cabeça. Testando o resultado, Batman tentou mover as letras de novo. Elas não cederam — agora, estavam fixadas no lugar. Então havia conseguido solucionar aquela parte corretamente. E, até aquele momento, o traje permaneceu imóvel.

Talvez o Charada queira ver se eu consigo resolver o desafio.

Em seguida, a face do relógio. Ele a examinou com mais atenção, procurando uma pista sobre a posição dos ponteiros — mas o tempo de crédito havia acabado. A armadura de guardião realizou um novo disparo, destruindo uma fila de carros em um estacionamento de esquina e a entrada de uma estação de metrô na mesma esquina. Depois começou a andar em direção às chamas. Quatro dos carros foram empilhados pela força da explosão. Batman conseguia sentir o calor do outro lado da rua.

O guardião se aproximou deles, e então parou tão perto do fogo que Batman não podia respirar sem queimar os pulmões. Segurou o fôlego o máximo que pôde, depois pulou do traje dando uma cambalhota para trás, aterrissando na rua longe o bastante para que não fosse assado vivo.

Sem mais o agressor sobre as costas, o traje voltou a se mover com um solavanco. Virou e atirou na direção de Batman. Ele se esquivou do raio, que abriu um buraco profundo na rua. Um cano d'água destruído lançou um chafariz para cima, com o rugido e o tamborilar da água se misturando ao barulho dos incêndios e das pás dos helicópteros para formar a trilha sonora completa de um desastre.

Gordon estava certo. Eles não poderiam esperar para sempre para impedir a armadura, custasse o que custasse. Mas ele tinha que continuar tentando.

REPORTAGEM ESPECIAL

DE OLHO NAS NOTÍCIAS DE GOTHAM

Reportagem de Vicki Vale

"Aqui é Vicki Vale, trazendo informações para você diretamente do helicóptero do *De olho em Gotham*, logo a sudeste de onde uma espécie de máquina — podemos chamar de robô, ou um traje de armadura, talvez — está caminhando pela Henry Avenue e destruindo carros e vitrines aleatoriamente enquanto isso. Parece que o parceiro do Batman, o Robin, está preso no traje de alguma forma.

Sirenes de emergência estão criando um barulho ensurdecedor, a ponto de podermos escutá-las acima dos sons do helicóptero. Ele se afastou da beira-rio e agora está se aproximando do centro da cidade. As pessoas estão fugindo em todas as direções, embora pareça haver bem menos delas do que poderíamos imaginar. A máquina, ou robô, não parece estar mirando nelas. Está, entretanto, destruindo propriedades e resistindo aos esforços do Batman para segurá-la.

Fomos informados de que a equipe de operações especiais do Departamento de Polícia de Gotham recebeu instruções para utilizar artilharia pesada. Isso pode incluir lança-mísseis manuais — talvez vocês se lembrem da reportagem investigativa do *De olho em Gotham* de alguns anos atrás, quando eles foram comprados. Talvez também possa incluir armamentos ainda mais pesados. Uma fonte no local nos diz que o comissário Gordon quer destruir a máquina a qualquer custo.

Será que o Batman conseguirá tirar o Robin do traje blindado antes que isso aconteça? Será que o Robin está sequer vivo lá dentro? Nós não sabemos. Por quanto tempo o comissário Gordon irá esperar? Também não sabemos. Tudo o que sabemos é que o Batman está lutando contra a máquina e tentando desacelerar o progresso dela cidade adentro.

Entretanto, o comissário Gordon já tem agentes posicionados para caso decida tomar uma ação ofensiva. Há helicópteros no local, pairando sobre as principais interseções ao longo do caminho, a partir da zona oeste de Burnley — em direção ao novo quartel-general da polícia, que pode ser o alvo da máquina. Enfatizo o "pode ser". Nós simplesmente não sabemos.

Temos um microfone parabólico apontado para a máquina, mas ela não disse nada além de poucas frases para o Batman, que soavam como charadas. Escutamos respostas do Batman, e parece que cada vez que ele faz isso, a máquina para por algum tempo.

Parece que o Charada está tentando fazer a polícia de Gotham matar o Robin, e o Batman está fazendo tudo o que pode para evitar isso. Posso dizer a partir de experiências pessoais — experiências pessoais *recentes* — que o Batman e o Robin trabalharam bem próximos para que o Robin atravessasse as armadilhas subterrâneas do Charada. Que terrível deve ser para o Batman, na verdade para os dois, ver que todos os esforços que fizeram culminaram nessa cena.

Há incêndios desde a esquina da Janson Square até a beira-rio. É uma imagem de caos e devastação inacreditáveis — e, em meio a tudo isso, o Batman ainda está tentando desativar a máquina e salvar o Robin do teste mais letal do Charada até então.

Aqui é Vicki Vale, repórter do *De olho em Gotham*, sobrevoando Gotham. Mais informações assim que as recebermos".

28

— Q*ual é o país que faz fronteira com o que dá cana?* — a voz de Robin ressoou pelo altofalante enquanto o traje se arrastava pesadamente adiante como se fosse um colosso *steampunk*.

Aquela charada o lembrou de alguma coisa, mas Batman não conseguiu definir o que era a princípio. Mergulhou para sair do caminho de outro raio de energia que deixou em pedaços um carrinho de falafel na calçada, depois escalou a fachada do prédio mais próximo. Todos os prédios eram arranha-céus agora. Do terraço, engatilhou um comando no controle remoto do Batmóvel que disparou dois pequenos foguetes do teto do banco do carona. Eram feitos para virar o carro caso capotasse. Iria precisar dele de novo.

Tinha que desacelerar a armadura de guardião, e não podia fazer isso sozinho. Uma luz verde piscou na luva, informando-o que o carro estava pronto para a próxima. Ao mesmo tempo, a voz da Oráculo surgiu no aparelho de comunicação.

— *Foi você que fez isso? O Batmóvel está com as rodas no chão de novo.*

— Isso fui eu — Batman respondeu.

— *Bom. Por um momento fiquei com medo de que o Charada tivesse tomado o controle do carro.*

— Eu não acho que isso está no jogo dele — Batman disse. — Ele não está nem tentando me matar. Ele está tentando fazer com que o comissário Gordon faça isso, e ainda levando o Robin de brinde. Mas ele também está me dando tempo pra resolver o quebra-cabeça.

— *É um pouco condescendente, não é?*

— Esse é o Charada. O ponto fraco dele é que sempre assume que pode ser mais esperto que todo mundo. Ele transformou o Robin no rei, não foi? Forte, mas lento, e a chave de todo o jogo. É aí que o tema do xadrez se junta a todo o resto.

O Charada queria que ele resolvesse o quebra-cabeças.

Essa era a única parte de tudo aquilo que não fazia sentido. Cada um dos testes havia aumentado em intensidade, ficando mais difícil, mas o Charada havia mantido o seu modo de operação normal de fornecer uma pista minimamente suficiente a cada momento crítico para que Batman e Robin avançassem ao estágio seguinte. Mas quando seria o momento que Batman estava esperando — o momento em que o Charada decidiria terminar o jogo e partir para o assassinato?

Não havia acontecido ainda, mas Batman não conseguia ver como poderia...

A não ser que o Charada houvesse decidido usar o Departamento de Polícia de Gotham como marionete, para saborear a ironia de fazer Robin morrer sob as mãos dos próprios aliados. Isso era possível, mas ainda assim soava errado para Batman, de algum jeito. O Charada gostava de fazer parte do assassinato. Todos os oponentes dele gostavam. O Coringa certamente gostava. Se o Charada estivesse em busca de preencher o espaço no topo da cadeia alimentar, não faria o mesmo?

Batman correu atrás do guardião enquanto Gordon berrava no ouvido dele.

— *O seu tempo está acabando* — ele disse. — *Aquela coisa está indo em direção ao quartel-general da polícia!*

— Você não sabe disso.

— *Eu devo esperar até que o prédio esteja pegando fogo? Se você não parar aquele traje antes que ele vire o próximo quarteirão, eu vou fazer isso.*

Batman não respondeu. Estava focado na última charada, tentando descobrir qual seria a ligação com a face do relógio. O Charada o estava provocando com pistas que não pareciam pistas.

Um relógio...

A armadura de guardião alcançou o final do quarteirão. Batman seguiu na cola dele pelos terraços. Se Robin se virasse para o sul, o quartel-general da polícia de Gotham estaria a cinco quarteirões.

Pense!

Pronto.

Um país que dá cana. Dá cana. Cana-dá. Canadá. Qual é o país que faz fronteira com o Canadá?

A resposta era...

— Os Estados Unidos! — gritou, depois pulou.

A armadura de guardião congelou quando registrou a resposta certa. Batman planou e pousou sobre os ombros da máquina, sabendo que só teria um momento para fazer o ajuste correto antes de uma de duas coisas acontecerem. Ou o Charada começaria a mover o traje de novo, ou o comissário Gordon iria incinerá-los com ataques aéreos dos helicópteros no fim da rua.

Pensou que tinha a solução. Assumindo que o Charada estivesse incorporando partes dos desafios anteriores, restava-lhe a sala de chá e a frase que Robin havia relatado ter visto na primeira armadilha, a da inundação.

"*Um passo adiante, dois passos atrás*".

O relógio estava marcando cinco e dez. Então havia duas possibilidades diferentes de movê-lo um passo adiante e dois passos atrás. Um resultado, movendo o ponteiro dos minutos para a frente e o das horas para trás, seria três e quinze. As mãos estariam apontando na mesma direção. Era uma possibilidade interessante... mas o outro resultado, movendo o ponteiro das horas para a frente e o dos minutos para trás, eram seis horas.

"*É sempre seis horas aqui*".

Batman adiantou o ponteiro das horas até que estivesse apontado diretamente para o seis. Depois atrasou o dos minutos dois espaços. Os ponteiros estalaram ao serem colocados na posição e permaneceram ali.

Ele pulou das costas do traje.

Mas a armadura continuou marchando.

— *Ainda não, Batman* — o Charada se vangloriou pelo altofalante. — *Você foi muito bem até agora, mas ainda não notou a peça final do quebra-cabeça!*

Um helicóptero se elevou sobre eles, descendo em meio aos arranha-céus dos dois lados e pairando a menos de quinze metros do solo. Estava talvez a dois quarteirões de distância, e Batman escutou outro atrás de si. Olhou por cima do ombro e viu que o segundo estava pairando mais alto, provavelmente se mantendo como reforço.

— *Batman* — a voz de Gordon crepitou pelo fone do comunicador. — *Não podemos esperar mais.*

Fumaça saiu de um tubo de lançamento na parte de baixo da fuselagem do helicóptero, localizado entre os esquis de aterrissagem. O míssil explodiu do tubo de lançamento com uma auréola de fogo.

— Não! — Batman gritou. Havia antecipado aquele momento, mesmo esperando fervorosamente que não acontecesse. A obrigação de Gordon era para com a população de Gotham, não individualmente, mas como um todo. Estava fazendo o que tinha que fazer, e tinha dado a Batman todo o tempo que achou que pudesse dar. Isso se encaixava perfeitamente no plano do Charada, que queria que Gordon desse a Batman apenas a quantidade suficiente de corda para que se enforcasse.

Ou se incinerasse, como parecia mais provável.

Ele deu três passos correndo para a direita e mergulhou, enrolando-se na capa enquanto chegava ao chão e rolava. Sentiu a onda da explosão uma fração de segundo antes de escutá-la, como se um martelo gigante houvesse batido nele contra a rua. Ficou surdo, e por um segundo não conseguiu respirar. Depois rolou uma última vez e jogou a capa para o lado, temendo o que iria ver.

O resto da bola de fogo provocada pelo impacto do míssil ainda estava se dissipando. Pedaços de asfalto caíam ruidosamente, com sons abafados e emudecidos pelo tilintar da chuva de vidro quebrado que caía das janelas que haviam sido estilhaçadas pela explosão. Uma nuvem de fumaça e poeira pairava sobre uma cratera na rua.

— Eu... sabia... a... resposta... — Batman disse vagarosamente, mantendo a voz grave e regular apesar da angústia que sentia. Mais um elemento. Só mais um. Era tudo o que precisava para descobrir a resposta. Havia chegado tão perto...

— *Sinto muito, Batman* — Gordon disse. — *Não tinha mais nada que a gente pudesse fazer. Nada que você pudesse fazer.* — Parou. — *Às vezes... não se ganha todas as lutas.*

Batman não respondeu. Não tinha nada para dizer para Gordon naquele momento. Todo o ser dele estava focado em encontrar o Charada e fazê-lo responder pela morte de Robin. Examinou os telhados e as janelas dos andares mais altos.

Ele estaria por perto.

Fumaça subiu girando pela cratera enquanto as pás dos helicópteros enviavam para baixo a corrente de ar criada pelos altos edifícios ao longo daqueles quarteirões. Dentro da cratera, algo estava se mexendo. Batman captou o movimento com o canto do olho, pensando a princípio que se tratava de um pedaço de asfalto caindo dentro do buraco. Mas estava errado.

Era a mão esquerda da armadura de guardião, agarrando-se à borda da cratera. Um momento depois, a cabeça surgiu, e depois o traje blindado inteiro, arrastando-se lentamente para fora da cratera e voltando para a rua.

O rei ainda não estava exatamente morto.

Levando-os ao Trask

Duane Trask, Gotham Globe Radio

“Estamos estendendo o programa além do horário comum por causa da incrível cena que está se desenrolando na Henry Avenue, entre o West River e a região de Burnley da cidade. Estou no estúdio na parte alta da cidade, mas estamos recebendo ligações de pessoas na Henry Avenue, e os relatos delas são incríveis.

“Emma, de onde você está ligando?”

“*Eu trabalho no Frump and Grind, na Henry, logo depois do prédio antigo do banco*”.

“Frump and Grind?”

“*É uma cafeteria e brechó. Eu sou a atendente da cafeteria, mas também desenho um pouco*”.

“Obrigado, Emma. O que você está vendo?”

“*A coisa robótica passou bem na frente da gente aqui. Ela disparou uma espécie de laser na loja de celulares aqui ao lado e tudo explodiu. A gente teve que ser evacuado. Onde estão os bombeiros? O prédio inteiro está pegando fogo agora*“.

“Tenho certeza que eles vão chegar aí assim que for seguro que se aproximem”.

“*Bem, não está seguro pra gente. Tem um robô atirando lasers pra todos os lados, e o Batman fica perdendo tempo nas costas dele, como se estivesse tentando puxar algum fio ou alguma coisa do tipo. Tem helicópteros sobrevoando em todos os lugares. A gente não sabe pra onde ir. A gente está numa rua secundária, tentando ficar longe do robô.*

Você pode pedir pra alguém dizer pra onde a gente deve ir?”

“Emma, vou colocar você em espera e o meu produtor vai ver se pode ajudar vocês. Donnie, você pode ajudá-la? Bom. Lloyd, você está no ar. Diga pra gente o que está vendo”.

"Acabei de ver um míssil atingir o robô, cara! Teve uma explosão imensa. Ela fez um monte de coisas cair das minhas prateleiras, mas isso não é nada comparado a como está mais perto de lá. As janelas estão todas quebradas, tem um buraco enorme da rua".

"O traje foi destruído? Você consegue ver o Robin? Ele está vivo?"

"*O traje acabou de sair do buraco. O míssil — bem, eu não sei se ele não atingiu o traje ou o quê, mas o traje ainda está andando. Ainda está funcionando*".

"E o Robin?"

"*Não dá pra saber daqui*".

"Obrigado pela ligação, Lloyd. A próxima é a Eileen. Você está no ar com Duane Trask, Eileen. O que você está vendo?"

"*O Batman está tentando fazer alguma coisa nas costas do traje, como se estivesse acertando uma combinação ou algo assim. Eu vi ele subindo no traje e mexendo em uma espécie de máquina. Parece um relógio. O traje fica falando com ele o tempo todo, e o Batman fica respondendo.*

A última coisa que o negócio disse foi 'Qual é o país que faz fronteira com o que dá cana?' O traje disse isso quando estava bem perto da minha janela. Aí ele continuou e foi como o último participante disse: o míssil atingiu ele".

"'Qual é o país que faz fronteira com o que dá cana?' Eu escutei isso direito?"

"*Hã-hã. Eu não sei o que o Batman respondeu*".

"Eu também não sei a resposta. Mas o traje sobreviveu ao míssil, Eileen, isso está certo?"

"*Hã-hã, sobreviveu. Ele ainda está andando*".

"E você disse que o quebra-cabeça parece um relógio? Eu escutei isso direito?"

"*Parece mesmo*".

"Senhoras e senhores, vocês se lembram que há apenas duas horas eu conversei com um ouvinte que alegava ser o Charada. Ele disse que, antes do fim do dia, Batman estaria tentando parar dois relógios.

Nós sabemos que a polícia de Gotham acabou de apreender o

Pistoleiro, e que o Pistoleiro muito provavelmente foi o responsável pelos assassinatos que começaram a acontecer hoje pela manhã. Esse foi um relógio. Se realmente existir um quebra-cabeça de relógio no traje blindado, então acho que temos que concluir que nosso ouvinte realmente era o Charada.

senhor Nigma, se eu fui cético, peço desculpas, mas espero que o senhor entenda. Ligue a qualquer momento. A minha produtora, Donna, vai colocar você no ar na mesma hora.

"Fique com a gente, Gotham. A polícia está ordenando ataques aéreos nas ruas da cidade. O Batman está desesperado tentando salvar a vida do companheiro de luta dele, o Robin... e, em algum lugar, o Charada deve estar assistindo. Será que ele terminou? Será que ele nos mostrou a jogada final dele? Ou será que ainda tem mais uma jogada de mestre a ser revelada?

Voltamos em breve".

29

Uma segunda chance, Batman pensou. *Foi aí que o Charada exagerou nos planos. Fez uma armadura de guardião forte demais para que um único míssil a destruísse. Parte do crédito — a maior parte dele, na verdade — vai pra Ra's al Ghul. O Charada não está no nível dele. Ele sabe disso também, o que vai deixá-lo desesperado. Isso o torna tão perigoso quanto qualquer um que nós já enfrentamos.*

Porém, o míssil havia causado alguns danos. Isso era óbvio. O painel do rosto estava trincado e uma das pernas do traje estava se arrastando. Através dos trincos, Batman viu que os olhos de Robin estavam abertos e que sangue estava escorrendo do nariz dele por cima da boca e do queixo.

A armadura de guardião voltou a ficar em pé na rua.

Batman começou a recuperar a audição. Pensou que Gordon talvez houvesse lhe dito algo, mas não respondeu porque Robin começou a dar voz a outra charada.

— *Um fazendeiro está viajando com uma raposa, uma galinha e um saco de ração de galinha* — ele gritou. Manchas de sangue foram salpicadas na parte interna do painel. — *Ele vai até um rio e deve atravessá-lo em um barco pequeno, que vai levar apenas ele e mais uma outra coisa. Se deixar a raposa com a galinha, a galinha vai virar o jantar da raposa. Se deixar a galinha com a ração, a galinha vai comê-la. Como ele pode atravessar todas as três coisas e levá-las ao mercado?*

Batman havia escutado uma centena de variações desse enigma. O truque era perceber que não era necessário voltar com o barco vazio em todas as viagens. Pensamento lateral. Atravessava-se com a galinha, depois voltava... levava a raposa, depois trazia a galinha de volta... levava a ração e a deixava, depois voltava pela galinha. Desse jeito, a galinha nunca era deixada nem com a raposa e nem com a ração.

O caminho longo era o único caminho.

Isso era uma pista. Havia mais passos no quebra-cabeça da armadura. Na correria para tomar um rumo direto à solução, ainda estava deixando alguma coisa lhe escapar. Então, o que era? Havia prestado contas do quebra-cabeça da palavra, dos produtos químicos, da inundação, da sala de chá...

É claro. O quebra-cabeça que os havia forçado a trabalhar em paralelo.

O dente do Crocodilo.

O qual — assim como o eixo de montagem da face de relógio — por acaso era sulcado, levemente irregular na parte central e um pouco encurvado.

E que Batman ainda estava guardando em um compartimento do Cinto de Utilidades.

"*Fica com isso. Faz um enfeite de Natal ou algo do tipo*", tinha dito o Crocodilo. Batman teve uma certeza súbita e profunda de que o Crocodilo havia feito parte do plano desde o começo. Havia sido instruído a recusar o dente. O Charada, sabendo da atenção de Batman a detalhes, devia ter imaginado que ele o guardaria consigo.

O Charada havia antecipado tudo quase que perfeitamente. Quando tudo aquilo terminasse, Batman percebeu, teria que reconsiderar a opinião que tinha sobre o homem conhecido como Edward Nigma. Não era questão de compará-lo ao Coringa, mas de reconhecer que ele estava criando uma própria classe de sociopatas brilhantes.

O guardião levantou os dois braços e ativou os raios das palmas. Uma delas crepitou e piscou antes de as lentes se partirem e faíscas saírem da luva. O outro raio foi lançado, errando Batman por um fio e tosquiando uma fileira de bandeiras penduradas na fachada de um hotel. Pedaços de pano em chamas flutuavam em direção à rua.

Batman correu na direção da armadura, pulando a cratera e escalando o braço com defeito. Enrolando um dos próprios braços ao redor do bíceps, agarrou-se à armadura de novo, na esperança de que a presença dele impedisse Gordon de ordenar outro ataque.

Tudo o que precisava era de um momento de hesitação.

— Atravessa com a galinha! — gritou. — Volta pra pegar a raposa. Atravessa com a raposa e volta com a galinha. Deixa a galinha e leva a ração. Volta pra pegar a galinha.

A armadura de guardião parou. Mas ao contrário das outras vezes, Robin na mesma hora gritou outra charada, dessa vez cantarolando como se fosse uma canção de ninar.

— *Enquanto estava indo para Santa Rosa*
Conheci um homem com sete esposas.
As sete esposas tinham sete sacos,
Os sete sacos tinham sete gatos...

— *É melhor você sair daí, Batman* — Gordon disse pelo comunicador, impedindo que ele escutasse Robin recitando a charada. — *A gente vai acabar com isso.*

— *Isso* é o Robin, comissário — Batman respondeu rispidamente. — E eu acabei de resolver a charada.

— *Você já teve todo o tempo que eu podia dar pra você, e mais ainda. Essa cidade não pode se dar ao luxo de perder você, Batman, mas também não pode permitir que a gente hesite. Saia daí!*

— Eu não vou fazer isso, comissário. — O traje cambaleou por baixo dele, quase o tombando. Girou quando escutou o som de um helicóptero se aproximando. Era o que Batman havia visto apenas de reforço no começo, só que agora estava entrando em posição de disparo.

— Não faça isso, Gordon! — Batman gritou por cima do barulho das pás. A própria audição comprometida fez com que fosse difícil saber ao certo quão alto havia dito aquilo.

Também havia perdido parte da rima.

— Repita! — gritou para o capacete. Robin olhou para ele, mas não falou nada. — Você tem que repetir!

Nada.

— *Eu cuidei disso* — Oráculo disse. — *Escuta.* — Batman escutou um estalo na orelha, depois escutou o som gravado dos últimos três versos ditos por Robin.

— *Os sete gatos tinham sete ratos.*

Ratos, gatos, sacos e esposas,
Quantos estão indo para Santa Rosa?

— Essa é fácil — Batman disse.

— Fogo! — Gordon rugiu.

O helicóptero balançou quando o míssil explodiu do tubo de lançamento. Mas dessa vez Batman não pulou do guardião. Já estava com o controle remoto do Batmóvel acionado, e pressionou um botão enquanto se protegia embaixo do torso do traje, esperando ter ajustado tudo corretamente no tempo.

Com o motor acelerando até gritar, o Batmóvel veio derrapando por uma rua secundária, fazendo a curva com tanta velocidade que ficou em apenas duas rodas. Se houvesse mantido as quatro no chão, o míssil teria passado logo acima dele, descendo em um ângulo raso na direção do alvo: o centro de massa da armadura de guardião. De lado, porém, o Batmóvel tinha quase um metro e meio de altura.

O míssil o atingiu bem no parabrisas.

O Batmóvel era blindado o bastante para suportar armas pequenas e até mesmo armamentos portáteis e explosivos. Lança-granadas poderiam derrubá-lo, mas não o danificariam muito. Mas os mísseis disparados pelo Departamento de Polícia de Gotham eram mísseis aéreos para alvos terrestres de escala militar, feitos para atravessar a blindagem externa de tanques, veículos blindados de transporte de pessoal e pequenos navios.

Esse míssil em particular atravessou o parabrisas blindado sem perder nenhuma velocidade. O impacto acionou o gatilho de dois estágios em sua ogiva, que detonou com o segundo impacto — na grade blindada do banco do carona do Batmóvel.

Pelo fato de o veículo estar sob duas rodas, Batman perdeu a parte mais espetacular da explosão. Conseguiu ver as janelas laterais explodindo em gotas de fogo e outras gotas semelhantes explodindo as janelas que estavam voltadas para o asfalto. Atuaram como foguetes, e o asfalto se transformou em uma pista de decolagem.

O Batmóvel pulou do chão e começou a girar quando a velocidade para a frente se transformou em ímpeto angular. Ficou girando como um cata-vento pela rua, espalhando partes de seu interior e do chassi e fazendo um arco sobre Batman e o guardião em um trajeto de voo diagonal pela Henry Avenue. Colidiu com os pilares de sustentação de uma entrada em arco raso para pedestres, destruindo-os.

Ainda deixando fogo no seu rastro, o Batmóvel rolou para dentro da passagem arqueada, destruindo barracas de vendedores vazias. Quando parou, balançando e emitindo um gemido, a arcada desmoronou.

O chassi reforçado e o compartimento blindado do carona haviam absorvido a maior parte da energia da explosão do míssil, mas o barulho ainda foi alto o bastante para deixar Batman escutando um apito de novo. A onda da explosão alcançou o guardião com força suficiente para quase fazê-lo tropeçar e cair de costas sobre Batman. Já tendo sentido o peso da armadura sobre si naquele dia, ficou feliz quando o traje recuperou o equilíbrio.

De qualquer forma, já era hora de fazer um novo protótipo do Batmóvel.

A armadura de guardião levantou um braço.

Outro helicóptero entrou no campo de visão deles, pairando.

Se Gordon estava tentando avisar Batman, ele não podia escutar.

Ele se levantou.

— Então. Quantos estão indo pra Santa Rosa? — Mal se podia escutar, e pensou que talvez a explosão houvesse prejudicado o aparelho de comunicação, o que significava que ninguém mais podia escutá-lo também. Mas respondeu a charada mesmo assim.

Havia chegado longe demais para não respondê-la.

— Um.

Quando disse a palavra, pulou na mesma hora. No auge do salto, naquele momento de suspensão antes de começar a cair de novo, cravou o dente na abertura circular e o girou até que a curvatura dele se encaixasse no buraco assimétrico.

Houve um forte estalo elétrico e um arco azul minúsculo produzido pelo encaixe deixou a mão de Batman dormente. O braço estendido do traje caiu e as lentes dos raios de energia ficaram escuras. A armadura ficou encurvada, inerte mas ainda de pé. Um estalo suave do capacete foi seguido por um silvo enquanto o anel do pescoço se soltava e o ar pressurizado de dentro do traje se igualava ao do exterior.

Havia conseguido.

Havia resolvido o enigma.

— Cessar fogo! — gritou. Não sabia se Gordon o havia escutado. Um terceiro helicóptero substituiu o que havia acabado de disparar o foguete, com a nova rotação das pás levantando lixo e poeira da rua.

Ele não disparou.

Batman saltou por cima dos ombros da armadura imóvel e levantou os braços, colocando-se entre o helicóptero e Robin. Ocorreu-lhe de passagem que isso talvez não fosse a melhor ideia, levando em conta a forma como alguns dos policiais de Gotham se sentiam quanto a ele... mas fez isso mesmo assim.

— Comissário! Cessar fogo!

Não escutou nada através do comunicador.

O capacete da armadura se soltou. Batman recuou um passo e se virou para alcançá-lo e retirá-lo. Jogou-o para longe, quicando entre os restos espalhados do Batmóvel e os destroços da arcada. Robin olhou para ele.

— Você está aí? — Batman perguntou.

— Hã-hã — Robin respondeu. — Eu estou aqui, pelo menos acho que estou. Eu acho que é verdade o que dizem. — Conseguiu mostrar um sorriso fraco. — Você é o que você come.

Batman estava prestes a lhe perguntar o que queria dizer com aquilo quando escutaram a voz do Charada de novo.

Na mosca

de **Rafael Del Toro,** GothamGazette.com

Chegou a isso. Ataques de mísseis em Gotham.

A polícia disparando armamentos pesados, de escala militar, nas nossas ruas — naqueles que deveriam estar nos protegendo quando a polícia não consegue fazer isso.

Uma explosão grande o bastante para alarmar sismômetros daqui até a Flórida, bem embaixo de Arkham City.

O assassino conhecido, o Pistoleiro, caçando os construtores civis do Charada, para encerrar os contratos deles através da Parabellum no cerebelo.

Confusão e rearranjo na hierarquia criminosa de Gotham, exatamente como as lutas internas e traições que podem ter acontecido em Veneza no século XV. Só que com roupas mais estranhas e sem Médicis para tentar manter o pior do caos sob rédeas.

Vejam o que acham disso. Batman como o Cosimo de Médici. Ruim — mas não tão ruim quanto o resto dos lunáticos.

Ataques de mísseis em Gotham.

Ataques de mísseis em Gotham.

Leio essas palavras e não consigo analisá-las. Elas não se encaixam em nenhum mundo em que queira viver, nem em nenhuma cidade em que queira viver. Amo Gotham com todo o meu coração, mas vou dar o fora daqui. Isso é o bastante. Com certeza existe algum lugar que não tenha uma população de vigilantes e megalomaníacos cortadores de gargantas. Aguentei por muito tempo. Tem muitas coisas para se amar nesse lugar, e mesmo agora vou sentir falta de cada quarteirão sujo e perigoso dele. Mas nem todo mundo é feito pra viver aqui. Não tem problema. Só queria ter descoberto isso antes.

Ouvi dizer que Central City é legal.

Essa vai ser a minha última coluna. O ***Na mosca*** finalmente foi esgotado pelo completo carnaval de besteiras de morcego dessa cidade, pelas pessoas dela, pelas bat-lutas e pela bat-adoração e pelo relacionamento insano entre a polícia e vigilantes que merecem estar ao lado dos autodenominados lunáticos criminosos em qualquer masmorra que substitua Arkham City quando eu for embora.

Resumindo: eu desisto.

Porque o Batman não vai desistir.

30

— Imago! — o Charada exclamou. — Vocês devem ter resolvido o enigma agora, ou não estaríamos nos falando; estaríamos, ó, valorosos adversários?

Batman olhou para cima, do outro lado da rua. Lá, sobre o terraço do mesmo prédio onde Batman havia combatido o Pistoleiro, estava o Charada, vestindo o seu sobrecasaco verde e folgado — coberto de pontos de interrogação —, calças também folgadas, chapéu coco ridículo e botas e óculos verdes, com a gravata balançando ao vento.

— Batman! Eu devo saudar a sua conquista! — continuou. — Assim como as do seu valente assistente, o jovem Robin! Foram testes duros, e vocês sobreviveram a todos eles.

Antes que Batman pudesse se lançar sobre o oponente, Robin falou:

— Espera. Me ajuda a sair dessa coisa.

— O Charada não vai esperar — Batman disse. Robin bateu as luvas do traje contra o torso, frustrado. O helicóptero estava pairando, e por um momento ele desejou que a aeronave disparasse um míssil sobre o terraço em que o Charada estava debochando deles.

Atira nele!, pensou.

Então o momento passou e Batman conseguiu ver o que realmente estava sentindo — fraqueza. Era fraqueza desejar que outra pessoa lhe tomasse as responsabilidades, e era fraqueza desejar que outra pessoa matasse quando se havia jurado não matar.

Então ele teve uma ideia. A simetria do quebra-cabeça imago ainda não estava exatamente completa. Robin não havia saído do casulo feito de armadura de guardião. A chave provavelmente estava no quebra-cabeça colocado na armadura. Rapidamente, Batman deu a volta no traje e girou o dente do Crocodilo na face do relógio.

Com uma série de cliques e estalos, o traje caiu aos pedaços. Primeiro os braços se desconectaram dos ombros, e Robin os agitou. Depois o torso se separou em duas partes e caiu. A seção pélvica se abriu bruscamente e então as pernas, as partes fazendo barulho ao cair no chão. Robin se livrou das botas pesadas com um chute.

Ele caiu de joelhos, e por um momento Batman pensou que os ferimentos dele eram mais sérios do que haviam parecido. Então Robin levantou a cabeça, com um olhar de determinação no rosto, e se colocou de pé. Limpou o sangue do rosto, manchando a luva.

— Vamos lá! — disse, como se Batman os estivesse atrasando.

Juntos, correram até o fim do quarteirão e lançaram simultaneamente cordas com ganchos que os içaram até o topo do prédio em que o Charada estava esperando.

— E a última peça do quebra-cabeça é colocada no lugar — o Charada disse enquanto eles estavam subindo.

— Ele não está fugindo — Robin comentou.

— Talvez essa seja a última peça do quebra-cabeça — Batman respondeu. Estavam logo abaixo do parapeito que pairava na borda do terraço. — Um... Dois...

Não teve que dizer três. Deram um chute na parede e usaram a tensão das cordas para se balançarem para cima do terraço.

O Charada não estava falando nem se movendo.

Um momento depois, perceberam que não era Nigma. Era um manequim com as roupas características do Charada. Preso à mandíbula do manequim, havia um pequeno altofalante, que agora estava emitindo apenas um leve assovio de estática.

Não havia nenhum sinal do verdadeiro Charada. Ele havia, entretanto, deixado uma mensagem.

Batman,

Devo-lhe meus sinceros agradecimentos. Você foi um teste magnífico à minha nova geração de... operações, podemos dizer? Agora, você já vai ter aprendido que se eu quisesse matá-lo, você estaria morto. Mas é claro que eu não quero isso, assim como você, Batman, não iria querer de verdade que eu pendurasse as chuteiras.

A disputa de determinação é o que é irresistível! E, para você, a outra coisa irresistível é a competição de inteligência, resolver o quebra-cabeça, não é, Batman? Você sabe que sente isso!

O futuro vai ser um pouco diferente por aqui, sem o Coringa. Ele trouxe o caos e a imprevisibilidade. Eu não tenho interesse em nenhuma dessas coisas. O grande quebra-cabeça só é grande se tiver uma solução. O que está me deixando ansioso é, como o novo xerife da cidade, ver até que ponto posso levá-lo.

O quão inteligente, determinado, resoluto você vai ser? Vamos ver. Você vai enfrentar um adversário diferente agora que o Coringa não está mais por aqui...

A velha ordem virou cinzas, e a nova está apenas começando. Você e eu, Batman — e você também, Robin! Acho que você provavelmente sobreviveu a tudo isso, e se não tiver sobrevivido, bem, isso é decepcionante.

Foi uma boa aventura, não foi? Vamos repetir isso em breve. Como estava dizendo, vamos nos ver com bastante frequência no futuro... mas quando e onde? Ah, odeio responder uma pergunta quando posso fazer uma ao invés disso.

Então aqui vai uma pergunta: se essa foi a minha jogada inicial, então o posicionamento de abertura acabou de ser estabelecido. Agora zarpamos para a metade do nosso jogo. O que você acha que vou fazer em seguida?

Até a próxima vez, parabenizo-o por não ter desistido. Você jogou em uma posição ruim e jogou bem! Podemos declarar empate nessa.

Respeitosamente,
E. Nigma

— Você acha que ele vai ser capaz de fazer isso? — Robin perguntou.

— De tomar o controle? — Batman respondeu. — Talvez. Esse esquema vai fazer com que todos os lunáticos de Gotham saibam que o Charada usou o Senhor Frio, o Crocodilo, o Chapeleiro Louco, a Arlequina e o

Pistoleiro para conseguir o que queria. Essa é uma declaração poderosa pra uma mentalidade criminosa acostumada a ter um senhor do crime no comando.

— Então ele ganhou.

Batman fez que não com a cabeça.

— Não. Eu acho que ele está só mantendo as aparências. Ele queria que eu visse você morrer e depois disso descobrisse o que poderia ter feito pra salvar você.

— Ele é realmente muito charmoso.

— Assim como o resto deles — Batman acrescentou. — Excêntricos, misantropos, pessoas fracas com desejos poderosos.

— Ele era o imago — Robin disse. — Isso tudo foi como uma festa de apresentação pra ele. Que pena que eu não descobri isso antes de ele entrar na minha cabeça. Foi nessa hora que eu vi o PUPA no painel do traje.

— Nenhum de nós dois descobriu isso a tempo — Batman o consolou. — Foi isso que aconteceu? Uma espécie de controle mental?

— Bem, talvez eu não deva dizer isso — Robin disse. — Eu conseguia pensar e me mexer um pouco. Não o bastante pra fazer algo que importasse. No geral, ele estava no comando.

— E ele ainda está? Quer dizer, ele poderia fazer isso de novo?

— Eu não sei — Robin respondeu. — Ele me deixou ir quando você resolveu a charada. Ele disse que era uma espécie de nanotecnologia que estava num pedaço de papel que comi na sala de chá.

— Você comeu um pedaço de papel — Batman repetiu.

Robin encolheu os ombros.

— Ei, estava escrito "ME COMA" nele. O que eu *deveria* fazer?

— Foi uma hora estranha pra decidir começar a seguir instruções — Batman comentou.

Robin olhou por cima dos terraços. Equipes de bombeiros estavam lutando contra as chamas que a armadura de guardião havia deixado em seu rastro.

— Eu fiz isso — disse.

— Não. O Charada fez isso.

— Eu sei — Robin respondeu. — Mas você entendeu o que quero dizer.

Batman fez que sim com a cabeça.

— Eu coloquei você nessa posição quando o deixei entrar sozinho no labirinto. Você fez bem de sobreviver.

— Obrigado — Robin disse. Na Henry Avenue, embaixo deles, viram viaturas da polícia de Gotham se aproximando.

— O comissário Gordon vai estar em algum daqueles carros — Batman comentou.

— É. Você sabe que eu me saí bem lá embaixo, não sabe?

— Claro — Batman respondeu.

Robin observou enquanto Gordon saía da principal viatura da comitiva.

— Vamos precisar de um especialista em nanotecnologia pra ver o que ainda tem na minha corrente sanguínea — disse.

Corrente sanguínea, Batman pensou. Estava pensando no sangue do Coringa, e em todo o sangue derramado durante os últimos meses. O que viria a seguir? O Charada pensava que havia saído completamente do casulo agora. Essa série de charadas havia sido a sua forma de se anunciar.

Agora, a turbulência de verdade iria começar. Os outros vilões poderosos e conhecidos de Gotham provavelmente não iriam aceitar a proclamação do Charada. Alguns deles, como Solomon Grundy, Hera Venenosa ou Homem Calendário, não iriam se importar com isso. Eles faziam o que faziam sem se importar com o que os outros tinham a dizer, guiados por desejos profundamente arraigados que apenas eles mesmos podiam compreender.

Mas outros — o Pinguim, o Chapeleiro Louco, o Senhor Frio, o Duas Caras —, esses eram ambiciosos. Queriam estar no comando, e transformavam seus pequenos impérios em grandes impérios para provar um ao outro que estavam no comando. Agora, o Charada havia desafiado todos eles.

Apesar de a emergência física ter sido realizada por Robin, como Tim havia dito, o próprio Charada era o imago que havia surgido com o quebra-cabeça final. Durante todo o dia — e, Batman percebeu com surpresa, tudo aquilo havia acontecido em apenas um dia —, o Charada havia desvelado uma série de enigmas com camadas que se entrecruzavam e levavam inevitavelmente à reivindicação de que o Charada havia ressuscitado como o novo chefe da criminalidade de Gotham, saindo do casulo da sombra do Coringa.

Isso explicava tudo, todas as pistas, enigmas e armadilhas, desde o momento em que o *pen drive* havia aparecido no quartel-general do Departamento de Polícia de Gotham. Era isso que o havia levado até a pista da larva no começo de tudo.

Foi magistral, realmente, Batman pensou. No passado, o Charada criava quebra-cabeças. Construía armadilhas letais em salas confinadas. Mas agora havia formado uma rede de aliados e construtores, entrado em Arkham City e criado uma série de enigmas que não só tinham que ser resolvidos a partir de diversos ângulos, mas que também faziam parte de um último enigma magistral.

Incrivelmente, o objetivo dele não havia sido de matar Batman, nem mesmo Robin. As mortes deles não teriam sido exatamente mal recebidas, mas o Charada queria um adversário que considerasse digno de si mesmo.

Como o Coringa havia desejado.

Alguma coisa se agitou dentro dele.

Eu tenho que parar de fazer isso, Batman pensou. *O Coringa morreu. Gotham precisa da minha presença, focado nas ameaças atuais. Não tenho tempo pra ceder a fraquezas psicológicas — e precisar de tempo para lutar contra a ausência do meu rival mais íntimo e mortal é uma fraqueza.*

Elimine isso, disse para si mesmo.

Era muito fácil pensar aquilo. Batman sabia que teria que continuar a se esforçar para se habituar à ideia de que o Coringa estava morto. O passado precisava permanecer enterrado. Mesmo assim, algo dentro dele continuava tentando acrescentar o Coringa de novo nesses cenários. Era um chamado a um passado que compreendia, um chamado intrincado profundamente nele.

Agora tudo seria embaralhado de novo, e Batman precisava ir ao trabalho para entender como alianças seriam modificadas, rompidas e refeitas em meio aos poderes do submundo. A tensão ainda não havia chegado ao limite. Havia apenas sido elevada em pequena escala. A tempestade real ainda estava por vir.

Havia sobrevivido de novo, e estaria lá para passar por ela. Aquela era a cidade dele.

— Robin — disse. — Você devia voltar pra Batcaverna e deixar o Alfred dar uma olhada em você. Ver se essas nanomáquinas ainda estão aí.

— Se você está preocupado com isso, não devia me deixar ir sozinho — Robin respondeu. Soou como uma preocupação, mas na verdade era um desafio. Robin estava perguntando se Batman acreditava nele.

— Se o Charada deixou de controlar você, ele teve seus motivos — Batman disse. — Ele disse o que tinha a dizer. Ele quer ser o novo comandante do submundo de Gotham, e depois disso não sei ao certo quem vai desafiar ele. Mas o que eu *tenho* certeza é de que você deveria fazer um exame médico completo, pra que não tenhamos que nos preocupar com você se transformando em uma marionete dele de novo.

Robin se encolheu.

— Desculpe — Batman disse.

— Não peça desculpas — Robin respondeu. — Isso é verdade.

— Então vai lá. Eu ofereceria uma carona, mas usei meu único Batmóvel pra salvar você de um ataque de míssil.

Quase antes de ele terminar, Robin havia partido pelos terraços, seguindo rumo ao norte em direção à entrada secreta da Batcaverna. Batman abriu a capa e pulou da sacada, pousando na calçada abaixo sem produzir nenhum barulho.

— Comissário — disse.

— Você sabe que eu fiz o que tinha de fazer — Gordon foi direto ao assunto.

— Eu sei que você acredita nisso.

Gordon olhou para cima, na direção do terraço.

— Então... o Charada?

— É só um manequim — Batman respondeu. — Mas ele estava aqui. Em algum lugar por perto. Ele assistiu tudo o que aconteceu e deixou uma mensagem.

— Que tipo de mensagem?

— O tipo de mensagem que deixa a gente sabendo que ele já está planejando o próximo... desafio, acho que esse é o termo que ele prefere.

— Faz sentido. O Robin está bem?

— Está, sim.

Gordon suspirou.

— Bom. — Depois de uma pausa, acendeu um cigarro. — Acho que a gente deveria começar a planejar o que fazer agora, não devia?

— Normalmente essa é uma boa forma de começar.

— Nessas horas eu fico com vontade de queimar Arkham City inteira. Demolir o lugar todo, jogar os restos no rio e recomeçar do zero.

Não é uma ideia tão ruim, Batman pensou. Mas Gotham era o que era. Havia uma doença naquela cidade, talvez em todas as cidades. Era por isso que precisavam de pessoas como Batman e Gordon. Precisavam de pessoas que nunca iriam desistir.

— Você está com o Chapeleiro Louco e o Senhor Frio sob custódia?

Gordon fez que sim com a cabeça e jogou a guimba do cigarro na cratera do míssil.

— Por enquanto — respondeu. — O Pistoleiro também. Vamos ver quanto tempo isso dura.

Batman estendeu o braço e colocou a mão sobre o ombro de Gordon.

— Temos que continuar seguindo em frente — disse. — Alguém tem que fazer isso.

— É.

Um dos policiais que estavam protegendo a região chamou Gordon. Ele se virou para responder a uma pergunta e sentiu a mão de Batman soltar do seu ombro. Quando olhou para trás, Batman havia partido.

EPÍLOGO

Estavam falando sobre ele. Todos em Gotham estavam falando sobre ele. Vicki Vale, Jack Ryder, Del Toro, Trask... O Charada ficou passando de canal e viu fotos dele de arquivos em cada um dos programas.

Sintonizou o rádio em diferentes estações. Comentadores esportivos discutiam — e falavam sobre o Charada. Comentadores políticos falavam sobre o Charada. O conhecedor silencioso da rádio pública murmurava durante intervalos para arrecadar fundos... falando sobre o Charada. Havia pontos de interrogação verdes e brilhantes na primeira página de todos os jornais. Mal poderia pedir mais alguma coisa... exceto por uma.

Batman não havia falado com ninguém. Nem Robin.

Isso incomodava o Charada porque sabia que os dois tinham muito a dizer. Eles não iriam querer lhe dar crédito, mesmo que fosse através de elogios velados quanto às complicações diabólicas das salas de desafios ou dos quebra-cabeças a elas associados. Ele compreendia isso. Mas com certeza eles gostariam de dizer alguma coisa! Certamente teriam que admitir que ele os havia levado aos últimos limites da força, foco e da resolução que tinham. Ele os havia levado até a borda mais longínqua do que pensaram que fosse possível, e então... havia-os deixado sobreviver.

Deixado.

Mesmo agora, Batman estaria pensando que havia resolvido todos os quebra-cabeças e superado o oponente, mas o Charada enxergava aquilo de uma forma diferente. Tinha dado a Batman mais do que o bastante a cada turno, levando-o adiante para que Robin também fosse levado adiante para que pudesse realizar a sua grande ação com a armadura de guardião. Tudo aquilo havia sido um cartão de visitas, um “e-aí-como-vai”, um pronunciamento formal de que, se o Coringa estava morto, vida longa ao Charada.

Sabia que havia sido por bem pouco. A sua jogada os havia testado quase que severamente demais. Se Batman houvesse hesitado um pouco que fosse na decisão de ir atrás do Crocodilo... ou se o Crocodilo houvesse lutado um pouco além do que o Charada havia pedido... ou se, e se e se. Tantas coisas poderiam ter dado errado. Em retrospectiva, percebeu que estava feliz por Batman ter visto o desafio final, na face de relógio de imago. Teria sido terrivelmente vergonhoso se houvesse devotado todo aquele tempo, toda aquela energia, todas aquelas vidas — e então ver o espetáculo inteiro terminar antes de começar de fato.

Quando havia deixado a mensagem para Batman, o Charada estava com raiva. Havia estado, em essência, fingindo. Ah, com tanta raiva. Havia desejado que Robin morresse, havia desejado ver o preferido de Batman ser explodido por mísseis da polícia e se transformar em retalhos sangrentos e chamuscados, e havia se forçado a escrever aquela mensagem e preparar o manequim apenas para caso fosse necessário, porque não... conseguia... suportar a ideia de ser pego desprevenido.

No fim das contas, acabou que não foi uma decisão apenas prudente, mas também a melhor que poderia ter tomado. Por quê? Porque havia, afinal de contas, seguido o velho conselho do *show business*: Fingir até conseguir.

Era muito melhor que tanto Batman quanto Robin sobrevivessem. Sabia disso agora. Se qualquer um deles houvesse morrido, os jornais, estações de rádio e canais de televisão de Gotham, os *blogs* e mídias sociais e as conversas nos intervalos de trabalho — todos estariam focados no herói morto. O mártir. Aquele que havia caído diante do nefasto e sangrento mestre do crime.

Com Batman e Robin vivos, o nefasto e sangrento mestre do crime estava na ponta da língua de todas as pessoas, na ponta dos dedos de todas as pessoas.

Era maravilhoso.

Mesmo que a polícia de Gotham estivesse passando um pente fino nos destroços de Wonder City. Mesmo que o Pistoleiro, o Chapeleiro Louco e o Senhor Frio houvessem sido removidos do tabuleiro. Essas perdas eram aceitáveis. Em operações futuras, teria outros parceiros. Já havia preparado aberturas com alguns deles, e escolhido novos lugares que seriam bem apropriados à nova geração de desafiados.

Batman e Robin haviam aprendido a verdade — que o Charada não era um valentão de rua, nem mesmo uma mente brilhante de rua.

Eram os idiotas e selvagens que pensavam que o mundo podia ser controlado através de armas e violência. O verdadeiro poder estava nas palavras. Ele havia provado isso. Charadas, feitas de palavras e que forçavam a mente a exigir o máximo de si mesma. Charadas! Elas eram o controle perfeito. Era só contá-las e observar o oponente ficar interessado... depois focado... depois obcecado em detrimento de todo o resto.

É. Isso o Charada havia conquistado. Mesmo que Batman e Robin ainda estivessem caminhando pelas ruas de Gotham, havia passado a sua mensagem. Resumindo, tudo havia ocorrido exatamente como queria. Sua jogada havia valido a pena.

Porque, agora, todos em Gotham estavam falando sobre o Charada como haviam falado do Coringa.

Imago.

Era um novo dia em Gotham, um dia definido não por um sorriso fixo, mas por um ponto de interrogação. E a pergunta era:

O que ele vai fazer agora?

AGRADECIMENTOS

Obrigado a Bob Kane e Bill Finger pelo Batman; à Warners Bros. Interactive e à Rocksteady, pelos excelentes jogos Batman: Arkham, que deram a este livro uma versão particular de Gotham; a Steve Saffel, Alice Nightingale e Julia Lloyd da Titan, por lutar por um projeto com muitas partes móveis (uma das quais, eu mesmo); aos meus filhos, Ian, Emma e Avi, pelo entusiasmo e pelas sugestões dos oponentes do Batman; e a Lindsay, só por, você sabe, porque sim.

SOBRE O AUTOR

O Lance do Charada é o segundo livro do Batman de Alex Irvine, depois de *Inferno*. Ele já escreveu mais de trinta outros livros, incluindo os originais *Buyout*, *The Narrows* e *A Scattering of Jades*.[1] Seus outros trabalhos licenciados incluem adaptações de *Planeta dos macacos:* O confronto, *Círculo de fogo* e *Tintim*, assim como livros relacionados a *Transformers*, *Supernatural*, *Sleepy Hollow* e ao universo Marvel. Mora no Maine.

[1] N. T.: Nenhum dos três foi traduzido para o português.

https://www.facebook.com/gryphusgeek/

twitter.com/gryphuseditora

www.bloggryphus.blogspot.com

www.gryphus.com.br

Este livro foi composto na tipologia Minion Pro, 11,5/15,6, e impresso
pela Gráfica Edelbra, em papel off-set 90 g/m² e a capa
em papel cartão supremo 250 g/m²